KB001111

차문디 언덕에서 우리는

차문디 언덕에서 우리는

김혜나
장편소설

은행나무

차례

중국에는 편지를 천천히 전해주는

느림보 우체국이 있다지요

보내는 사람이 편지 도착 날짜를 정할 수 있다지요

한달 혹은 일년 아니면

몇십년 뒤일 수도 있다지요

당신에게 편지 한통을 보냅니다

도착 날짜는 그저 먼 훗날

당신에게 내 마음이

천천히 전해지길 원합니다

당신에게 내 마음이 천천히 전해지는 걸

오랫동안 지켜보길 원합니다

봄 여름 가을 겨울

수십번 수백번의 후회가 나에게 왔다 가고

어느날 당신은

내가 쓴 편지 한통을 받겠지요

겉봉을 뜯고 접은 편지지를 꺼내 펼쳐 읽겠지요

그때 나는 지워진 어깨 너머

당신 뒤에 노을처럼 서서 함께

편지를 읽겠습니다

편지가 걸어간 그 느린 걸음으로

내내 당신에게 걸어가

당신이 편지를 읽어 내려가며 한 홉 한 홉

차올랐던 숨을 몰아 내쉬며 손을 내려놓을 즈음

편지 대신 그 앞에

내가 서 있겠습니다

_고영민, 〈통증〉*

* 《사슴공원에서》, 창비, 2012.

1

해 질 무렵 메이는 차문디 언덕을 거슬러 내려가기 시작했다. 차문디 언덕 정상에 자리한 차문데쉬와리 사원*을 찾는 이들이 새벽녘 태양빛을 받으며 하염없이 오르는 천일(千一)계단을 메이는 매번 늦은 오후에 찾아가 꼭대기에서부터 아래로 내려갔다. 해 뜨는 풍광이 아름답기로 유명한 마이소르 관광지를 구태여 저물녘에 찾아가는 데는 그녀 나름의 이유가 있었다. 우선 아직 해가 뜨기 전의 어두컴컴한 거리를 돌아다니는 일은 위험천만하게 느껴졌다. 특히나 외국인 여자라면 유난히도 뚫어질 듯 쳐다보는 인도 남자들의 끈덕진 눈빛을 메이는 피하고 싶었다. 훤한 대낮에도 조심스레 다녀야 하는 거리를 한밤중이나 다름없는 새벽녘에 돌아다니는 것은 그녀에게 불가능한 일이었다. 그러한 위

---

* 복을 빌어주는 것으로 인기가 있는 차문디 여신을 모신 힌두 사원.

험을 무릅쓰고서라도 반드시 경배 드리고 싶은 힌두의 신이 있는 것도 아니었다. 메이는 그 신들의 존재를 알고 있고 좋아하지만 그들을 믿거나 사랑하지는 않았다.

차문디 언덕 위에서 볼 수 있다는 그 장엄한 일출에 마음이 동하지도 않았다. 딱 한 번 그 모습을 보기 위해 이른 새벽에 미리 예약해둔 릭샤*를 타고 차문디 언덕 정상에 올라가본 적이 있지만 아무리 기다려도 해가 떠오르는 모습을 볼 수 없었다. 한 시간쯤 지났을까? 언덕 저 너머로 황금빛 태양이 떠올랐으나 하늘은 이미 대낮과 같이 밝아진 상태였다. 날이 밝은 상태에서 언덕 너머에 가려 있던 태양이 뒤늦게 드러나 보일 뿐 실제로 동이 트는 모습을 보기란 쉽지 않다는 것을 메이는 그때 이미 알아버렸다.

인도 남부, 카르나타카주에 있는 마이소르 지방에 도착하기 전부터 메이는 차문디 언덕에 대한 풍문을 익히 들어왔다. 마이소르에 도착해 시내를 돌아볼 적에 종종 대화를 나누어본 인도 사람들 또한 차문디 언덕의 일출만큼은 꼭 보러 가라고 귀띔해주곤 했다. 산기슭의 천일계단을 따라 걸으며 마주하는 태양은 우리의 심장을 뜨거운 감동에 젖게 만든다면서 말이다. 특히 마이소르 궁전 앞에서 만난 한 노인의 모습이 메이의 뇌리에 깊게 박혔다. 작달막한 키에 커다란 은테 안경을 쓰고 지팡이를 손에 쥔 채 궁전 앞 벤치에 앉아 있던 노인이었다. 그는 메이에게 차

---

* 소형 엔진을 장착한 삼륜차로 인도의 보편적인 교통수단.

문디 언덕에서 바라본 일출을 이야기해주며 그 순간의 감격에 담뿍 젖어들었다. 그가 자신의 가슴에 손바닥을 얹고 울먹이는 듯한 목소리로 저 먼 차문디 언덕을 올려다보며 말을 이어가던 순간에는 메이에게도 그 풍경이 눈앞에 펼쳐지는 것처럼 생생하게 다가왔다. 떠오르는 태양빛을 말로 전해주는 그의 모습을 보고 있자니 이 노인이 《차문디 언덕을 오르며》*라는 책 속에 등장하는 현자가 아닐까, 의심이 들 정도였다. 어쩌면 그 책에 등장하는 주인공처럼 차문디 언덕을 오르며 인도의 성자나 현자를 한 번쯤 만나보고 싶다는 기대와 환상을 노인에게 덧씌운 것일지도 몰랐다.

해 지기 전 무더위가 마지막 기승을 부리는 시간에 천일계단을 거슬러 내려가는 것이 메이에게는 퍽 다행스럽게 다가왔다. 이 더운 날씨에 언덕 저 아래에서부터 계단을 타고 올라왔더라면 온몸이 땀으로 젖어들었을 것이다.

십여 분 정도 정상을 등진 채 계단을 내려가다 보니 커다란 난디**상이 보였다. 웅장한 크기에 걸맞지 않게 희화적 표정으로 조각된 난디상을 마주할 때마다 웃음이 먼저 나왔다. 난디의 얼굴이 신으로 숭배받는 수소의 모습보다는 조선시대 왈패들이나 쓸 법한 우스꽝스러운 동물 탈 모양에 더 가까워 보이기 때문이었다. 신상으로서는 어울리지 않는 모습이지만 때로는 그래서

---

* 《차문디 언덕을 오르며》, 에리얼 글룩리크, 임희근 옮김, 김영사, 2004.
** 시바 신이 타고 다니는 수소[牡牛]

더 친근하게 다가오는 구석도 있다고 메이는 생각했다.

그녀는 난디상 앞 벤치에 가 앉았다. 그리고 잠시 호흡을 고르며 주변의 공기를 느껴보았다. 인도의 공기는 어딘가 모르게 늘 갑갑했다. 상쾌함이나 청량함은커녕 공기가 실제로 있기나 한 걸까 의심스러울 정도로 숨이 막혔다. 그나마 이곳 차문디 언덕의 공기가 매연과 먼지로 뒤덮인 마이소르 시내의 공기보다는 나은 편이었다. 그럼에도 불구하고 어딘가 모르게 꽉 막힌 듯한 이 기운은 도대체 무엇일까? 메이는 궁금하고 답답했다.

그녀는 난디상 아래의 계단까지 내려가지는 않았다. 그저 난디상 앞에서 호흡을 고르고 난 뒤 자리에서 일어나 왔던 길을 되짚어 다시 계단을 올랐다. 난디상으로부터 정상까지 절반 정도 올라왔을 즈음 오른편 하늘로 해가 저물어가는 모습이 보였다. 어느새 발갛게 물든 하늘과 구름이 켜켜이 뒤엉켜 신비로운 색깔 층을 만들어냈다. 그녀는 그 자리에서 걸음을 멈추었다가 이내 오른편 수풀 사이를 헤집고 나아갔다. 수풀 너머로 커다란 바위들이 줄줄이 이어진 기슭이 보였다. 넓고 편평한 형태의 바위라서 메이는 발가락 샌들을 신고도 미끄러지지 않고 아래로 내려갈 수 있었다.

가장 널찍한 바위 위에는 사람들이 옹기종기 모여 앉아 있었다. 주로 학교 수업을 파하고 나온 듯한 대학생들과 데이트 중인 사람들로 보였다. 대학생으로 보이는 남자 세 명이 자리에 앉아 봉지에 든 감자칩을 꺼내어 먹으며 수다를 떨고 있었다. 바위는 워낙에 넓고 편평해 앉기에 편할 뿐 아니라 해가 저물며 하늘이 신비롭게 물드는 모습을 정면에서 바라보기도 좋았다. 메이가 가까이 다가가 그들과 조금 떨어진 자리에 앉자 그들이 그녀를 잠시 돌아보았다.

메이는 자리에 앉은 채로 저무는 햇빛에 물들어가는 하늘을 올려다보았다. 그녀는 차문디 언덕에서 바라보는 일몰을 좋아했다. 해는 서서히 지고, 스러져가는 태양에서 뿜어져나오는 기운이 온 하늘을 뒤덮는 순간. 삶이 명멸하는 순간의 빛을 오롯이 품어볼 수 있다면, 그럴 수만 있다면 이 삶에도 한 가닥 의미를 새길 수 있지 않을까. 그럴 수만 있다면, 그럴 수만 있다면, 하고 메이는 바라보았다.

2

요가 수련을 마치고 나왔을 때 휴대전화 앱으로 전화가 왔어. 한국에서 함께 일하던 동료 요가 강사의 전화였어. 우리가 함께 일하던 요가원이 내부수리에 들어가 같이 일하는 강사들 모두 인도로 여행을 왔다는 거야. 지금 벵갈루루 공항에 있는 그들은 우떠로 먼저 가서 1박으로 여행을 하고 그 뒤에 마이소르로 넘어와서 요가 수련을 시작할 계획이라고 했어. 요가 강사들의 여행이란 대부분 그랬어. 관광을 목적으로 이곳저곳 돌아다니기보다는 전통 요가를 체험해볼 아쉬람*이나 요가원을 찾아가 수련을 이어가며 휴가 기간 내내 머물다 가는 거야.

한국에서부터 알고 지내던 분들이 인도에 온다니 나도 오랜만에 마음이 들뜨고 설렜어. 나는 그분에게 우떠에서 마이소르로

---

* 인도의 전통적인 암자 시설로 수도원 혹은 학교로서의 역할을 하기도 한다.

들어올 때 다시 연락을 주면 마이소르 시티버스 스탠드로 마중을 나가 있겠다고 했어. 그러자 그분은 나에게 그러지 말고 지금 바로 우떠행 버스를 타고 킹스클리프 호텔로 찾아오라고 말했어. 함께 오기로 했던 일행 중 한 명이 사정이 생겨 못 오게 되는 바람에 방이 하나 남는데, 특가로 예약한 거라서 환불이 되지 않는다는 거야. 그래서 그분이 그냥 지불하기로 했다며 두말 말고 와서 그곳에서 만나자는 거였어. 단순히 제안하는 게 아니라 너무도 당연한 듯 곧장 출발하라는 말에 나도 모르게 알겠다고 대답하고 전화를 끊은 뒤 바로 짐을 꾸렸어. 1박만 하고 올 테니 많이 가져갈 것도 없이 갈아입을 옷가지와 요가 매트만 챙겨서 그대로 숙소를 나섰어.

그때 내 발걸음은 평소와 사뭇 달랐어. 내 안에 얕은 떨림과 흥분이 자라났어. 왜일까? 미리 계획하고 준비해온 일정도 아닌데, 그러니 특별히 기대하거나 기뻐할 필요도 없는데 왜 이토록 마음이 즐거운 걸까? 그 순간 나에게는 어딘가 미지의 세계로 떠나는 듯한 느낌이 배어들었어. 그래, 떠남, 떠남이었지. 끊임없이 이어지는 일상 중에 전혀 예기치 못한 갑작스러운 떠남. 그것이 바로 '여행'이라는 것의 정체구나, 라는 생각이 들었어. 그래서 오빠는 그토록 많은 여행을 떠나는 거구나, 라는 생각까지도.

시내버스를 타고 가도 되지만 조금이라도 빨리 가고 싶은 마음에 나는 지나가는 릭샤를 세워서 올라타고 시외버스가 다니는 시티버스 스탠드로 가달라고 말했어. 그렇게 버스터미

널에 도착해 차표를 사고 승강장으로 나아갈 적에는 마음이 설레기까지 했어. 승강장으로 나가기 전 매점에 들러 따뜻한 차이*와 사모사**도 주문했어. 차이는 텀블러에 담고 사모사는 신문지로 감싸 가방 속에 넣었어. 그러고는 버스에 올라 차표에 적힌 좌석 번호를 확인한 뒤 그 자리에 가 앉았지.

어느새 버스가 출발해 도로 위를 달려나가고, 차창 밖 풍경들은 마치 물 흐르듯 나를 지나쳐갔어. 문득, 오빠가 떠올랐어. 오빠와의 기억이라거나 오빠의 모습이 아닌, 오빠라는 사람의 존재 그 자체가 떠오르는 거였어. 나는 마치 만트라***를 외우기라도 하는 것처럼 혼자서 낮게 웅얼거렸어. '이제 다시는 편지하지 않을 거야.' 선언이라기보다는 좌절에 더 가까운 울음과도 같은 목소리였어. 이제 다시는 편지하지 않을 거야. 이것이 마지막 편지일 거야. 그러나 그것은 확언이 아닌 바람에 가까웠지. 언젠가 오빠에게 다시 편지하게 되더라도 지금 이 순간만큼은 이것이 마지막이기를 바라는 간절한 마음. 창밖으로 점차 멀어져가는 풍경들을 물끄러미 바라보며 나도 따라 그곳으로 깊이, 더 깊이 나아갔어.

---

* 홍찻잎에 팔각, 정향, 계피, 생강, 카르다몸 등의 향신료를 넣고 끓인 인도식 밀크티.
** 감자, 당근, 양파 등의 야채를 찌고 으깬 뒤 밀가루 반죽으로 감싸 기름에 튀긴 간식.
*** 가르침이나 지혜를 나타내는 주문으로 진실한 말[眞言] 혹은 성스러운 문장이라는 의미. 요가 수련자들은 수련 전후에 스승과 신에 대한 경배의 의미로 만트라를 외기도 한다.

3

그는 남자도 여자도 아닌 것 같았다. 어른도 아이도 아니고, 동양인도 서양인도 아닌 것처럼 보였다. 아니, 어쩌면 그 모든 것일 지도 모르겠다고 메이는 생각했다. 남자이면서 여자인, 노인이면서 아이인, 동양인이면서 서양인인 사람. 그에게 요가를 배우기 시작하면서 메이는 비로소 평안함을 느낄 수 있었다. 오래전 어머니의 뱃속에 있을 때가 바로 이렇지 않았을까? 그 순간이 떠오르는 것만 같았다. 강렬한 신체 단련으로만 여겨지던 아쉬탕 가 요가* 수련의 시간이 마치 요람에서의 시간처럼 느껴졌다. 흐름을 타는 아이, 희고 보드라운 살결, 작고 말랑한 뼈……. 그 움

---

* 아쉬토Astau는 여덟, 앙가Anga는 나뭇가지, 요가Yoga는 결합을 뜻한다. 파탄잘리의 《요가수트라》에서 제시된 요가의 여덟 가지 측면을 나뭇가지에 비유한 용어로, 나무의 목표가 빛으로 향하는 것과 같이 인간 존재가 깨달음을 향해 나아갈 수 있다는 것을 믿고 그것을 수련하는 요가 체계를 말한다.

직임의 물결을 느끼며 메이는 요가를 해나갔다.

요가 선생님은 오늘도 아무 말이 없었다. 원래 말이 없는 건지 아니면 메이와 소통하기를 원치 않는 것인지 알 수가 없었다. 메이의 생각으로는 둘 다인 것도 같았다. 그러나 요가를 수련하는 데 있어 딱히 말이나 대화가 필요하지는 않기에 메이 또한 그에게 말을 붙이거나 먼저 다가가지 않았다. 메이는 그저 자신에게 주어진 아쉬탕가 요가 동작들만 연습했고, 선생님은 이따금씩 메이에게 다가와 그녀의 자세를 교정해주었다. 설사 메이가 잘못된 요가 동작을 취하더라도 그는 결코 '틀렸다'라고 말하지 않았다. 그는 그저 잘못된 부분을 바로잡아주고 조용히 떠났다. 그게 다였다. 그럼에도 메이는 종종 그가 무엇을 말하는지 들을 수 있었다. 그의 손길에 따라 자신의 무엇이 틀리고 옳은지 깨달아졌다. 그는 어쩌면 메이의 마음속까지 꿰뚫어 보고 있는 게 아닐까? 그녀의 몸이 어떠한 상태인지 아는 것처럼 그녀의 마음이 어떠한 상태인지까지도 알고 있지 않을까? 메이는 궁금했다. 그러나 묻지 못했다. 그가 메이에게 아무것도 묻지 않듯 메이 또한 그에게 아무것도 묻지 못했다.

요가를 하는 중에도 끊임없이 케이에 대한 생각이 났다. 그리고 그녀는 머릿속으로 그에게 쓸 편지의 내용들을 생각했다. 아무리 생각하지 않으려 해도 끊임없이 떠오르는 문장들을 그녀는 쓰고 또 썼다. 지우지도 고치지도 못하고 계속 써나가기만 했다.

4

오늘도 선생님이 계속 똑같은 요가 자세만 도와주었어. 아쉬탕가 요가 수련에는 정해진 동작들의 순서가 있고, 선생님이 늘 도와주는 것은 '마리챠사나'* 라는 동작이야. 마리챠사나에는 A, B, C, D까지 총 네 개의 순서가 있고, 그중에서 내가 잘 못하는 것은 당연히 마리챠사나 D 동작이었어. 그게 가장 어렵고 불편한 자세거든. 그래서 나는 내가 마리챠사나 D를 하고 있을 때 선생님이 나를 도와주길 바랐어. 그런데 선생님은 언제나 내가 마리챠사나 C 순서를 하고 있을 때 다가오는 거야. 나는 그게 이상해. 나는 이미 마리챠사나 C를 할 줄 아는데, 그 동작에는 도움이 필요하지

---

* 현인 마리치의 이름을 딴 요가 자세이다. 팔로 다리를 감싸고 등 뒤에서 손을 맞잡아 척추를 늘이거나 비트는 동작들이 총 네 단계로 나누어져 있으며, 각각 마리챠사나 A, B, C, D 라고 부른다.

않은데, 그는 늘 이 자세만 도와주고 가버려. 그리고 내가 원했던 마리챠사나 D는 도와주질 않아. 왜 그러는 걸까? 내가 좀 더 요가를 수련해보면, 일 년, 이 년, 삼 년…… 매일 수련해나가다 보면 그 이유를 알게 될까? 그것이 성장이고 깨달음일까? 지금은 보지 못하는 것을 볼 수 있게 되는 것. 어둠에서 빛으로 나아가는 것……. 그러나 그것은 나중의 일이잖아. 나는 아직 성장하지 않았잖아. 나는 아직 어리잖아. 나는 아직도 어둠 속에 있잖아. 그래서 아무것도 볼 수가 없잖아. 나는 너무 답답하기만 한데, 두렵기만 한데, 먼저 이 길을 가본 사람이라면 나에게 좀 말해줄 수 있는 거잖아. 이것은 이렇고 저것은 저렇다고, 해답을 가르쳐줄 수 있잖아. 나를 여기서 건져올려줄 수 있잖아. 그러나 삶은 결코 그렇지 않지. 삶은 언제나 해답이 없어. 그래서 나는 더욱더 그 답을 갈구해. 해답을 찾기 위해 요가를 하고, 해답을 찾기 위해 책을 읽고, 해답을 찾기 위해 스승을 찾아가지……. 그러나 아무도 내 질문에 대답해주지 않아. 오빠조차도…… 나에게 아무런 대답을 하지 않았잖아. 오빠의 마음이 어떤 거였는지, 어디에 있는지, 무엇을 원하는지, 절대로 대답해주지 않았어. 때로는 그것이 더 용서가 안 돼, 오빠가 나를 떠났다는 사실보다도……. 그래서 나는 이렇게 피 흘리고, 그 피를 바라보면서……, 들이마시고……, 오빠를 증오하지……. 검붉은 피보다 더 탁하게 물들어가는 내 오장육부를 바라보면서, 온몸으로, 내 안에 핏물을 쏟아부으며……. 하루, 또 하루 이렇게…… 이렇게 견디는 거야.

5

오전 8시, 요가 수련을 마친 메이는 요가원 건물 밖으로 나와 길바닥에 주저앉았다. 푸른빛이 감돌던 새벽녘의 어스름이 물러나고 대낮처럼 환한 빛이 거리에 만연해 있었다. 아무런 생각이 나지 않았다. 요가를 통해 어지러운 상념과 혼탁한 마음을 비워낸 것이 아니라 그저 기운이 다 빠져 무언가를 생각하거나 되새겨볼 여력이 없는 것이었다. 단지 기운이 없는 건지 허기가 지는 건지조차 구분이 되질 않았다.

메이는 자리에서 일어나 숙소 방향으로 걸었다. 숙소로 가는 길에 식당에 들러 이들리와 와다*를 주문했다. 이미 다 만들어놓은 음식이기에 직원은 주문과 동시에 곧바로 그것들을 집어 포

---

* 이들리는 발효시킨 쌀 반죽을 쩌서 만든 빵, 와다는 렌틸콩가루와 삶은 감자 반죽을 튀긴 것으로 남인도에서 주로 아침식사용으로 먹는다.

장해주었다. 메이는 값을 치르고 음식이 담긴 봉투를 받아 숙소로 향했다. 숙소에 도착하자마자 요가 매트와 가방을 부려놓고 곧바로 바닥에 앉았다. 땀에 젖은 옷을 갈아입고 화장실에 가서 소변도 보고 손도 씻은 뒤에 식탁에 앉아 차분하게 먹고 싶었지만 도무지 그럴 만한 여유가 생기질 않았다. 극심하게 몰려드는 허기부터 어떻게든 채워야만 했기에, 지금 이 순간 그것이 제일 급하기에 그 외에 다른 어떤 것도 먼저 할 수 없었다.

봉투를 뜯는 순간부터 메이의 손은 재빠르게 음식을 집어 입안으로 옮겨넣기 바빴다. 들짐승이 다른 짐승의 살점을 뜯기라도 하듯 숨도 쉬지 않고 순식간에 모든 것을 먹어치웠다. 수저도 포크도 필요하지 않았다. 식당 직원이 포장해준 삼바르와 처트니*를 빵 위에 들이부은 뒤 손으로 대충 뒤섞어 입안으로 밀어넣기만 반복했다. 그것들을 모두 먹어치우기까지 일 분도 채 걸리지 않았다. 심지어 그것이 무슨 맛이었는지도 기억나지 않았다. 그것은 그냥 빵이고 튀김일 뿐이었다. 아니, 입으로 넣을 수 있는 무언가일 뿐이었다.

이미 2인분의 음식을 먹어치운 셈인데도 메이는 계속 허기가 졌다. 책상 위에 과자가 남아 있을까? 기억이 나지 않았다. 책상 위 난삽하게 올라와 있는 물건들을 손으로 빠르게 훑어보았다. 과자는 없었다. 혹시나 싶어 책상 서랍까지 일일이 다 열어보고

---

* 삼바르는 렌틸콩과 채소, 향신료를 넣어서 끓인 인도식 스튜, 처트니는 과일이나 채소를 향신료와 섞어 만든 인도식 피클로 둘 다 아침식사용 빵과 함께 먹는다.

옷장도 열어봤지만 먹을 것은 하나도 없었다. 이미 다 먹어치웠거나 일부러 사다 놓지 않은 게 분명했다. 이미 충분히 먹었잖아, 참아야 해. 특히 과자와 초콜릿, 빵과 케이크는 더 이상 먹지 말아야 해. 참아야 해, 견뎌야 해,라고 생각할수록 메이에게는 그것이 더욱 간절해졌다. 그녀는 그대로 자리에서 일어나 지갑을 들고 밖으로 나갔다. 그리고 숙소 앞 건물에 자리한 편의점으로 가서 오트밀 쿠키, 초콜릿 쿠키, 코코넛 쿠키를 한 움큼씩 집어들었다. 그것만으로는 부족할 것 같아 밀크 초콜릿과 아몬드 초콜릿 봉지도 더 집었다. 지금 다 먹지는 않을 거야. 메이는 마치 주문이라도 외우듯 혼자 웅얼거렸다. 그냥 맛만 볼 거야. 그리고 조금씩 나누어서 먹을 거야. 괜찮아, 괜찮아……. 다 먹지 않을 거야. 괜찮아, 괜찮아……, 걱정하지 마……. 메이는 불안과 두려움으로 차오르는 가슴을 움켜쥐고 숙소로 빠르게 뛰어갔다.

6

 지난밤, 꿈을 꾸었어. 대개의 꿈보다는 선명하고 대개의 현실보다는 흐릿한 순간들이 이어졌어. 꿈속에서 그 사람, 요한을 만났어. 꿈속이지만 그의 모습이 너무나 선명했어. 그의 모습을 보자 뭔가를 생각해보기도 전에 심장이 뛰었어. 가슴 가득 설렘도 차올랐어. 그의 모습은 예전 그대로였고, 나는 우리가 정말로 헤어지긴 한 건지 의심했어. 하지만 꿈속에서도 그와 나는 분명히 헤어진 상태였어. 어쩐 일인지 우리는 헤어졌다가 다시 만나고 있는 거야.

 여느 때와 마찬가지로 나는 요한의 집에 있고 그는 침대 위에 누워 있었어. 그는 언제나 그랬듯 반팔 티셔츠와 트렁크 팬티만 입은 차림새였어. 그가 나에게 다리를 주물러달라고 말했어. 나는 자연스럽게 그에게 다가가 앉아 맨살이 훤히 드러나 있는 그의 다리에 손을 갖다댔어. 그리고 그의 한쪽 다리를 길게 늘어트린 뒤 위로 들어올렸지. 세상에, 살이 쪘어……. 내가 말했어. 내 말에는 경이가 들어 있었어. 그의 얼굴에 다소 부끄러우면서도 자랑스러운 듯한 미소가 떠올랐어. 나는 믿을 수 없었어. 유리그릇을 다루듯 조심스럽게 그의 다리를 바닥에 내려놓고 다른 쪽 다리를 다시 들어올려보았어. 반대쪽 다리에도 어김없이 살이 올라 있었어. 어떻게, 어떻게 된 거야? 내가 놀라 물었지. 그러자 그의 얼굴이 마치 전장에서 살아 돌아온 장군과도 같이 의기양양해졌어. 그리고 그것이 무슨 특급 비밀이라도 되는 양 입을 앙다물었어. 나는 위로 들어올린 그의 다리를 좌우로 천천히 흔들어보았어. 그의 허벅다리 바깥쪽과 안쪽까지 꼼꼼하게 살펴보았어. 정말로, 살이 찐 거였어. 눈물이…… 흘렀어. 기적이 있다면 이런 거구나 싶었어.

나는 그의 다리를 다시 바닥에 내려놓고 가지런히 모아 한쪽씩 주무르기 시작했어. 아주 조금일 뿐이지만 예전보다 살이 오른 그의 다리는 주무르기에 훨씬 편했어. 물리적으로만 편한 게 아니라 심리적으로도 그랬어. 뼈와 가죽으로만 이루어져 있던 그의 몸이 행여나 부서질까 조심하던 마음은 온데간데없이 사라졌어. 양 손바닥에 힘을 주어 그의 종아리를 눌러보아도 내 손에 그의 뼈가 닿지 않았어. 그래서 그가 더 이상 아프다며 소리를 내지를 일도 없었어. 어떻게 살이 찔 수 있지? 신에게 감사드렸어. 신의 능력이 아니고는 도무지 있을 수 없는 일이라는 사실을 알기에 나는 온몸과 마음을 다해 감사할 수밖에 없었어.

나는 누워 있는 그의 얼굴을 내려다보았어. 그가 눈을 뜨고 나를 바라보았어.

　사랑해.

　소리 내어 말하지는 않았지만, 내 안에는 오직 그 말만이 가득 차올랐어. 나는 많이 놀랐어. 나는 이미 그와 헤어졌는데, 그를 그토록 미워하고 증오했는데, 나는 아직도 그를 용서하지 못했는데, 그럼에도 여전히 그를 사랑하고 있다는 게, 내 마음이 나보다 먼저 그에게 반응하고 있다는 게 놀라웠어. 하지만 이내 받아들였지. 떨리는 이 심장을, 설레는 이 마음을 받아들이지 않을 수 없었던 거야. 사랑해…… 그 사람을…… 아직도, 너무나 사랑해…….

7

한국을 떠나온 지 열 시간째였다. 집에서 나와 공항버스를 타고 인천 공항에 도착해 수속을 하고 비행기에 탑승하기까지는 세 시간여 정도가 걸렸다. 그때까지 메이는 무엇도 먹거나 마시지 못했다. 그녀는 우선 공항에서 탑승 수속부터 마치고 푸드 코트로 가서 김밥이라도 사먹을 요량이었다. 그러다 세관을 통과해 면세점 중앙 통로를 지날 때쯤 그녀는 작은 연주회를 보았다. 바이올린과 첼로, 하프시코드 연주자들로만 이루어진 삼중주가 진행되는 중이었다. 그들이 연주하는 것은 비발디의 사계, 봄 부분이었다. 밝고 경쾌하고 익숙한 리듬에 이끌려 메이는 자기도 모르게 그 앞에 멈춰 섰다. 밝은 음악을 듣자 마음이 나아지기보다는 오히려 가슴 한 귀퉁이가 뜯겨나가기라도 하는 것처럼 아프기만 했다. 공연히 눈물이 쏟아져 그 앞에 제대로 서 있기도 힘들었다. 그럼에도 메이는 그곳에서 떠나지 않고 계속 그 연주를 들었다. 한참이 지난 후에야 연주자들이 연주를 끝내고 자리를 정리하기 시작했다. 그제야 메이도 걸음을 옮겨 비행기 탑승구로 향했다. 시간을 확인해보니 탑승 시간이 다 되어 무언가를 사먹을 만한 여유가 없었다.

메이가 탄 비행기는 싱가포르 공항에 먼저 도착했다. 그곳에서 인도 벵갈루루로 가는 비행기로 갈아타기 위해 네 시간여 정도를 기다렸다. 한국과 가까운 아시아 국가들로 종종 여행을 가본 적이 있기는 했지만 비행기를 갈아탈 정도의 긴 여정은 처음이었다. 그녀는 면세점 카트 위에 배낭과 요가 매트를 싣고 카페로 가 자리를 잡았다. 따뜻한 커피를 한 잔 주문한 뒤에는 그저 망연히 앉아 있었다. 아무런 생각이 나지 않았다. 배가 고픈 건지 목이 마른 건지도 분간할 수 없었다. 커피를 받아 와 조금 홀짝여보긴 했지만 많이 들이켜지도 못했다.

메이는 배낭에서 책을 한 권 꺼냈다. 책 속의 활자들이 눈에 보이긴 하나 머릿속에 들어와 읽히지는 않았다. 그녀는 차라리 텅 비어 있는 것들을 바라보고 싶었다. 새하얀 여백을 자기 안에 가득 채울 수 있다면, 하고 생각하다가 결국 책을 덮고 일기장을 꺼내어 펼쳤다. 그리고 볼펜을 손에 쥔 채 아무런 문장이나 끼적이며 여백을 채워나갔다. 쓰고 싶은 글이나 쓸 수 있는 글 같은 건 없었다. 무엇을 쓰고 싶은지, 무엇을 쓰고 있는지도 알지 못한 채 메이는 무작정 글자들을 써 내려갔다. 싱가포르 공항, 프랜차이즈 카페, 그 안에 앉아 있는 자신과 그 앞에 놓인 커피. 그렇게 눈에 보이는 사물들을 메이는 하나씩 써나갔다. 그제야 비로소 자신이 지금 이곳, 한국이 아닌 다른 곳에 와 있다는 사실을 실감할 수 있었다. 나는 떠나왔구나. 그리고 지금 여기, 이곳에 있구나. 머릿속에 하나둘 떠오르는 상념들을 메이는 계속해서 글자로 옮겨 적었다. 누구에게도 보여줄 필요가 없고 아무렇게나 써도 상관없는 자기만의 문장을 그녀는 계속 써나갔다.

8

꿈속에서 나는 요한이 아닌 다른 애인의 집에 있었어. 나에게
는 요한이 아닌 다른 연인이 있었어. 그때부터 모든 것이 흐릿했
어. 그 집에는 나의 연인과 그의 가족들이 함께 살고 있었고, 그
중 어머니와 여동생이 먼저 보였어. 그들이 나에게 말했어. 다 알
고 있다고, 어떻게 이럴 수가 있느냐고, 어서 빨리 둘 중 한 명을
선택하라고 했어. 그리고 내가 만일 요한에게로 다시 돌아간다면
정말이지 사람도 아니라며 나를 다그치고 있었어. 애인의 여동생
이 나에게 말했어. 아직 오빠는 알지 못한다고, 하지만 알고 있을
거라고. 나는 그 말이 무슨 의미인지 알 수 있었어. 꿈속의 애인
은 정말로 아무것도 모르고 있지만 속으로는 모든 것을 알고 있
는 것만 같았으니까.

애인에게는 얼굴이 없었어. 아니, 얼굴은 있었지. 그런데 눈,
코, 입이 보이지 않았어. 그의 얼굴은 그저 하얀색이었어. 백토로

만든 것과 같은 흰색의 형체. 애인이 자리에서 일어나 나를 돌아보았어. 하얀색 형체인 그는 당연히 아무런 말도 못했지만, 그가 말하고 싶은 모든 것이 내 귀에 날아와 박히는 듯했어.

새로운 연인은 편안한 사람이었어. 그와 함께 있을 때 내 심장이 두근대거나 몸이 달아오르는 일은 없었어. 사실 나는 그에게 어떠한 감정도 가지고 있지 않았어. 설렘이라거나 떨림 혹은 미움이나 울분 따위의 감정조차도 없었어. 애인은 나를 사랑해주었지. 이제껏 나를 그렇게 많이 사랑해주는 사람은 한 번도 본 적이 없었어. 내가 평생 꿈꿔온 가장 이상적인 사랑을 실현해준 사람은 바로 지금의 애인뿐이었어. 그럼에도 내 마음은 그에게 전혀 이끌리지 않았어. 하지만 나는 이러한 내 마음 상태가 좋았어. 너무도 사랑했던 요한과 만나오는 동안 내 마음은 잠시도 쉴 틈이 없었으니까. 쉼 없는 떨림과 흥분, 집착과 분노, 열기와 광기로 끓어오르는 내 마음 상태를 늘 감당하기 어려웠어. 나는 그런 '나'하고는 함께 살 수 없었어. 그래서 내가 만약 누군가와 다시 사랑하게 된다면 그것은 그저 편안한 관계이기를 바라곤 했어. 불같이 타오르는 사랑이 아니라 잔잔하게 흐르는 물결 같은 사랑. 걷잡을 수 없이 타올라 내 존재를 모두 집어삼키는 불꽃같은 연애는 더 이상 하고 싶지 않았어. 맥없이 흐르는 듯 보이나 결코 끊어지지 않는 물길처럼 살아가고 싶었어. 꿈속의 애인이 바로 그것을 실현해줄 유일한 사람이었어. 지금 내가 이 사람을 택하면 나는 평생 꿈꾸던 평안한 삶을 살아갈 수 있을 거야. 아무런 걱정도 불안도 없이, 집착도 미움도 없이 평정심을 유지하며 살아가고 싶었어. 그러므로 나에게는 이 연인을 택하지 않을 하등의 이유가 없었어.

요한의 얼굴이 떠올랐어. 그리고 지워지지 않았어. 요한의 모습과 함께 미친 듯이 요동치는 내 마음을 잠재울 수가 없었어. 그와 동시에 나는 이미 확고하게 알고 있었어. 내 마음의 움직임을 따라 요한을 선택한다면 나는 평생토록 그 사랑과 집착의 불길 속에서 살아가게 되리라는 것을. 그가 나에게 쏟아붓는 욕설, 경멸과 무시의 눈빛, 그리고 나를 외면하는 모든 태도들이 어우러져 그와 나는 끊임없이 서로를 할퀴고 물어뜯으며 싸우기만 할 거야. 정말이지 나는 그 지옥의 한가운데로 다시 나아갈 자신이 없었어. 그럼에도 너무나 선명하게 피어오르는 요한의 모습……. 그것은 사랑이었어. 사랑이 아니고는 다른 어떠한 언어로도 표현할 수가 없어. 그래, 사랑, 사랑이었어.

나는 꿈속의 애인과 가족들의 비난을 뒤로한 채 요한에게로 달려갔어. 요한은 예전 모습 그대로 침대에 누워 있었어. 산소공급기의 호스가 그의 얼굴에 휘감겨 있었어. 그리고 나의 심장이 거기에 함께 묶여 있었어.

나는 그만 상체를 일으켜 앉았어. 두꺼운 이불이 내 몸을 뒤덮고 있었지. 나는 두 손으로 이불깃을 붙들고 몸을 앞으로 구부려 이불 위로 엎드리고 고개를 파묻었어. 꺽, 꺽, 울음이 새어나왔어. 여전히 침대에 누워 있는 요한의 모습, 그런 요한을 보며 쿵쿵 뛰는 내 심장, 그 불같은 사랑이…… 모두 다 꿈이었다는 사실을 받아들일 수가 없어. 나를 짓이겨도 좋으니, 나에게 욕설을 내

빨고 심장을 할퀴고 머리를 마구 내리쳐도 좋으니 요한이 제발 나에게로 돌아와줬으면. 나에게 와서 자신의 곁에 있어달라고, 이제 어느 누구도 그의 곁에 있어주지 못한다고 말해준다면, 그럴 수만 있다면 나는 또다시 그에게로 가게 되리라는 것을 알 수가 있었어. 지금 이 순간까지도, 이 지독한 통증과 열병 속에서도 나는 그에게로 달려갈 수밖에 없는 거야.

수도 없이 반복해온 그 상상이 되살아났어. 어느 누구의 눈에도 띄고 싶지 않아 도둑처럼 몰래 참석만 해오던 1부 예배. 내가 그 예배만 드리고 서둘러 교회에서 빠져나온다는 사실을 알고 있는 요한. 그래서 그런 나를 만나러 1부 예배가 끝나는 시간에 맞춰 예배당 문 앞에서 나를 기다리고 있는 그의 모습.

요한이 나를 찾아오는 이유는 그의 인생에 꼭 한번 이루고 싶은 간절한 소망, 바로 결혼 때문이라고 짐작하는 내 상상의 나래가 펼쳐지는 거야. 그는 여전히 나를 사랑하지 않지만, 죽음이 그에게 다가오고 있으니까, 자신의 생명이 끊어지기 전에 그는 반드시 결혼을 하고 싶다고 말하는 거야. 이제 자신은 곧 걸을 수도 없게 된다고, 휠체어를 타고 예식장에 들어가야 하는 신랑을 맞이할 수 있는 신부는 이 세상에 없다고. 만약에 있다면 그것은 바로 너, 정윤희 하나뿐이라고. 이기적이라는 사실을 알지만 죽음 앞에서 자신은 진짜로 이기적이 될 수밖에 없다고 말하는 요한의 얼굴이 보였어. 비참했지. 요한이 나에게 그런 이기적인 요구를 하기 때문이 아니라, 그가 세상에서 가장 이기적인 말과 행동을 일삼을지라도 그 곁에 머물고 싶어 하는 나의 마음과 마주하는 일이 비참한 거야.

　이 이불을 걷고 저 문을 박차고 나가면 바로 요한이 있을 것만
같아. 하지만 실상은 아무것도 없으리라는 것을 알기에 나는 자
리에서 일어날 수조차 없어. 그가 없다는 사실을, 이 비참하고 구
질구질한 상황조차 나의 망상일 뿐이라는 사실을 확인하고 싶지
가 않아……

9

"지금 머물고 있는 숙소는 2층 주택의 옥탑방이에요. 이곳 맞은편에 새로운 집이 지어지는 중이라서 매일 네댓 명의 인부들이 기둥을 세우고 벽돌을 쌓으며 일하고 있어요. 왠지 저는 옥상의 난간에 기대어 서서 매일 그 모습을 바라보게 돼요. 거리가 워낙 가깝다 보니 그 사람들의 움직임과 표정까지 자세하게 볼 수가 있거든요. 그렇게 매일 그 모습을 보는데, 참 이상하더라고요."

"뭐가요?"

"그 사람들…… 그저 공사장에서 일하고 있을 뿐인데, 뜨거운 땡볕 아래서 거칠고 힘겨운 노동을 하고 있는데, 그런데……."

메이는 왠지 목이 메는 듯해 앞에 놓인 맥주를 좀 더 들이켜고 난 뒤 말을 이어갔다.

"그런데 그 사람들 표정이, 정말로 행복해 보이는 거예요. 처음에는 그 모습이 이상하게 느껴지더니, 점점 궁금해지더라고요. 도대체 뭐가 그렇게 행복한지, 왜 그렇게 행복한지에 대한 것들이요."

"인도에서는 계급에 따라서 직업이 정해지니까, 어떤 직업이라도 가지고 있는 것이 그들에게는 행복한 일일 수도 있죠. 우리는 이해하기 어렵겠지만."

"그래요, 이곳에서는 그 정도의 직업도 가지지 못해 거리에서 먹고 자고 구걸하며 살아가는 사람들이 수두룩하죠. 그렇게 구걸을 하는 사람들 대부분이 팔이나 다리가 없는 장애를 가지고 있고, 아이가 태어난 뒤에 부모가 일부러 그렇게 만들어놓는다는 이야기도 들은 적이 있어요. 그래야 구걸이라도 하면서 살아갈 수 있으니까, 최소한 굶어 죽는 일만은 피하기를 바라는 마음으로 그렇게 한다고요. 장애를 가지고 구걸이라도 하면서 살아가는 삶이 기아와 질병으로 맞이하는 죽음보다 낫다고 믿는 거겠죠. 그런데 저는 이 모든 현실에 화가 나요. 삶이 어떻게 죽음보다 나을 수 있는지, 비루하고 힘겨운 삶이 이어지는 것을 어떻게 축복으로 받아들이며 견뎌나갈 수 있는지 이해할 수도 없지만, 사실 제가 진짜로 화가 나는 것은 왜 인도인들은 이 삶에 만족하는지, 어떻게 이 삶과 카르마에 순응할 수 있는지에 대한 것들이에요. 저는 그것을 이해할 수가 없고, 그들이 이 삶에 만족하는 것에, 감사하는 것에, 순응하는 것에 화가 나는 거예요. 그들은 그들 스스로 전생에 지은 죄가 많아 현생인 지금 가난하고 천한 계급으로 태어났다고 믿잖아요. 그리고 그 카르마를 씻어내기 위해 신을 모시고 섬기는 일에 최선을 다하며 살아가고요. 하지만 종교와 철학을 배제하고 사회학적으로만 그들을 바라보면, 그 가난하고 가여운 사람들이 도대체 무슨 죄가 있다고 힘겨운 노동을 감당해야 하는지 알 수가 없는 거예요. 태어나보니 부모가 부자였고 높은 계급인 사람들은 아무런 죄의식도 고난도 없이 편하고 풍요롭게 살아가는데, 아무리 열심히 일해도 돈을 모을 수 없고 아무리 노력해도 자신의 신분을 바꿀 수 없는 그 죄 없는 사람들이 왜 그런 고통을 받아들여야 하는지 답을 알 수가 없어요. 어째서 인도인들은 그들의 카르마와 계급에 그토록 순종적일 수 있는지 왜 아무도 그것에 저항하지 않는지에 대해서 끊임없이 화가 나요. 이곳에는 혁명도, 공산주의도, 심지어 천민자본주의조차도 존재할 수가 없고, 그들에게 그러한 개념을 들이대는 것 자체가 우습고 무의미한 일이라서, 그것이 저를 무기력하게 만들어요. 국가로부터 더 많은 혜택과 보호를 받아야 할 사람들이 어째서 종교와 철학이라는 이름 아래 온갖 천대와 멸시와 고통을 견뎌야만 하는지, 그리고 그들은 왜, 어떻게, 그 모든 것들에 순종할 수 있는지 알 수가 없어요. 저는 저에게 주어진 것들을 하나도 받아들일 수가 없는데, 내 삶에 도무지 순응할 수가 없는데, 현실적으로 나보다 나을 게 없는 저 사람들은 어떻게 그게 가능한지, 왜 나만 이렇게 이 과정이 힘든지 저는 정말로 모르겠어요."

"열정이, 느껴지네요."

"네?"

메이에게 일어나는 감정은 열정이 아니라 분노였기에 그녀는 당혹스러운 눈으로 케이를 바라보았다.

"인도 사람들에게는 그들만의 종교와 역사와 철학과 문화가 있어요. 특히나 계급의 문제는 인도인이 아니고서는 누구도 결코 이해하거나 받아들일 수 없는 거예요. 저도 처음 인도에 왔던 스무 살 때는 그들의 계급 문제에 화가 나서 도대체 이게 뭔지 파헤쳐보자는 마음으로 계속 찾아오게 됐어요. 하지만 삶이라는 것이 살면 살수록 뭔지 더 알 수 없게 돼버리는 것처럼, 인도에 오면 올수록 인도에 대해 점점 더 모르게 돼버리는 게 있어요. 지금은 사실, 아무 생각이 없어요. 뭔가 알아가고 파헤치고 분노하는 데에도 열정이 필요한데, 이제는 나이가 들어서 그럴 기운도 없는 거죠. 그래서 그냥 바라보고만 있는 거예요. 그것에 대해 판단하거나 반응할 여력이 없어서 그냥 바라보는 거죠. 인도를, 인간을, 그리고 나 자신을요."

"저는, 그것마저도 화가 나요. 저도 그렇게 판단하지 않고 반응하지 않고 그저 바라보고 싶은데, 여여(如如)하고 싶은데 그마저도 제 마음대로 되지가 않으니까요. 끊임없이 무언가를 비교하고 판단하고 일일이 반응하는 제 마음을 조절할 수가 없고, 화내고 슬퍼하는 마음도 조절할 수가 없어요. 무기력하고 우울한 마음도 조절할 수가 없는 제 자신이 한심해서, 화가…… 계속 나요."

"그 마음을 굳이 조절하려고 하지마요. 그냥 바라보고, 흘러가는 대로 내버려두세요. 시간이 지나면, 계속 살다 보면, 그러면 자연히 메이 씨가 원하는 상태에 도달하게 될 거예요. 메이 씨는 이미 달리는 버스에 타고 있잖아요. 그 안에서 메이 씨가 어떻게 하든 그 버스는 결국 종착지를 향해서 달려갈 거예요. 그러니 그 안에서까지 너무 애쓰며 달리지 말아요. 가만히 앉아서 이 삶을, 나 자신을, 그저 바라보기만 해도 돼요."

10

떠나던 날은 결코 행복하지 않았어. 누구도 나의 떠남을 배웅하거나 응원해주지 않았지. 나는 홀로 짐을 싸고 가방을 멘 채 그만 집에서 나오려 했어. 그러자 어머니와 오빠가 싸늘한 눈빛으로 나를 내려다보았어. 미친년. 오빠가 먼저 나에게 말했어. 평상시의 나였다면 대꾸하지도 않고 뒤돌아서 나와버렸을 테지만, 그날만큼은 나도 갑자기 화가 치밀었어. 아무런 기약도 없이 인도로 떠나는 나를 배웅해주거나 응원해주지는 못하더라도, 최소한 잘 다녀오라는 인사 정도는 해주리라고 기대했기 때문이었어. 나는 내 여행 가방을 팽개치듯 바닥에 내려놓고 소리를 질렀어. 도대체 왜 이러느냐고, 잘 다녀오라는 말 한마디 해줄 수 없는 거냐고, 떠나는 사람에게 꼭 이렇게까지 해야 하느냐고, 목청이 터져라 소리 지르는 나를 오빠는 드러내놓고 비웃었어. 옆에 있던 어머니가 나에게 원망과 한탄이 뒤섞인 목소리로 말했어.

살다 살다 너 같은 년은 처음 본다. 집안 꼴이 이 지경인데 도움은 못 줄망정 혼자 살아보겠다고 외국으로 나가? 그래, 가서 아주 잘 먹고 잘 살아라, 내가 너 얼마나 잘 사는지 끝까지 두고볼 테니까.

내가 다시 말했어. 외국? 외국 같은 소리 하고 있네. 내가 지금 호화로운 해외여행이라도 가는 줄 알아? 인도로 가는 게, 한국에서 사는 것보다 더 멋지고 낭만적인 인생이라고 생각하는 거야? 도대체 머릿속에는 뭐가 든 거야? 나는 그렇게 소리 지르고 바닥에 내던졌던 가방을 다시 집어든 뒤 현관문을 밀어젖혔어. 등 뒤에서 어머니도 끝까지 악에 받친 소리를 내질렀어. 그래, 네 멋대로 살아봐라, 네 멋대로……

부모님은 얼마 전에 이혼했어. 아버지는 살고 있던 집을 어머니에게 위자료로 주고 아주 속 시원한 태도로 떠나버렸어. 그 무렵 오빠는 다니고 있던 회사에서 성희롱 사건에 휘말려 해고당하고 집으로 돌아와 있었어. 거기에 나까지 요한과 헤어져 짐을 모두 정리해 어머니 집으로 들어갔던 거야. 어느 누구도 앞으로 어떻게 살아갈지, 생활비는 누가 마련할지 정리가 안 된 채였지. 그 상황에서 나는 아무런 계획도 해결책도 없이 무작정 인도로 떠나왔으니 가족들 눈에는 내가 진짜 미친년으로 보이는 게 사실 무리도 아니긴 해.

아버지는 제법 큰 규모의 운수회사 임원이었고, 부동산과 예금, 주식 등을 가지고 있었어. 아버지는 많은 재산을 가지고 있기는 했지만 전형적인 자수성가형 부자였기 때문에 평상시 매우 절약하는 편이었어. 그래서 나는 생활에 필요한 것들을 비교적 쉽게 얻을 수 있었지만 내가 원하는 것들은 결코 가져볼 수 없었어. 예를 들어 학교생활에 필요한 교복, 학용품, 책 등은 부모님이 아무런 조건 없이 다 사주었어. 하지만 내가 갖고 싶은 예쁜 옷이나 구두, 액세서리 같은 것들은 아무도 사주지 않았고, 용돈도 전혀 받지 못하고 자랐어. 그래서 나는 방과 후에 친구들과 어울려 빵이나 떡볶이 같은 간식들을 사 먹어볼 수도 없었어. 아버지는 그런 부분에서 무척이나 냉정했고, 내 의견이나 관심사 같은 것에 절대로 귀 기울이지 않았어.

아버지는 그가 베푸는 물질적인 혜택을 내가 결코 당연하게 여기지 못하도록 끊임없이 주지시켰어. '이것은 공짜가 아니야, 자본주의 세계에서 공짜는 없어, 너는 네가 받은 모든 것들을 나중에 돈을 벌어서 갚아야 해, 너는 내가 벌어온 돈으로 먹고 자고 공부하는 대신 나의 모든 명령을 따라야만 해'라는 식으로 말이야. 그래서 나는 아버지와 함께 사는 게 아니라 아버지의 집에 잠시 세 들어 살아가고 있을 뿐이라는 인상을 지울 수 없었어. 그 집에는 내 것이 아무것도 없었고, 무언가 쓰게 된다면 반드시 되돌려주거나 추후에 갚아야만 하는 것들이었지. 그러므로 부모님과 나의 관계는 일종의 공적인 역할로써 맺어진 사이였어.

연예인들이 방송에 나와 그들의 아이들과 함께 시간을 보내는 관찰형 예능 프로그램을 본 적이 있어. 아빠와 아이들이 나와서 여행을 가거나 놀이동산에 가거나 밥을 먹거나 잠을 자거나 쇼핑을 하는 등 일상의 크고 작은 일들을 함께 하는 육아 예능 프로그램 말이야. 대중은 연예인의 사생활과 그들의 가족을 볼 수 있다는 것에 매력을 느끼겠지. 나도 이런 종류의 프로그램들을 종종 보았고, 그러다가 그 안에서 무언가 이상한 점을 발견했어. 아이들의 아빠는 마치 잘 짜인 각본을 따라 연기라도 하는 것처럼 아이들을 극도로 잘 챙기는 거야. 그것은 나에게 생소한 장면이었어. 아버지가 아이를 챙겨주는 모습, 그리고 아이를 사랑하는 마음을 주체하지 못하는 모습……. 나는 가족끼리 그토록이나 서로를 사랑하고 챙겨주는 모습을 태어나 처음 보았어. 그것은 놀랍거나 감동적이기보다는 이상하게 다가왔어. 왜 저 아빠들의 표정이 저렇지? 왜 아이들을 저렇게 대하지? 왜 아이들에게 저렇게 말하지? 하는 질문들이 떠오르기만 했어. 그것이 바로 '아버지의 사랑'이라는 것을 나는 매우 늦게 깨달았어. 그 아빠들은 아이를 진짜로 사랑하는 거였어. 정말로 많이, 주체할 수 없을 정도로 많이, 스스로도 경이로울 만큼 많이 사랑하고 있었어. 이 세상의 아버지들은 자신의 아이들을 그렇게 대하고 있었던 거야.

아버지가 나를 사랑하지 않는다는 말을 한 적은 없었어. 그와 마찬가지로 나를 사랑한다는 말 또한 한 번도 해준 적 없었지. 그래서 나는 그것이 당연한 거라고만 여겨왔어. 세상의 모든 아버지들이 마치 공적인 관계의 사람을 대하듯이 아이에게 엄격하고, 냉정히, 사랑하지 않는 것. 세상의 모든 아버지들이 다 그렇게 살아가는 줄만 알았던 거야. 그래서 부모님의 이혼은 나에게 아무런 충격도 상처도 주질 않았어. 그것은 그들의 삶이고 관계일 뿐, 나와 관련된 인간관계는 아니므로 나는 그것에 영향받을 이유가 없었어.

　아주 어린 시절부터 나는 아버지가 줄곧 이 가정에서 떠나고 싶어 했다는 사실을 알고 있었어. 그것을 모를 수 없을 정도로 아버지는 나를 타인과 같이 대했으니까. 그래서 아버지가 마침내 집을 떠나 더 이상 돌아오지 않는다는 사실이 나에게는 지극히 당연하게 다가왔어. 그리고 내 생활은 그 이전과 다를 바가 없었어. 그런데 왜 이제 와서 그 아버지의 부재가, 아니 아버지 사랑의 부재가 나에게 떠오르는 걸까? 왜 그 부재함이 이렇게 선명하게 드러나는 걸까? 나는, 나는 정말로 모르겠어. 나는 나 자신에 대한 거라면 정말이지 아무것도 알 수가 없어. 그래서 너무 답답하고, 그래서 너무 화가 나.

11

인도 벵갈루루 공항에 도착해 메이는 비행기에서 내렸다. 오는 내내 자다 깨다를 반복하다 보니 몇 날 며칠을 비행기와 공항에서만 보낸 듯한 느낌이 들었다.

입국 수속을 마치고 국제공항 청사 밖으로 나오자 뜨겁고도 강렬한 햇빛이 한가득 쏟아졌다. 두꺼운 타이츠에 검은색 코트 차림이 민망할 정도였으나 공항 앞에서 만나기로 약속한 택시기사에게 검은색 코트 차림으로 간다고 미리 말해둔 탓에 겉옷을 벗을 수도 없었다.

카트에 배낭과 짐을 싣고 입국자를 기다리는 대열로 걸어나가자 인도 사내가 'PUNDARIKA'라고 쓰인 플래카드를 들고 서 있는 게 보였다. 메이는 인도에 가면 자신의 한국 이름보다는 힌디 이름을 사용하는 게 나을 것 같아 차를 예약할 때 그 이름을 말해두었다. 그리고 기사와 인사를 나누며 자신을 '푼다'라고 불러달라고 말했다. 그러자 택시기사는 알았다고 하며 자신은 '라주'라고 했다.

라주와 인사를 마치고 택시가 있는 쪽으로 걸어가며 메이는 처음 만난 도시의 풍경을 꼼꼼히 살펴보았다. 공항에서 바라본 인도는 '따뜻한 남국' 이미지 그대로였다. 무더운 공기와 하늘 높이 솟은 야자수들이 자아내는 풍경은 방콕이나 제주에서 느낀 인상과 다소 비슷했다. 그러나 태국의 습기 혹은 제주의 바람과는 다르게 인도에서는 건기(乾氣)가 느껴졌다. 어디선가 모래바람이 불어와 눈앞을 금방이라도 부옇게 만들 것만 같은 환각에 시달리며 메이는 라주를 따라 주차장으로 걸어갔다.

라주의 차 앞에 도착해 메이는 짐을 모두 트렁크에 싣고 자신은 뒷좌석으로 들어가 앉았다. 벵갈루루 공항에서 마이소르까지는 차로 약 세 시간 정도 걸린다고 했다. 라주는 메이에게 한숨 푹 자두라고 했지만 메이는 차창 밖 이국의 풍경에 사로잡혀 도무지 잠을 잘 수 없었다. 차도고 인도고 할 것 없이 유유자적하며 걷고 있는 소떼들, 운동화도 슬리퍼도 없이 맨발로 걸어다니는 사람들, 빨강, 노랑, 분홍, 초록 등 형형색색의 사리를 입고 꽃과 금으로 만든 액세서리를 몸에 두른 채 지나가는 여인들, 그리고 종횡무진 거리를 누비는 수많은 오토바이들이 내내 메이의 눈길을 끌었다. 오토바이와 택시가 부딪칠 뻔한 순간도 여러 번, 그럴 때마다 깜짝 놀라는 그녀에게 택시기사는 절대로 사고가 나지 않을 테니 걱정하지 말라고 했다.

라주의 그 말 때문만은 아니지만 메이는 인도에 도착하고 난 뒤부터 어쩐지 걱정이 사라지는 느낌이 들었다. 정신없이 오고 가는 차들을 바라보고 있으면 묘하게도 마음이 편안해졌다. 시끄럽고 번잡한 이 도시에도 나름의 질서는 존재했다. 사람들은 차선도 신호도 없는 도로 위에서도 저마다의 길을 잘 찾아다녔다.

그들이 나아가는 길을 메이는 가만히 바라보았다. 혼잡한 도로 위에서 펼쳐지는 그들만의 질서와 안정, 자유로움 속에서 메이는 문득 '시간'을 보았다. 그녀의 존재와 '시간'이라는 존재가 각각 떨어져나와 비로소 서로를 마주했다. 한국에서 인도로 메이가 넘어온 것은 분명히 '공간'인데, 이곳은 한국과는 다른 '시간' 속이라는 인상이 더 크게 다가왔다. 머리에 커다란 함지박이나 양동이를 이고 가는 여자들, 나뭇짐을 등에 진 사내들, 차선도 없는 길을 그저 달려나가는 자동차와 오토바이들의 모습은 과거의 어느 시간 속으로 메이를 데려가는 것만 같았다.

차창 밖 풍경을 보며 메이는 앞으로 이곳에서 일어날 일들에 대해서 생각했다. 하지만 어떤 일들이 일어날지 알 수 없다기보다는 아무 일도 일어나지 않을 거라는 생각만 맴돌았다. 아무 일도 일어나지 않는 것 또한 일종의 사건으로 볼 수 있다면 그렇다고 할 수도 있으리라. 메이는 어쩌면 스스로 그것을 가장 바라고 있지는 않을까,라고 생각하기도 했다. 그사이 택시가 서서히 속도를 늦췄다. 아직 마이소르에 도착한 것 같지는 않아 주변을 돌아보니 매점처럼 보이는 작은 건물 앞이었다. 택시기사는 차의 시동을 끄며 메이에게 커피나 차를 좀 마시겠느냐고 물었다. 아무래도 그는 이곳에서 잠시 쉬어가려는 모양이었다.

매점의 입구에는 커피와 차를 만들어 파는 티룸이 있고, 그 안으로 과자와 음료수 등을 파는 매대가 있었다. 인도인들이 즐겨 먹는 간식 사모사와 파코라*도 보였다. 배가 고프지는 않지만 인도 현지의 간식과 차이 맛이 궁금해 메이도 조금 먹고 가기로 했다. 택시기사 또한 사모사와 커피를 주문했다. 매점의 간이 테이블 앞에 서서 따끈한 차이와 사모사를 먹으니 먼 과거의 시간으로 떠나온 듯한 아련한 감정은 밀려나고 비로소 현실에 들어선 듯한 느낌이 들었다.

벵갈루루 공항을 출발한 시간으로부터 어느덧 두 시간여가 지나 있었다. 이제 마이소르에 가까워지지 않았을까 싶었지만 아직 마이소르라고 적힌 표지판은 보지 못했다. 메이는 차 안에서 보내는 시간이 슬슬 지루해지기 시작했다. 인도에 오긴 왔는데, 마이소르에는 언제쯤 도착하는 것일까? 아쉬탕가 요가를 수련하거나 지도하는 현대의 요기**들에게 요가의 성지라 불리며 전 세계 요가 수련자들을 지속적으로 불러들이는 땅. 메이는 왜 그곳에 가려는 것일까? 어렵고 고통스럽기만 해서 그만 포기하고 말았던 아쉬탕가 요가 수련을 왜 인도 마이소르에 가서 다시 이어가려는 것일까? 수많은 이들이 오직 요가 수련만을 목적으로 찾아드는 그 땅에 자신이 왜 가고 있는지 그녀는 알 수 없었다. 알 수 없지만, 알 수 없어서, 그곳에 가봐야만 할 것 같았다. 그

---

* 다진 야채에 밀가루를 섞어서 튀긴 간식.
** 요가 수련자.

곳에 가면 자신이 찾고 있는 무언가, 그러나 그게 무엇인지는 알 수 없는 그 무언가를 찾을 수 있을 것만 같았다.

택시는 어느덧 떠들썩해 보이는 버스터미널과 시내를 지나 가로수와 공원이 보이는 한적한 마을로 들어섰다. 학교 수업을 파한 나이 어린 학생들이 책가방을 맨 채 줄지어 걸어가는 모습을 보며 메이는 비로소 고쿨람*의 초입에 다다랐음을 알 수 있었다.

* 마이소르에 속한 작은 마을로 다양한 요가 수련원과 수련자들을 위한 숙소, 식당들이 모여 있다.

12

어린 시절을 돌이켜보니 다른 가족의 모습을 보고 육아 예능 프로그램을 볼 때처럼 희한하다고 느낀 적이 또 한 번 있었던 게 떠올라. 그것은 바로 우리 고모의 가족을 통해서였어. 내가 중학생이던 무렵 고모네 가족은 우리 가족과 같은 아파트 단지에 살며 매우 가깝게 지냈거든. 고모에게는 딸이 두 명 있었고, 큰딸은 유미, 작은딸은 아미였어. 큰딸은 우리 오빠와 나이가 같고 작은딸은 나와 나이가 같았어. 그럼에도 그들의 생일이 더 빠르다는 이유로 우리 오빠는 유미언니를 누나라고 불렀고, 나는 둘 모두를 언니라고 불러야 했어.

내가 이상하다고 느낀 사람은 바로 고모부였어. 그런데 고모부에 대해서 이야기하려면 우리 고모에 대해서 먼저 이야기할 수밖에 없어. 고모에게 그 일이 있고 난 뒤 고모부의 모습을 바로 보게 된 것이니까 말이야. 그래, 고모, 그 글자만 떠올려도 무조건 눈물부터 나오곤 해. 아마 내가 마지막으로 보았던 고모의 그 눈빛 때문일 거야. 벌써 십여 년이나 지난 일인데 나는 왜 아직도 그 눈빛을 잊을 수가 없는 걸까? 어쩌면 내가 잊을 수 없는 것은 고모의 눈빛이 아니라 그 순간에 내가 가졌던 마음가짐일지도 모르겠어.

　고모는 다정한 사람이었어. 물론 나는 고모와 함께 살아본 적이 없기 때문에 고모가 평상시에도 마냥 다정한 것인지 아니면 어쩌다 만나는 나에게만 다정하게 대해준 것인지 알 길이 없었어. 어쨌거나 나에게 있어 고모는 언제나 다정한 사람이었어. 돈을 아끼는 우리 부모님 대신 신학기마다 나에게 새 운동화와 가방, 외투 등을 사주는 사람도 고모였어. 방학 때마다 바닷가나 스키장으로 나를 데리고 여행을 가주는 사람도 고모였지. 물론 고모가 나에게만 그렇게 해주는 것은 아니었어. 고모가 가족들과 함께 여행이나 쇼핑을 갈 때에 나와 우리 오빠를 껴주는 식이었거든. 구두쇠였던 우리 아버지와는 다르게 고모는 무엇을 사든 가장 비싸고 좋은 것으로만 고르는 경향이 있었어. 그러면서도 유세를 떨거나 생색을 내는 기색 없이 늘 침착하고 유연한 태도로 우리를 이끌었어. 또한 우리 부모님은 언제나 자기들 멋대로, 자기들이 원하는 대로 모든 것을 결정했는데 고모는 내가 원하는 것을 먼저 물어보고 함께 결정해주는 사람이었어. 백화점에 가서 내가 선뜻 한 가지를 고르지 못한 채 주저하다가 가장 값싼 상품을 고르면 고모는 '우리 윤희가 정말 좋은 것을 골랐구나, 윤희는 보는 눈이 참 높다, 참 예쁘다'라고 말하며 나를 먼저 칭

찬했어. 그 후에 '그런데 이것은 어떠니? 윤희가 고른 것보다 예쁘지는 않지만 왠지 더 튼튼해 보여서 오래 쓸 수 있을 것 같아'라면서 훨씬 더 값비싼 물건을 골라주는 거였어. 고모가 나긋나긋한 목소리로 그렇게 말하면 나는 마법에 홀리기라도 한 것처럼 고모가 권해준 물건을 집어들고 신이 나서 그걸로 하겠다고 소리를 지르곤 했어. 그러면 옆에 있던 고모의 딸 아미언니가 나를 흘겨보며 '야, 조용히 좀 해. 여기 있는 사람들 다 듣겠다'라고 말했어. 그래도 나는 고모가 골라준 물건이 주는 기쁨에 취해 아미언니의 핀잔 따위는 가볍게 흘려들을 수 있었어.

이따금씩 고모네 집에 가서 잠을 잘 때면 고모는 뭐든 내가 만족하고 편안할 수 있도록 신경 써주었어. 지금에 와서 돌이켜보면 고모에게 나는 딸이 아닌 손님이었기에 그랬을 수도 있겠다 싶지만, 그때는 그런 것을 전혀 생각지 못했지. 고모는 항상 다정하고 너그러운 사람으로만 보였고, 그런 고모를 엄마로 둔 사촌 언니들이 마냥 부러웠어.

고모는 고등학교에 진학하지 못하고 남대문 액세서리 도매상가에 직원으로 취직해 일하다가 자신과 같이 그곳에서 일하던 고모부를 만나 결혼했고, 착실히 돈을 모아 그들만의 액세서리 도매점을 내서 부자가 됐어. 1990년대 경기가 호황일 적에 그들은 그곳에서 엄청나게 많은 돈을 벌어들였어. 도매상 특성상 모든 거래가 현찰로 이루어지고 반품은 거의 없었으니까 말이야.

나는 고모가 남대문 시장에서 장사를 하고 있다는 사실을 알고는 있었지만 고모가 일하는 곳에 가본 적은 없었어. 그래서 그곳에서의 고모의 모습은 전혀 알지 못했어. 다만 고모의 집을 가득 채운 수입 가구와 식료품, 그리고 계절마다 떠나는 화려한 휴가를 부러워했지.

어느 날 내가 학원 수업에 가지 않고 혼자서 거리를 걷고 있던 때였어. 정처 없이 걷다가 아파트 근처 상가에 다다랐을 때 반대편에서 걸어오고 있는 고모를 보았어. 새벽 시간에 남대문 시장에 나가 장사를 하기 때문에 점심시간이 지난 오후 무렵이면 고모부에게 가게를 맡기고 집으로 먼저 돌아오는 거였어. 고모는 화장기 없는 얼굴에 부스스하게 흐트러진 짧은 파마머리, 검은색 바지에 단화 그리고 점퍼 차림이었어. 허리춤에는 시장 상인들이 가지고 다닐 법한 검은색 전대를 차고 있었어. 온통 까맣기만 한 고모의 모습은 한 마리 쥐새끼 같아 보였어. 아니, 사실은 고모의 차림새 때문이 아니라 눈빛 때문에 그렇게 느꼈을 거야. 고모는 어딘가를 바라보며 걷고 있는데 그 눈빛만큼은 어느 곳도 바라보지 않는 것처럼 텅 비어 있었어. 그런 고모의 그 눈빛이 나는 왠지 두렵게 느껴졌어.

고모와 마주치는 게 두려웠던 데에는 다른 이유들도 있었겠지. 부모님 몰래 학원 수업을 빼먹은 것도 마음에 걸렸고, 고모의 모습이 평상시와 달리 추레한 것도 불편했어. 무엇보다도 그 텅 빈 눈과 마주하는 일을 나는 피하고 싶었어. 말을 걸고 싶지 않고, 알은체하고 싶지 않은 마음밖에는 들지 않았어. 그래서 나는 그대로 몸을 돌려 고모를 등지고 뛰듯이 걸었어.

오랜 시간 동안, 그때 본 고모의 모습이 자주 떠올랐어. 그때 내가 고모를 외면한 것은 그 꾀죄죄한 차림새 때문이었는지, 그 텅 빈 눈빛 때문이었는지, 아니면 나 자신 때문이었는지 도무지 구별할 수 없었어. 아직까지도 나는 그 이유에 대해서 정확하게 알 수가 없어…….

그날 내가 만일 고모에게 알은체했더라면, 반갑게 인사하며 다정하게 말을 걸었더라면, 그랬더라면, 무언가 달라질 수 있었을까? 그 일이, 일어나지 않을 수 있었을까? 막을 수 있었을까? 아니면 조금이라도, 미룰 수는 없었을까? 방구석에 틀어박혀 수도 없이 많은 시간 동안 그 생각으로 나 스스로를 가득 채우며 살았어. 그날 내가 그랬더라면, 고모와 나는 다정하게 손을 맞잡고 아파트 상가의 분식집으로 들어가 떡볶이와 김밥을 먹으며 시간을 보내지는 않았을까? 아니면 고모의 집으로 가서 달고 바삭한 양념치킨이라도 시켜먹으며 대화를 나누지 않았을까? 고모가 나에게 왜 학원에 가지 않았느냐고, 뭔가 힘든 일이 있는 건 아니냐고 물으며 내 마음속 이야기에 귀기울여주지는 않았을까? 무슨 말이라도, 어떤 이야기라도, 고모와 내가 함께 해볼 수 있지 않았을까? 그랬더라면, 막을 수 있었을까? 그날을, 그 일을, 늦출 수라도 있지 않았을까? 나는 생각하고 또 생각해왔어.

다음날 학교에 갔을 때, 2교시 수업이 끝나자 반장이 나에게 어서 교무실로 가보라고 말했어. 그 말을 듣고 교무실에 가니 그곳에 있던 모든 선생님들이 일제히 나를 바라보았어. 담임선생님이 나에게 다가와 김아미가 내 사촌이었느냐고 물었어. 내가 맞다고 대답하기도 전에 다들 이게 웬일이냐고, 나에게 왜 학교에 왔느냐고, 어서 돌아가보라고 했어. 나는 무슨 일인지 전혀 감이 잡히지 않았어. 선생님들께 물어도 다들 아무런 대답을 해주지 않았어. 오히려 그들은 나에게 우리 부모님이 아무런 말도 해주지 않았느냐고 되묻기만 했지. 내가 그렇다고 대답하자 담임선생님이 책상 위의 전화기를 가리키며 지금 당장 부모님께 전화를 걸어보라고 했어. 그래서 집으로 전화를 걸었지만 아무도 받지 않았고, 나는 그냥 학교에 남아 수업을 끝까지 들었어. 재 친척이 죽었대, 라고 누군가 말하는 소리가 들렸어. 하지만 누가 말한 건지, 누구에게 말하는 건지 알 수 없었기에 나는 신경 쓰지 않았어.

학교 수업이 파한 뒤 집으로 돌아가니 우리 오빠가 나를 기다리고 있었어. 오빠는 부모님이 우리에게 잠자코 집에 있으라고만 했다고 전해주었어. 나는 이게 무슨 일인지 파악이 되질 않았어. 아무도 나에게 정확한 사실을 말해주지 않았고, 나는 왠지 모르게 무서운 느낌이 들었어. 뭐가 무서운 건지, 왜 무서운 건지 알 수가 없었지만 그저 모든 게 다 무섭게만 다가왔어. 오빠는 나에게 우리 고모가 돌아가신 것 같다고 말했어. 나는 그 말을 잘 알아들을 수 없었어. 오빠가 말하는 소리가 공기 속으로 사라지며 만들어내는 진동, 그 파장만이 내 눈에 또렷이 보였어. 뭐라고? 내가 오빠에게 묻자 오빠는 똑같은 말을 반복했어. 그리고 자기도 뭐가 뭔지 모르겠다고 말했어. 오빠의 목소리는 공기 속에서 도넛 모양의 원을 만들며 그 안으로 스르르 빠져들었어. 그래서 그 말들은 끝내 나에게 가까이 다가오지 못했어.

내가 속한 세계에서는 아무 일도 일어나지 않은 것 같았어. 그래서 아무것도 바뀌지 않고, 아무것도 와 닿지 않았어. 나는 고모가 궁금하지도, 걱정되지도 않았어. 아무런 소리도 들리지 않았기 때문에 아무런 일도 일어나지 않았을 것만 같았어.

며칠이 지나 고모의 장례식이 모두 끝나고 경찰 조사까지 마무리된 후에야 나는 비로소 고모의 죽음을 인지할 수 있었어. 뒤늦게나마 어머니가 나에게 말해주었어. 고모에게 우울증이 있었다고, 그래서 유서도 쓰지 않은 채 갑자기 자살한 것이라고. 화장실 문짝과 문틀에 연결된 경첩 사이로 스카프를 묶어 매듭을 만들고 그 안으로 들어가 목을 매달았다고. 밤늦게 고모부가 화장실을 쓰려다가 그 안에서 죽어 있는 고모를 발견했다고. 그리고 고모가 우울증이었다거나 자살했다는 이야기는 절대로, 누구에게도 말하지 말라고 했어.

그때만 해도 우울증이 그리 보편적이지 않았고, 신경성 질환이라기보다는 중증 정신 질환으로 오인하는 경우가 많아 가족들은 고모의 죽음을 쉬쉬하며 제대로 알리지 않으려 했어. 게다가 우리 오빠와 나는 아직 어리니까 그렇게 이상한 방식으로 죽은 고모의 장례식장에 가는 게 우리 부모님에게는 꺼림칙한 일이었던 모양이야.

고모는 그날, 그 텅 빈 눈으로 그렇게 집에 돌아가 유서도 쓰지 않은 채 욕실에서 목을 매달고 죽었어. 죽은 지 오랜 시간이 지나서야 고모부가 고모를 발견했기에 그 모습은 형언할 수 없을 정도로 흉측했다고 들었어. 고모부는 바로 경찰에 신고했지만, 고모의 유서는 끝내 발견하지 못했어. 그래서 가족들 모두에게 타

살의 혐의가 있는 것으로 간주되어 경찰 조사를 받아야 했어. 이 모든 과정들이 우리 부모님에게는 불쾌하고 불편하고 해괴망측한 일이었어. 그래서 아직 어렸던 나에게는 제대로 알리지도 않고 장례식에도 오지 못하게 한 채 그저 평상시와 다름없이 학교에 가게 만들었던 거야.

가보지도 못한 고모의 장례식이 끝나고 며칠이 지나서야 어머니는 나에게 고모가 우울증에 걸린 이유에 대해서 말해주었어. 고모와 고모부는 남대문에서 장사를 하며 거부가 된 이후 큰딸인 유미언니를 미국에 유학 보내놓은 채였어. 유미언니에게 유학을 권유한 사람은 가족들 모두가 함께 섬기던 교회의 목사님이었어. 그 목사님이 자기 딸을 미국으로 유학 보내려 하는데 유미언니를 함께 보내면 어떻겠느냐고 고모에게 제안한 거였지. 평소 믿고 따르는 목사님의 제안을 고모는 감사하게 여겼고, 모든 준비과정은 그 목사님이 다 맡아서 했대. 대신 고모와 고모부는 유학비용을 좀 더 지원하기로 한 거야. 결과적으로 말하면, 그것은 일종의 사기였지. 둘이 함께 유학을 간 뒤에 목사님의 딸은 우리 고모가 보내주는 생활비로 편하게 학교를 다니며 공부할 수 있었고, 그 돈을 빼돌려온 목사님은 유미언니에게 생활비를 보내주지 않았던 거야. 그 당시에는 국제전화비가 무척 비쌌고, 인터넷은커녕 통신도 원활하지 않았잖아. 유미언니는 학교를 다니며 아르바이트를 하고 온갖 집안일까지 도맡아 하느라 부모님께 전화할 돈도 시간도 없었어. 뒤늦게야 이 사실을 알게 된 고모와 고모부의 절망은 엄청났지. 그러나 성심성의껏 섬겨오던 목사님으로부터 사기를 당했다는 사실이 부끄러워 누군가에게 하소연도 못한 채 속 앓이만 깊어진 거야.

유학 갔던 유미언니는 한국으로 돌아왔고, 고모부는 그 집에서 쓰던 값비싼 수입 가구들을 우리 가족에게 넘겨준 뒤 두 딸을 데리고 이사를 갔어. 그리고 일 년 뒤 겨울방학 때가 되자 언제나 그랬듯 나와 우리 오빠를 데리고 스키장으로 놀러가자고 했어. 나와 오빠는 당연히 따라나섰지.

고모부의 고급 승용차를 타고 고모부가 예약한 호화로운 펜션에 도착해 다함께 요리를 해서 먹고 거실에 앉아 티브이를 보고 있을 때였어. 고모부가 우리 오빠에게 차에 가서 무언가를 가져다달라고 부탁했어. 그래서 고모부는 차 키를 오빠에게 넘겨주었고, 나도 오빠를 돕겠다며 따라나섰어. 나는 사실 오빠를 돕고 싶었던 게 아니라 고모부의 그 차 키가 궁금한 거였어. 차 키 고리에는 어떤 사진이 매달려 있었고, 나는 고모부가 아직도 고모와 찍은 가족사진을 가지고 다니는가 싶어 그 사진을 그냥 한 번만 보고 싶었어.

오빠와 함께 고모부의 차에 도착해 나는 그 열쇠고리를 유심히 살펴보았어. 고리에 매달린 그 사진은 역시 고모부의 가족사진이었어. 나는 그것이 당연히 고모가 살아 있을 때 다함께 찍은 사진일 거라고 생각했지. 고모부가 아직도 고모를 잊지 못해 여전히 사진을 가지고 다니는 거라고 예상했던 거야. 하지만 그것은 고모부와 유미언니, 아미언니로만 이루어진 가족사진이었어. 고모를 일부러 따돌릴 이유는 없으니 고모가 죽은 뒤 그들 셋이서 다시 찍은 가족사진이겠지. 나는 그 사진 속에 들어 있던 그들의 모습, 아니 그들의 눈빛을 잊을 수가 없어. 고모는 죽었는데, 남아 있는 가족들끼리 뭐가 그렇게 신이 난 건지 정말로 미친 듯이 활짝 웃으며 서로를 마주 바라보고 있었어. 서로를 마주한 그들의 눈에서는 꿀이라도 뚝뚝 떨어질 것처럼 보였어. 아버지가 사랑하는 딸을 바라보는 눈빛이 바로 이런 거구나, 그때 처음 알았어. 고모부가 자기 딸을, 유미언니와 아미언니를 진심으로 사랑하고 있다는 것을 알아차리지 않을 도리가 없었어. 그리고 우리 아버지는 단 한 번도 나를 그런 눈으로 바라본 적이 없다는 사실까지도 모두 한꺼번에 깨달아졌어.

가슴속 깊이 더럽고 불쾌한 감정들이 차올랐어. 그들 가족이 무시무시할 정도로 역겹게 느껴졌고, 그 자리에서 나는 그만 떠나고 싶었어. 그리고 나는 고모부의 그 차 키를 부수어버리고 싶었어. 그것을 땅바닥에 내던지고 발로 마구 짓밟아 뭉개버리고 싶었어. 왜 그런 감정이 밀려드는지에 대해서는 나도 알지 못한 채, 그렇게 하고만 싶었어.

13

메이는 숙소 뒤쪽 언덕에 자리한 마을 공터를 향해 걸어갔다. 커다란 물탱크가 한쪽에 자리해 있는 공터는 아침마다 소년들이 나와 크리켓을 하는 장소이기도 했다. 그리고 저녁때면 저무는 해를 바라보며 시시각각 변화하는 하늘을 바라보기 좋은 곳이었다. 언덕으로 오르는 길에는 사람들이 함부로 갖다 버린 쓰레기 더미가 모여 있어 흡사 쓰레기장처럼 보였지만 언제부터인가 그마저도 그저 자연스러운 일상의 풍경으로 다가왔다. 처음 그 길을 지날 때는 왜 이렇게 길가에 쓰레기를 쌓아놓았는지 이해할 수 없었고, 그 사이를 비집고 들어가 버려진 음식들을 주워 먹는 소떼들을 보며 미간이 찌푸려지기도 했다. 하지만 더럽고 불쾌하게 느껴지던 것들도 매일 보고 또 보다 보면 그것에 대해 부정적으로 반응하던 마음이 사라지게 마련이었다. 마음의 반응, 감정의 동요라 불리는 그것들이 서서히 옅어짐을 발견하는 동안 메이는 그 현상과 변화가 기쁘지도 반갑지도 않았다. 마음이 어느 것에도 반응하지 않고 그저 가만히 머무는 상태를 간절히 바라왔지만, 막상 아무 것에도 반응하지 않는 자신의 마음을 보고나니 메이는 다소 무기력해지는 것이었다. 어떠한 일에도 기뻐하거나 슬퍼하거나 절망하는 마음 없이 대상을 있는 그대로 바라보는 것, 그것이 진짜 평안이고 사마디*일까? 어쩌면 그것은 나태와 무력 혹은 포기하는 심정 같은 것들이 아닐까? 메이는 여전히 알 수가 없었다.

정처 없이 날뛰며 위로 떠오르다가도 한없이 아래로 가라앉기를 반복하는 마음의 기복이 사라지기를, 아니 조금이라도 줄어들기를 메이는 바라왔다. 하지만 마음이 막상 가라앉기만 하는 상태가 지속되자 그녀는 몸통 한가운데에 커다란 구멍이라도 뚫린 것처럼 공허했다. 마음에서 일어나는 작용을 제어함으로서 요가의 목적을 달성하는 것과 욕망이 모두 소진되어 무력해지고 마는 것 사이에는 어떠한 차이가 있을까? 요가를 수련하기 시작하면서 메이는 사마디와 공허 사이의 늪에 빠져버린 기분이었다. 훌륭한 요가 수행자는 과거에 대한 기억 혹은 미래에 대한 망상 없이 오로지 지금 여기에만 머문다는데, 바로 지금 여기에 머무는 것과 이 순간의 마음을 알아차리는 것 사이에서도 메이는 좀체 갈피를 잡을 수 없었다. 지금 이 순간에 집중하다 보면 마음의 소리에 집중하게 되고, 마음의 소리에 집중하다 보면 내

---

* 마음이 산란하지 않고 고요하게 머물러 있는 상태.

면에서 진정으로 원하는 것을 따르게 됐다. 바로 거기서 의문이 발생했다. 내면에서 진정으로 원하는 것, 그토록이나 원하던 자기 자신으로서의 삶을 이렇게 살아가는 것인가 싶다가도, 바로 그 내면의 소리가 그릇된 집착과 욕망으로서의 동요인지, 아니면 참자아[眞我]의 본성인지 메이는 분별할 수 없었다. 메이는 그 둘 사이에서 발생한 늪 속으로 깊이 빠져들기만 했다.

지금 이 순간 메이의 마음이 원하는 것이 무엇인지 그녀는 알고 있었다. 메이는 케이를 만나고 싶었다. 오늘밤 그를 만나서 모든 허울을 벗어 던지고 이야기를 나누며 그 곁에 머물고 싶었다. 그것이 비록 오늘 하룻밤만으로 끝나고 마는 물거품이라 할지라도, 메이는 그 순간을 꼭 붙잡고 싶었다. 모두가 다 허상이라 할지라도, 무의미하고 덧없는 것이라 할지라도 두 손으로 움켜쥐고 온몸으로 끌어안아 아주 잠시라도 그 순간 속에 머물고 싶었다.

오늘, 오늘 밤이 아니면 더 이상 그를 볼 수 없을 것이다. 케이는 내일 오후에 한국으로 귀국할 예정이었다. 메이는 그것을 알고 있었다. 마음은 끊임없이 케이에게 가기 위해 요동치고, 메이는 그 마음을 따라가는 게 맞는지 아니면 그 마음을 잠재우고 동요를 없애려고 노력하는 것이 옳은지 알 수가 없었다. 내 마음의 주인이 되려면, 지금 이 순간을 살려면 도대체 어떻게 해야만 하는 것인가?

'지금 이 순간'이라는 것은 도대체 무엇일까? 지금 이 순간 스스로에게 집중하면 할수록 메이의 마음이 원하는 것은 케이에게로 가는 길뿐이라는 게 보였다. 그 마음을 제어하는 것이 진정한 요가일까? 그것이 정말로 지금 이 순간을 충실하게 살아가는 것일까? 그것은 어쩌면 거짓된 삶이자 마음에 집중하지 못하는 삶이 아닐까? 어째서 자신의 마음이 원하는 것을 끊임없이 억누른 채 살아야만 하는 걸까? 어떻게 이것을 조절할 수 있을까? 이것이 정말로 옳은 것일까? 이것이 진짜 요가 수련일까? 메이는 답을 알 수 없었다. 메이는 케이를 만나서 물어보고 싶었다. 뭐가 맞아? 지금 이 순간에 집중한다는 것은 내 마음을 억제하는 거야 아니면 따라가는 거야? 사람들은 자신의 욕망을 억누른 채 다수가 나아가는 방향으로 따라가는 경향이 있지. 나는 그게 싫었어. 나는 진정으로 원하는 것을 하면서 나 자신에게 진실하게 살아가고 싶었어. 다른 사람들을 좇으며 이 사회가 제시하는 대로, 부모님이 시키는 대로 따르는 삶이 아닌 진짜 내 삶을 직접 이끌어가고 싶었어. 그 삶이 무엇인지, 어떤 형태인지 정확하게 알지는 못하지만, 책을 읽고 요가를 하고 진실한 사랑을 하면 언젠가는 알게 될 거라고 믿었어. 책이, 요가가, 혹은 사랑이 나에게 그것을 알려줄 거라고 믿었지. 그러니까, 대답 좀 해줘. 그렇게 아무 말 없이 술만 마시지 말고, 내 이야기를 듣고만 있지 말고, 나에게 이야기를 해줘. 무엇이 맞는지, 무엇이 진짜인지, 어디로 가야 하는지, 어떻게 해야 하는지, 뭐라도 좋으니 제발 나에게 이야기해줘⋯⋯.

14

요한은 아픈 사람이었어. 그와 교회 밖에서 단둘이 만나보기 전까지 나는 그가 어디가 아픈지, 왜 아픈지 정확히 알지 못하고 그저 난치병 환자라는 것만 알고 있었어. 솔직히 나는 지금까지도 그의 병명이 무엇인지는 자세히 모르겠어. 아픈 사람에게 네 병명이 무엇이냐고 꼬치꼬치 캐물을 수가 없어서 나는 그와 나누는 대화를 통해서 어디가 아픈지, 왜 그렇게 아픈지를 혼자 유추해왔어.

나는 그가 선천적으로 심폐기능이 좋지 않은 난치병 환자라는 사실을 겨우 알게 되었어. 폐가 제 기능을 원활하게 못하니 숨을 제대로 쉬기가 어렵고, 숨을 제대로 쉬지 못하니 체내 산소 공급이 어렵다고 그가 말한 적 있었어. 그의 심장 또한 마찬가지였어. 심장의 기능이 약해서 체내에 혈액이 부족할 수밖에 없는 거야. 그러다 보니 소화기 또한 건강하지 못해 그는 먹고 싶은 음식을 마음껏 먹을 수 없었어. 그는 매번 1인분의 절반도 되지 않는 양을 아주 천천히 씹어 먹었고, 충분히 먹지 못하니 늘 기운이 없었어.

처음 그를 씻겨준 날을 잊을 수가 없어. 그가 먼저 나에게 자신을 씻겨달라고 말하지는 않았어. 여느 연인들처럼 함께 샤워를 하자는 것도 아니었어. 아침에 일어난 그는 그저 그의 얼굴에 주렁주렁 매달린 산소공급기 호스들을 떼어내고 옷을 모두 벗은 뒤 욕실로 들어갔어. 샤워를 꽤 오래 하는구나, 라고 생각하고 있을 즈음 그가 나를 소리쳐 불렀어. 다급한 목소리는 아니어서 나는 뭔가 큰일이 났을 거라고는 생각하지 않았어. 다만 온몸의 힘을 짜내어 부르는 소리였기에 나는 곧장 일어나 욕실 문을 열었어.

그는 온갖 짜증과 절망이 묻어난 표정으로 샤워기 손잡이를 손에 쥔 채 욕실 벽에 기대어 서 있었어. 그리고 울분이 뒤섞인 목소리로 나에게 씻겨달라고 말했어. 나는 그가 얼마나 그 말을 하고 싶지 않았는지 알아챌 수 있었어. 그가 혼자서 샤워하기 어려워 성인이 되고 난 뒤에도 그의 어머니가 그를 씻겨주었다고 말한 적이 있기에 나는 그 상황이 놀랍거나 당황스럽지는 않았어. 사실 애초에 그가 혼자서 샤워실로 들어갔을 때 나는 더 놀랐던 것 같아. 나에게 씻겨달라거나 함께 씻자고 하지 않고 혼자서 욕실로 들어가는 그를 보며 이제 샤워 정도는 혼자서 할 수 있나 보다, 라고 여겼으니까. 하지만 그는 산소가 적은 샤워실 안에서 뜨거운 물을 틀어놓고 호흡을 하면서 자기 몸을 씻기는 힘들었던 거야. 그렇다고 해서 그 모습을 여자인 나에게 내보이거나 도와

달라고 부탁하고 싶지도 않았던 모양이야.

만일 그가 아프지 않은 건강한 사람이었더라면, 그런데 어쩌다 몸살이 나서 혼자 씻기 힘든 상황임에도 나에게 알리고 싶지 않아 혼자 씻으려 했던 거라면, 그랬더라면 나는 그에게 왜 그렇게 고집과 허세를 부리며 혼자서 씻으려 했느냐고 화를 냈을 거야. 하지만 나는 그럴 수 없었어. 요한은 아프니까, 약하니까, 얼마 못 살 테니까, 그런 그에게 상처를 줄 수가 없어 내 속마음을 곧이곧대로 이야기하지 못했어.

나는 결국 아무 말 없이 그 옆으로 다가가 샤워기 손잡이를 손에 쥐었어. 그는 벽에 기대어 선 채로 순순히 나에게 등을 보이며 뒤돌아섰어. 앙상한 그의 등짝에 더운 물줄기를 쏟아낸 뒤 물을 잠그고 비누와 거품타월을 찾아 비누거품을 내려고 하자 그가 물을 잠그지 말라며 날카롭게 소리 질렀어. 그래, 그때도 나는 충분히, 왜 소리를 지르는 거냐며 화를 낼 수 있었어. 좀 좋게 말해줄 수도 있는 거잖아. 하지만 나는 여전히 아무 말 하지 않았어. 그러자 그가 '추워, 다시 틀어'라고 말했어. 나는 그의 말대로 했어. 샤워기 꼭지를 거치대에 걸고 따뜻한 물을 틀어 샤워실 속 온기가 사라지지 않게끔 만들었어. 그리고 다시 거품타월에 비누거품을 내서 그의 몸을 닦아주기 시작했어. 그의 목과 어깨, 등과 허리 그리고 엉덩이를 나는 다 닦아냈어…….

날달걀을 물로 씻어본 적 있어? 싱크대에서 수돗물을 틀고 한손에는 달걀을, 다른 손에는 수세미를 쥔 채 껍데기가 부서지지 않도록 조심스레 닦아야만 하잖아. 요한을 씻기는 일은 마치 깨지기 쉬운 날달걀을 씻는 것과 같았어. 살이라고는 하나도 없이 거죽과 뼈대만 남은 몸 사이의 골을 하나하나 닦아 내리며 나는 욕실 바닥에 주저앉고 싶었어. 샤워기에서 쏟아져나오는 뜨거운 물을 온몸으로 맞으며 나는 울고 싶었지. 양손으로 주먹을 꼭 쥐고 그의 몸을 두드리며 소리 지르고도 싶었어. 너는 왜 이렇게 태어난 것이냐고, 왜 이렇게 약하게 태어난 것이냐고 물으며 울고만 싶었어. 하지만 그럴 수 없었어. 내가 지금 주저앉으면, 울어버리면, 그 순간 모든 것이 다 무너져내릴 것만 같았으니까. 요한도, 나도, 우리의 사랑까지도 모두 무너져 뜨거운 물과 함께 욕실 하수구 속으로 쓸려갈 것만 같았어. 모든 것이 떠밀려가 다시는 돌아오지 않을 것 같았어.

나는 그 달걀이 깨지지 않도록 손에 가만히 쥐고 있어야만 했어. 행여나 놓칠까봐 손의 힘을 풀 수가 없고, 깨질까봐 꽉 움켜쥐지도 못한 채 온 신경을 집중해 붙들고 있어야만 하는 거였어. 어렵고, 불안하고 고통스러웠지만, 그렇다고 해서 내려놓을 수도 없는 그런 달걀이…… 내 손에 있었어.

그의 몸에 비누거품을 바르고 난 뒤 다시 샤워기를 들어 더운 물로 씻어냈어. 그러자 이번에는 그가 머리를 감겨달라고 말했어. 나는 샤워기를 고정시켜놓고 샴푸를 그의 머리에 묻혀 조심스레 문질렀어. 강하지 않게, 그러나 꼼꼼하게 그의 머리를 감겨주고 헹구어낸 뒤 그만 물을 잠그고 수건을 가지고 와 그의 몸을 덮었어. 그리고 마치 부축이라도 하듯 그의 팔을 내 어깨에 걸치고 양팔로 몸통을 잡아주며 천천히 걸어나왔어. 나는 수건을 소파에 깔고 그 위에 그를 앉혔어. 그리고 소파 밑에 무릎을 대고 앉아 그의 다리를 하나씩 들어 속옷을 끼워넣었어. 그 순간 나는 다시 한번 그의 무릎에 얼굴을 묻고 목 놓아 울고 싶었어. 내 절망을, 내 울분을, 내 광기를 어떻게 토해낼 수 있을까? 그는 왜 이렇게 태어난 거냐고, 내 진심을 다해, 온 힘을 다해 물어보고 싶었어. 하나님이 그를 왜 이러한 형태로 세상에 내보낸 것인지 궁금했어. 가슴 깊숙한 곳에서부터 집요하게 올라오는 그 질문을 도무지 외면할 도리가 없었어.

요한이 목이 마르다고 말해 나는 곧장 부엌으로 가서 미지근한 물을 컵에 담아 그에게 건네주었어. 그는 물을 절반 정도 마시고 침대로 가서 누웠어. 그러고는 산소공급기의 호스를 능숙하게 연결하더니 다시 잘 거라고 말했어.

나는 요한의 침대 옆 바닥에 무릎을 꿇고 앉아 두 손을 모은 채 기도하고 또 기도했어. 나는 신에 대한 믿음이 강하거나 기도하기 좋아하는 사람은 아니었지만, 기도하는 것 외에는 내가 할 수 있는 일이 아무것도 없기에 매번 그렇게 했어. 신에게는 분명히 이유가 있을 거잖아. 요한을 이러한 모습으로 만들어 세상에 내보낸 이유가, 그에게 이러한 질병을 준 이유가, 아니, 그에게 이 삶을 허락한 이유가 분명히 있을 거잖아. 그리고 나에게 그를 만나게 한 이유도 분명히 있을 거야. 그러니 제발, 그 이유를 알려달라고, 알게 해달라고, 잠든 요한의 옆에 엎드려 쉼 없이 기도했어…….

나는…… 계속 기도했어. 요한을 남들과 같이 건강하게 만들어달라고. 남들과 같이 걷고, 뛰고, 숨 쉴 수 있게 해달라고. 그가 원하는 만큼 걷고, 그가 원하는 만큼 먹고, 그가 원하는 만큼 숨 쉴 수 있기를. 평생은 아니더라도, 다만 일 년, 혹은 한 달, 아니 단 하루만이라도 그가 남들과 같이 멀쩡한 몸으로 살아갈 수 있게 해달라고. 단 하루라도 좋으니 그가 나처럼 평범한 몸을 가지고 살아볼 수 있게 해달라고. 제발 단 하루만이라도 그렇게 해달라고 기도하고 또 기도했어. 나의 기도는 점점 바람이 아닌 물음으로 변해갔어. 하루 정도는, 단 하루 정도는 내 기도를 들어줄 수도 있지 않느냐고, 신이라면, 진짜 신이라면 그 정도는 해줄 수 있는 거 아니냐고 묻고 또 물었어. 그렇게만 해준다면 나는 무엇이든 하겠다고, 내가 할 수 있는 모든 것을 다 하겠다고 애원했어. 그렇게 해서라도 그에게 이 평범한 삶을 한 번은 살아가게 해주고 싶다고 수도 없이 기도하고 또 기도했어…… 그게, 나쁜 일은 아니잖아. 남을 해치거나 내 욕심을 채우는 일이 아니잖아. 그것은 그저 사랑에서 비롯된 선한 마음이잖아. 좋은 것을 나누고픈 진실한 마음이잖아. 그런데, 그게 뭐라고, 그게 뭐 대단한 일이라고, 남들은 태어날 때부터 당연하게 다 가지고 있는 그 건강이 요한에게는 왜 불가능한 일이어야 하는지 나는 이해할 수 없었어. 내가 바라는 게 도대체 뭐라고 이루어지지 않는 거야? 나는 일확천금을 바라는 것도 아니고 커다란 명예와 지위를 원하는 것도 아니야. 어떤 소수의 사람들만 가지고 태어난 특별하고 위대한 능력을 원하는 게 아니라 그저 대다수의 사람들이 가지고 있는 보통의 삶을 단 하루만 요한에게 허락해달라는 건데, 그

게 왜 안 되는 거야? 나는 아직도 이해가 안 돼, 아직도, 지금까지
도…… 신의 섭리를 받아들일 수가 없고…… 신을, 용서할 수가
없어…….

15

메이는 공터에 다다라 초입의 작은 식당에서 차이를 주문했다. 이내 나온 차이 잔을 손에 들고 공터로 가서 가장자리 바닥에 앉았다. 그녀는 뜨거운 차이를 입으로 불어 식힌 뒤 천천히 들이마셨다. 몇 모금 더 그렇게 마시다가 잔을 바닥에 내려놓고 하늘을 올려다보았다. 해질 무렵 하늘은 다양한 색으로 물들어가고 있었다. 붉고, 푸르고, 맑고, 어두운 색상들이 어우러져 켜켜이 층을 쌓아가는 모습을 메이는 가만히 지켜보았다. 그것을 보고 있으면 불안하게 떠올라 뒤엉기던 마음이 조금쯤 가라앉는 듯했다. 아름답기보다는 애잔하고 쓸쓸하게 다가오는 석양. 소설 《어린 왕자》의 결말은 도대체 무엇일까? 작가는 왜 그것을 명확하게 쓰지 않았을까? 메이에게는 의뭉스럽게만 다가오던 그 소설을 사람들은 왜 아름다운 동화책이라고 칭하는 것일까? 그녀는 이해할 수 없었다. 그 소설을 쓴 작가도 어린 왕자와 같이 세계의 저편으로 사라져버렸으니, 어쩌면 그것은 소설이라기보다는 일종의 예언인가 싶어 소름이 끼치는 책이기도 했다.

어느덧 다 비운 차이 잔을 들고 메이는 그만 자리에서 일어났다. 식당으로 가 빈 잔을 돌려주고 계산을 치른 뒤 숙소와 반대 방향으로 걸었다. 케이를 만나려는 의도는 아니었다. 다만 그가 걸었던 거리를 메이도 걸어보고 싶었다. 그 거리를 걷다 보면 그가 없어도 그와 함께 있는 기분이 들었다. 메이는 버스 정류장에 다다라 걸음을 멈추고 그 앞 땅바닥에 앉아 버스를 기다렸다.

고쿨람에서 마이소르 시내로 나가는 버스는 딱 한 대뿐이었다. 해는 어느덧 저물어 이미 캄캄한 밤이었다. 이 시간이면 시내에서 마을로 돌아오는 사람들이 많아지고, 시내로 나가려는 사람들은 줄어들었다. 오후 내내 거리를 돌아다니며 먹을거리를 찾거나 서로 다투던 염소떼도 어디로 갔는지 더 이상 보이질 않았다.

한참을 기다려 올라탄 버스 안에도 사람은 얼마 없었다. 버스 안내원이 메이에게 다가와 어디까지 가느냐고 물었다. 시티버스 스탠드라고 대답하고 버스비를 내자 그가 차표를 끊어주었다. 메이는 차표를 받고서 빈자리에 가 앉았다. 그리고 차창 밖으로 흘러가는 고쿨람의 저녁 풍경을 내다보았다. 모두 잠들어 있을 것만 같은 조용한 마을이지만 그와 동시에 미묘한 활기가 감돌고 있기도 했다. 미미한 전등불을 켜두고 도사와 차우멘* 등을 팔고 있는 노점 앞은 저녁을 사먹으려는 사람들로 붐볐다. 더 이상 마음이 불안하거나 아프지는 않았다. 오히려 너무 의연하고 담담한 자신의 마음 상태가 놀랍게 느껴질 지경이었다.

케이를 만나지 않아도 괜찮다고 생각했다. 오늘은 그냥 나 자신을 위해서 그곳에 가는 거야. 조용히 거리를 거닐고, 맥주를 한 잔 마시고 싶어. 나를 위해서 가는 거야. 그 외에는 어떠한 의도도 목적도 없어, 메이는 차창 밖을 내다보며 혼잣말했다.

시내에 도착해 그녀는 주류 판매소를 찾아 들어갔다. 맥주를 살까 하다가 왠지 얼음을 씹고 싶어 진과 토닉, 얼음을 텀블러에 담아달라고 주문했다. 이내 나온 텀블러를 받아 들고 계산을 치른 뒤 가게 밖으로 나가서 다시 길바닥에 앉았다. 그리고 조금씩 술을 들이마셨다. 술집 안쪽에서 산만하고 시끄러운 발리우드** 음악이 흘러나왔다. 알아들을 수 없는 가사였지만 듣고 있으면 덩달아 마음이 들뜨기도 했다. 메이는 슬프지도 외롭지도 않았다. 그저 즐기기 위해 시내에 나온 것이므로 이 흥겨움을 조금만 더 느끼다가 다시 버스를 타고 돌아가면 그만이라고 생각했다.

길 건너편에 케이가 머물고 있는 숙소 건물이 보였다. 그리고 이 술집 또한 케이가 술을 사러 자주 다녀가는 곳임을 메이는 알고 있었다. 잘하면 이 길을 지나는 케이를 볼 수 있지 않을까, 기대하는 마음이 자라나고 또 자라났다. 그러자 메이는 곧 울고 싶어졌다. 더 이상 그를 볼 수 없다는 사실, 그리고 그가 나타나지

---

* 도사는 쌀가루 반죽을 발효해 얇게 부친 인도식 전병, 차우멘은 삶은 면과 야채를 기름에 볶은 중국식 국수.
** 봄베이(뭄바이)와 할리우드의 합성어. 인도 영화 산업을 통칭하는 말로 쓰인다.

않을 것이라는 확신이 메이의 마음에 점점 더 크게 자리를 잡아 갔다.

턈블러 안의 술이 모두 동나자 메이는 술집 안으로 들어가 같은 것으로 한 잔 더 만들어달라고 했다. 턈블러를 받아 계산을 하고 다시 밖으로 나갔다. 한 모금, 두 모금 술을 밀어넣으며 메이는 결국 케이에게 문자를 보냈다.

—연락하지 않으려고 했는데…… 어쩌다 보니 오늘 시내에 나와서 돌아다니다가 술 한잔 마시고 있어. 불편하면 답장하지 않아도 돼.

곧바로 답장이 오지는 않았다. 잔에 담긴 술을 비우고 다시 술집에 들어가 같은 것으로 한 잔 더 주문하고 나자 비로소 답장이 왔다. 케이는 정말로 놀란, 아니 충격에 빠진 듯한 느낌으로 답장을 써서 보냈다.

—아, 나 지금 고쿨람 쪽에서 술 마시고 있는데…… 어떻게 이렇게 엇갈리지? 하필…… 나 아는 한국 분이랑 이 근처에 새로 생긴 수제 맥주 가게가 있다고 해서 와봤어. 거기 언제까지 있을 거야?

메이는 새로 나온 술잔을 받아 밖으로 나간 뒤 길바닥에 앉아 답장을 썼다.

─모르겠어. 오래 있지는 않을 것 같아. 그냥 연락해본 거야.
굳이 만날 필요는 없어.

─그래, 나도 어차피 지금 갈 수는 없을 것 같아. 그 앞에 나 머
무는 숙소 1층에도 펍이 있거든. 거기 가면 오늘의 맥주를 아주
싸게 팔아. 시간 되면 거기 한번 가봐.

─알았어. 재밌게 놀다가 들어가.

그게 다였다. 메이는 휴대전화를 내려놓고 텀블러를 집어 그
안에 담긴 술을 천천히 들이마셨다.

16

산소공급기를 연결하고 누워 있는 요한과 그 옆에 앉아 있는
그의 엄마가 보였어. 요한은 누워서 두 눈을 감고 있지만 잠들어
있지는 않았어. 산소공급기의 산소통을 아직 바꾸지 않아도 되는
데, 그의 엄마는 서둘러 그것을 빼내고 있었어. 요한은 '아직 아
니야'라고 말하고 싶지만 감은 두 눈을 뜨는 일조차 버겁게 느껴
질 만큼 기운이 없어 아무 소리도 내지 못했어. 그의 엄마는 평소
와 다르게 산소통을 교체하는 데 오랜 시간을 끌었어. 요한은 두
눈을 감고 있어 엄마의 모습을 보지 못하지만, 엄마가 움직이는
소리는 들을 수 있었어. 그의 엄마는 망설이고 있고, 울고 있었
어. 엄마가 왜 눈물을 흘리는지 요한은 알 수 없지만, 왜인지 알
것도 같다는 생각을 했어.

사실 그의 엄마가 손에 쥐고 있는 것은 산소통이 아니라 가스
통이었어. 엄마는 숨을 깊이 들이쉬고 내쉬며 산소공급기에 가스

통을 연결했어. 그리고 그 가스통이 무슨 보물이라도 되는 양 꼭 부둥켜안고 꺽꺽 울음을 삼키며 기도를 시작했어.

요한은 매번 그의 엄마가 드디어 그를 죽이려 한다는 사실을 알아차리며 이 꿈에서 깨어난다고 말했어. 얼마나 많이 이 꿈을 반복해서 꾸었는지 모르겠다면서 말이야. 요한은 아주 어렸을 때부터 이 꿈을 지속적으로 꾸어왔대. 꿈속에서 그는 엄마에게 자신을 살려달라고 말할 수 없었대. 그리고 꿈을 꾸고 있을 때나 꿈에서 깨어났을 때나 산소통을 가스통으로 갈아 끼우는 엄마의 심정에 대해서 생각해보게 된다고 했어. 나도 덩달아 요한의 엄마에 대해서, 그 관계에 대해서 오래도록 생각해보게 되었지.

요한의 이야기는 대부분 이렇게 어둡고 우울한 내용들이었어. 그런데 나는 그의 어두운 이야기를 듣는 게 좋았어. 그 이야기 자체가 좋다기보다는, 그토록 어둡고 우울한 내면의 이야기까지도 나에게 꺼내어주는 그가 좋은 거였어. 그의 어둡고도 내밀한 이야기들을 듣고 있으면 나는 이 세상에서 가장 특별한 사람이 되는 것 같았어. 왜냐하면 그것은 요한이 그의 엄마에게도 하나님에게도 꺼내놓지 않는 이야기니까 말이야. 그러니 그가 나에게 그런 것들을 이야기해주는 순간이면 나는 이 세상에서 그와 가장 가까운 유일무이한 존재가 되는 듯했어. 그에게 결코 없어서는 안 될, 가장 가깝고 소중한 단 한 사람 말이야. 요한에게 내가 그러한 사람이라는 사실을 체감할 때마다 내 존재감이 무한히 자라났어. 그래서 나는 그가 나에게 이야기해주는 순간을 사랑했던 것일지도 모르겠어.

17

　케이는 결국 그가 말한 펍으로 왔다. 그는 메이를 보자마자 그
녀의 오른쪽 손목을 움켜쥐더니 "너 손목 왜 이래?"라고 물었다.
메이는 그 질문에 화가 불쑥 치밀어올랐다. 자신의 아픈 부분을
먼저 발견하고 물어보는 그 태도에, 그러나 이제 그런 그를 붙잡
을 수 없다는 사실에 화가 나고 좌절하게 되는 것이었다.

　"별 거 아니야. 요가 할 때 손목에 좀 무리가 돼서 그냥 보호대
만 끼워놓은 거야."

　메이는 그렇게 대답하며 케이의 손을 털어낸 뒤 앞에 놓인 맥
주잔을 집었다. 케이는 그제야 메이의 옆자리에 앉았다. 그리고
아무 말 하지 않았다. 아무 말 하지 않고도 모든 것을 다 말하는
것처럼, 그래서 말하지 않아도 되는 것처럼 아무 말 하지 않는
것이었다. 이내 바텐더가 가까이 오자 케이는 버번이 마시고 싶
다며 글렌캐런 잔에 메이커스 마크를 따라달라고 했다. 그러고

는 막상 술이 나오자 술잔을 받아 손 안에서 빙그르르 돌리기만 하고 마시지는 않았다. 침묵을 지키는 케이 앞에서 메이가 먼저 말을 꺼냈다.

"어떤 게 진짜 지금 이 순간을 사는 것인지 모르겠어."

그렇게 말하는 메이의 눈에서 눈물방울이 떨어져내렸다. 울려고 한 건 아니었는데, 켜켜이 쌓아두었던 감정의 덩어리들이 눈으로 왈칵 몰려나오는 듯했다.

"요가를 하면 할수록 점점 더 그걸 모르겠어. 과거는 모두 지났고 미래는 아직 오지 않았으므로 현명한 요가 수행자는 지금 이 순간만을 산다고 하잖아. 그런데 도대체 그 의미가 무엇이냐는 거야, '지금 이 순간에 산다'라는 말의 진의(眞意) 말이야."

메이는 그렇게 말하며 맥주잔을 집어 여러 차례 들이켜고 나서야 잔을 내려놓고 하아, 한숨을 내쉬었다.

"지금 이 순간 나 자신을 아주 면밀히 들여다보면 내 마음이 원하는 게 무엇인지, 나는 무엇을 하고 싶은지 알아차리게 돼. 우리는 우리의 내면을 들여다보고, 마음의 소리를 듣기 위해 요가를 하는 거잖아. 그럼, 그렇게 알게 된 내 마음의 방향을 따라가는 게 맞는 거잖아. 거기서 바로 역설이 발생하는 거야.《요가수트라》에서는 '요가스 치타 브르티 니로다*', 요가는 마음 작용의 제어라고 말하잖아. 요가 수련의 궁극적인 목적은 내 마음을 억제하는 것, 조절하는 데에 있다는 거야. 그런데 내 마음을 따르

---

* 《요가수트라》, 파탄잘리, 1장 2절.

지 않고 억제하는 것은 '지금 이 순간'을 사는 것이 아니잖아. 그것은 진짜 나 자신이 아니라, 경전을 따라서, 이론을 따라서 사는 것뿐이잖아. 그렇다면 요가도 결국 남들이 정해놓은 방향을 따라서 살아가는 하나의 방식에 불과한데, 그게 이 사회에서 정해놓은 방식대로, 학교에서 하라는 대로, 부모가 시키는 대로 살아가는 것과 뭐가 달라? 추구하는 이념은 다를지 모르지만 그것을 추구하는 방식은 결국 다 똑같은 것으로만 다가와. 나는 요가를 통해서 진짜 나 자신을 찾고 싶은데, 그런데 요가는 그렇게 찾은 나 자신을, 내 마음의 소리를 억누르게 만드는 거야. 나는 대체 무엇을 따라야 하는 거지? 아무리 열심히 요가를 수련하고, 아무리 열심히 경전을 읽어봐도 나는 정말로 모르겠어."

별다른 말이 없던 케이가 이번에는 "그러네, 정말"이라고 짧게만 대답했다. 그 대답에는 본인도 그것이 헷갈려 답답하다는 감정이 들어가 있었다. 메이가 다시 말을 이었다.

"어렸을 때는 말이야, 어른이 되면 모든 것이 다 쉬워질 줄만 알았어. 내가 알고 싶어 하는 것, 답답해하는 것, 어려워 하는 것이 모두 해결될 줄만 알았어. 나이가 들면서 육체는 노화하지만 이성은 발달하고 경험과 지혜가 쌓이는 거잖아. 그러면, 사는 게 좀 쉬워질 줄 알았어. 그런데 전혀 그렇지 않은 거야. 아니, 사실은 어릴 적보다 훨씬 더, 모든 게 다 어려워."

"어떤 면에서?"

"예를 들면 인간관계만 해도 그래. 어렸을 때 나는 친구가 없었어. 어쩌다 친구가 생겨도 그 관계가 결코 지속되지 않았어. 기억도 나지 않을 만큼 하찮고 사소한 이유로 서로 간에 오해가 생겨서 관계가 틀어지고 절교하게 되는 일들이 다반사였어. 그때는 그게 서로가 성숙하지 않았기 때문에 생기는 일들이라고 생각했어. 어른이 되면, 나이가 들면, 좋은 사람들과 좋은 관계를 오래 유지할 수 있을 줄만 알았어. 그런데 전혀 그렇지 않아. 나는 이미 삼십대 중반이고, 수많은 사람들을 만나왔지만 진심으로 서로 믿고 의지하며 마음을 나눌 수 있는 사람은 여전히 한 명도 없어. 아니, 오히려 나는 인간관계에 있어 매우 이상한 경계 위에 서 있는 듯한 느낌이 들어. 어렸을 적에는 어쨌거나 사적인 친구 관계라는 게 있었잖아. 그 친구들과 싸워서 오해가 생겼건 관계가 틀어졌건 어쨌건 간에 그것은 순수하게 '친구 관계' 그 자체였던 거야. 그런데 나이가 들면서 우리는 '사회 관계'라는 걸 가지기 시작해. 이 관계에서는 진실도 거짓도 모두 통하지가 않아. 가식적인 모습과 진심이 담긴 모습을 적절히 섞어서 그 관계를 유지해가야만 하는데, 나는 그것을 어떻게 적절히 조절하고 유지할 수 있는지 모르겠어. 정말로 좋은 사람이라면 최선을 다해 진심으로 다가가고 싶고, 나와 맞지 않는 사람이라면 뒤돌아서 두 번 다시 만나고 싶지 않을 뿐이야. 한데 다른 사람들은 그렇지 않아. 상대방이 마음에 들지 않더라도 감정을 딱히 마음에 담아두지 않은 채 형식적인 관계를 계속 유지하고, 그러면서도 서로 더 깊이 다가가거나 진심을 내보이지는 않는 거야. 조금이라도 진심을 내보이며 진실하게 사람을 대하면, 그러면 그것은 그냥 자기 마음 하나 제대로 조절 못하고 감정을 질질 흘리고 다니는 멍청한 사람인 거야. 나는, 진실하게 살고 싶었어. 형식적으로 혹은 위선적으로 살고 싶지 않은 것뿐이야. 그런데 다른 사람들은 그게 어떻게 가능하지? 나는 그게 너무 어려워. 그래서 내 곁에 아무도 남지 않은 것 같아."

"메이야. 너는 그냥 착해서 그런 거야. 그런 사람들에 대해서 마음에 담아두지 마. 너는 그냥 너대로 살면 되는 거야."

"제발 나한테 그렇게 말하지 마! 나는 조금도 착하지 않아. 내가 얼마나 못됐는지, 얼마나 잔인하고 폭력적인지 오빠는 상상조차 못 할 거야. 그러니까 나에게 제발 그렇게 말하지 마. 나는 진짜로 착한 게 아니라, 착한 체하는 거야. 그러면 사람들과의 만남이 수월해질 것 같아서, 좋은 사람들과 좋은 관계를 유지해나갈 수 있을 것 같아서, 더 많은 사람들에게 인정받고 사랑받을 것 같아서 내 안에 진짜 감정을 숨기고 좋아 보이는 감정만 억지로 드러내온 거야. 나는 이게, 진짜로 나쁜 사람들보다 더 나쁘다는 것을 이제야 알겠어. 자기의 감정과 본성을 숨기지 않고 드러내며 타인을 공격하고 무시하는 사람들보다 내가 더 나쁜 거야. 그들은 최소한 남들을 속이지는 않거든. 자기 자신도 속이지 않아. 하지만 나는 항상 이런 방식으로 사람들을 속이고, 나 자신을 속여온 거야."

"누구나 자기 안에 나쁜 면을 가지고 있어. 그런데 다들 그것을 바라보지 않고, 인식하지 않고, 인정하지 않아. 하지만 너는 너 자신을 관찰하고, 인지하고, 받아들이는 사람이야. 그러니까 너는 올바른 사람인 거야, 좋은 사람인 거야. 너는 그냥 자신을 믿어주면 돼."

"좋은 거니 올바른 거니 하는 것들은 하나도 모르겠어. 나는 그냥 알고 싶을 뿐이야, 나에 대해서, 삶에 대해서, 존재에 대해서, 관계에 대해서, 진실에 대해서……. 그 알 수 없는 것들, 풀수 없는 의문의 해답을 알고 싶고, 풀고 싶어. 나에게는 이 삶이 빠져나올 수 없는 미궁인 것 같아. 이 안에 갇혀 있다가는 미쳐버릴 것 같아서, 그래서 어떻게든 이 미궁에서 빠져나가려고 안간힘 쓰는 거야. 어느 누구를 위해서라거나 이 사회를, 이 세계를 위해서가 아니야. 내가 너무 답답해서, 숨이 막혀서, 빠져나오지 않으면 죽을 것만 같아서, 살기 위해서 빠져나오려고 노력하고 있을 뿐이야. 그런데 나는 이 노력하는 일에도 너무나 지치는 거야. 아무리 가고 또 가도 어차피 출구는 없는데 어떻게든 그 출구를 찾아내보겠다고 아둥바둥하는 나 자신 때문에 더 괴롭고 숨이 막히는 거야. 나는 나 자신을 바꿀 수도 내려놓을 수도 없고, 이 미궁 속에서 현실을 받아들이고 만족하며 살아갈 수도 없어. 나는 그냥 좀 쉬고 싶은데, 쉬어지지가 않아. 어떻게 하는 게 쉬는 건지, 날뛰는 마음을 어떻게 잠재우고 내려놓을 수 있는지 모르겠어. 아무리 많은 책을 읽고, 아무리 열심히 요가를 하고, 아무리 오래 명상을 해도…… 어느 것 하나 내려놓아지지 않고 받아들여지지 않아. 내가 알고 싶은 것들, 내가 풀고 싶은 것들, 내가 이루고 싶은 것들, 이 모든 것들이 사실은 다 나의 욕망과 집착의 덩어리인 거야. 평안해지고 싶다는 욕망, 해탈하고 싶다는 욕망, 무념무상하고 싶다는 욕망, 여여하고 싶다는 욕망, 이 욕망들로부터 자유로워질 수가 없어. 이 욕망이 이루어지지 않아서 힘들고, 이 욕망을 이루기 위해 노력해야만 해서 힘이 들어. 달려야만, 숨이 끊어질 정도로 격렬하게 달려나가야만 숨통이 트일 것 같아. 그런데 너무 오래 달리기만 하고 있다 보니 나는 더 지치는 거야. 출구는 어디에도 없다는 것을 이미 아는데, 그렇다고 해도 이 달리기를 멈출 수가 없는 거야. 멈추면 무너질까봐, 이 미궁보다 더 끔찍한 진창으로 빠져들어버릴까봐 두려운 거야. 그래서 나는 결국 어느 것 하나도 제대로 해낼 수 없는 인간이 돼버린 거야…… 욕망을 스스로 이루지도 못하고 내려놓지도 못한 채 홀로 고통스러워하는 미궁 속에 갇혀 있는 거야. 나도 알아, 이것 또한 내가 만든 미궁이라는 것을, 누구도 나를 이곳으로 밀어넣지 않았다는 것을, 모든 문제와 해답이 다 내 안에 있다는 것을 나도 알아. 나도 아는데, 그래서 나는 더 절망하게 돼…… 나 스스로에게, 나 자신에게 패배하고 지배당하는 거잖아."

케이는 더 이상 대답하지 않고 술잔을 입에 갖다대며 홀짝이기만 할 뿐이었다. 메이도 앞에 놓인 맥주잔을 집어 벌컥벌컥 들이켜고 난 뒤 바텐더를 불러 맥주를 더 주문했다. 이내 바텐더가 새로운 맥주를 메이 앞에 놓아주고 떠나자 메이는 케이에게 질문했다.

"왜 그랬어?"

케이는 대답하지 않고 연신 술잔만 기울였다. 메이가 다시 물었다.

"원하는 게 뭐였어? 섹스였어? 여행지에서 만난 나이 어린 여자랑 같이 술 마시고 섹스하고 즐기다가 때가 되면 떠나면 그뿐인, 그게 오빠가 여행하는 방식인 거야? 그럼 왜 처음부터 그렇게 다가오지 않았어? 왜 처음부터 그렇게 말하고 행동하지 않았어? 그랬더라면 최소한, 이렇게까지 마음 쓰이지는 않았을 거잖아. 이렇게까지 어려워질 일도 아니었잖아."

"그런 식으로 말하지 마."

케이는 인상을 쓰며 토로하듯 대답했다. 그가 이어 말했다.

"나는, 어떻게 해야 할지 몰랐어. 뭐가 어떻게 돼가는 건지도 모르는 채로 그저 감정에 이끌려갔어. 나도 알아, 내가 그러면 안 됐는데, 너한테 그러면 안 되는데, 내 감정을 끊거나 조절할 겨를이 없었어."

그래, 나도 알아. 모든 게 속수무책이지. 마음에서 일어나는 일들, 마음이 이끄는 일들은 늘 그런 식이야. 우리는 그저 속수무책으로 우리의 마음에 끌려만 다니는 거야. 하지만 그렇다면, 우리는 그렇게 끌려다녔던 우리의 행동에 책임을 져야 하잖아, 이렇게 도망치면 안 되는 거잖아,라는 말이 메이 안에서 들끓듯 올라왔다. 하지만 차마 입 밖으로 내지는 못했다. 케이가 계속 말했다.

"나는 스물여섯 살에 결혼했어. 아내하고는 여행자 모임에서 만났어. 모임에서 여행 정보를 공유하다가 가까워졌고, 늘 여럿이 같이 만났어. 그때 아내는 매번 친한 언니랑 같이 나왔는데, 알고 보니까 여행을 좋아하는 사람은 아내가 아니라 그 언니였다는 걸 결혼한 뒤에야 알게 됐어."

"하지만, 사랑하니까 결혼했을 거잖아."

"그래, 맞아. 하지만 솔직히 그때 나는 부모님으로부터 하루빨리 독립하고 싶은 마음이 더 컸어. 결혼은 독립하기에 좋은 수단으로 보여서 어릴 때부터 빨리 결혼하고 싶었어. 아내를 만나기 전까지도 나는 늘 이렇게 장기 여행만 다니던 여행자라서 오래도록 진지하게 교제해본 사람도 없었어. 아내하고는 언제나 함께 여행하며 여행 그 자체인 삶을 살아갈 수 있을 줄 알았어. 하지만 아내는 나처럼 정처 없이 게스트하우스를 전전하며 생활하는 장기 여행을 좋아하지 않았어. 그래서 점점 나 혼자 여행을 다니게 됐어. 미안해, 내가 미안. 나는 딱히 로맨틱한 사람도 아니고, 관광이나 휴양을 목적으로 여행하는 것도 아니라서 여행지에서 이런 일이 생길 거라고는 생각해보지 못했어. 그래서 아무런 판단도 대처도 할 수가 없었어. 뒤늦게야 내 처지를 깨닫고 났을 때는, 어떻게 해볼 수가 없었어. 불륜도…… 아무나 하는 게 아니더라. 나는 돌아가야 할 곳이 있고, 돌아가야 하고, 돌아간 후에는……."

"그건 이미 다 했던 이야기잖아."

"미안해, 내 잘못이야. 내가 조절했어야 했는데, 자제했어야 했는데, 그러지 못했어. 그럴 수가 없었어……."

18

고모와 고모부가 자꾸만 떠올라. 아니, 정확하게 말하면 그 두 사람이 아니라 그들의 딸, 유미언니와 아미언니가 떠오르는 거고, 좀 더 정확하게 말하자면 아미언니에 대한 기억이 계속 떠올라 사라지지 않아.

고모와 고모부도 원래는 무척 가난했다고 들었어. 내 친할아버지는 우리 아버지가 다섯 살 무렵에 돌아가셨고, 친할머니는 우리 아버지와 고모를 친척집에 맡겨두고 돌아오지 않았거든. 그래서 우리 아버지와 고모는 여러 친척들 집을 전전하며 중학교만 겨우 졸업한 뒤 서울로 올라왔어. 아버지는 운수회사에서 급사로 일하며 야간학교를 다니다가 대학에 진학했고, 고모는 남대문 액세서리 도매상가에 직원으로 취직해 일하다가 고모부를 만나 결혼한 뒤 거부가 된 거야.

이미 말했듯이 나는 늘 고모의 딸들, 그 자매가 부러웠어. 그

언니들은 언제든 원하는 모든 것을 다 가질 수 있었고, 많은 액수의 용돈을 받았으니까 말이야. 중학생 때 아미언니와 나는 꽤 가깝게 지내며 학원도 같이 다니고 간식도 같이 먹고 쇼핑도 같이 다녔어. 그렇게 아미언니와 같이 다니며 나는 언니가 가진 것과 내가 가진 것이 얼마나 다른지 매일 깨달아야 했어. 아미언니가 밥을 먹으러 가자고 해서 따라나서면 언니는 매번 값비싼 서양식 패밀리 레스토랑으로만 향했어. 나는 그런 곳에서 밥을 먹을 만한 돈이 없어서 먹기를 주저했지. 그러면 언니는 짜증스러운 얼굴로 "내가 살게"라고 말했어. 선의로 행하는 기부가 아니라 앵벌이 아이가 들러붙어 마지못해 적선하는 것과 같은 태도로 그렇게 말하는 거였어. 나는 마치 거지와 같은 입장이 되어 아미언니가 사주는 음식들을 얻어먹으면서도 자존심이 상하거나 화가 나기는커녕 세상에 이렇게 맛있는 음식들이 있다는 사실이 놀랍고 황홀하기만 했어. 나는 늘 정신을 쏙 빼놓을 정도로 많은 음식을 한꺼번에 먹어치웠어. 그러고 집으로 돌아오면 소화가 되지 않아 더부룩해진 배를 움켜쥔 채 고통 속에 잠들었지.

아파트 단지에 있던 상가에 새로 문을 연 피자집에서 조각 피자를 무료로 나눠주던 날도 떠올라. 그날은 마치 동네의 모든 사람들이 다 나와서 그 피자집 앞에 줄을 서 있는 것만 같았어. 나랑 우리 오빠도 그곳에 가 줄을 서서 조각 피자를 받아 곧바로 먹어치우고는 또다시 그 줄의 맨 끝으로 가서 기다렸다가 피자를 받아먹기 반복했어. 그때 유미언니와 아미언니가 유유히 그 기다란 줄 사이를 헤치고 나아가 당당하게 돈을 내고 피자 한 판을 주문했어. 주문을 마치고 난 그들이 우리가 서 있는 쪽으로 다가오더니 자기네 집으로 곧 피자가 배달될 거니까 같이 가서 먹자고 말했어. 그러자 우리 오빠는 이왕 이 줄에 서서 기다렸으니 조금만 더 기다렸다가 무료로 나눠주는 조각 피자도 받아가지고 그 집으로 가겠다고 대답했어. 그래서 언니들이 먼저 떠나고, 나와 오빠는 그 줄에 서서 더 기다렸다가 조각 피자를 받아낸 뒤 언니네 집으로 달려갔어. 그런데 막상 언니네 집에 가보니 고모부가 우리에게 어쩐 일로 왔느냐고 물었어. 나는 어리둥절했지. 언니들이 피자를 시켜놨다고 해서 온 거라고 대답하자 고모부가 피자는 시키지 않았다고 말했어. 나는 아미언니를 향해 어떻게 된 거냐고 물었지만 언니는 아무것도 모른다는 듯한 표정으로 자기는 나에게 그런 말 한 적이 없다고 대답했어. 나는 언니들이 나와 우리 오빠를 속여서 화가 나거나 억울하지는 않았어. 다만 기대했던 피자를 양껏 먹을 수 없다는 사실이 너무 분하고 속상해서 눈물이 났어. 오빠와 함께 집으로 돌아오면서 나는 정말로 서럽게 하염없이 울었어. 오빠가 왜 이딴 일로 우느냐며 나를 다그쳤고, 오빠의 다그침에 나는 더 많이 울어버렸어.

우리 집에 도착해 오빠는 라면을 잔뜩 끓여서 나에게도 함께 먹자고 했지만 나는 라면 따위는 먹고 싶지 않았어. 어머니가 와서 왜 그러느냐고 묻기에 내가 자초지종을 설명했지. 말하는 동안에도 서러움이 북받쳐올라 나는 더 많이 울었어. 어머니는 고모부 댁으로 전화해 왜 애들한테 지키지도 못할 약속을 해서 이렇게 울려놨느냐고 따져 물었어. 고모부는 애들 사이에 뭔가

오해가 있었던 모양이라며 자기가 지금 피자를 시켜놓을 테니 윤호와 윤희를 다시 자기 집으로 보내라고 말했어. 오빠는 이미 라면을 다 해치운 뒤였지만 그래도 피자는 또 먹을 수 있다며 당장에 자리에서 일어났고, 어머니도 어서 고모부 집으로 가보라며 나를 채근했어. 하지만 나는 더 이상 그 집에 가고 싶지 않았어. 나는 그저 울고만 있었지. 어머니가 고모부에게 다시 전화를 걸어 윤희가 너무 많이 울어서 아무래도 오늘은 가지 못할 것 같다며 되레 미안하다고 했어. 나는 계속 울었어. 솔직히 나는 뭐가 그렇게 서러운지 잘 알지도 못한 채 그냥 마구 울었어.

내가 하염없이 울고 있을 때 현관문 벨소리가 울렸어. 아미언니가 직접 우리 집으로 찾아와 고모부가 피자를 시켜준다고 했으니 자기랑 같이 가자고 말하는 거였어. 천사 같은 얼굴로 나를 위로하고 달래며 같이 가자고 말하는 아미언니의 얼굴을 보자 나는 그제야 진짜로 화가 나기 시작했어. 그 천사 같은 얼굴을, 세상 착한 말투와 표정을 짓뭉개버리고 싶었어. 나의 양손을 언니의 입속으로 밀어넣어 그 입을 죽 찢어버리고 싶었지. 그러면 그 안에 감추어진 아미언니의 진짜 얼굴이 불거져나올 것 같았어. 그 진짜 얼굴을, 악마 같은 진상을 모두에게 보여주고 싶었어. 보라고, 이것이 아미언니의 진짜 얼굴이라고, 언니는 이런 사람이라고, 이렇게 더럽고 추하고 역겨운 사람이라고, 아니 악마라고, 모두에게 알리고 싶었어.

나는 끝까지 아미언니를 따라나서지 않고 내 방으로 들어가 문을 잠갔어. 아미언니는 내 방문 바깥에 서서 그래도 나를 기다릴 테니 마음을 좀 가라앉힌 뒤에 꼭 자기네 집으로 오라고 말하고 떠났어. 그때부터 모두들 아미언니가 아닌 나를 비난하기 시작했어. 아미언니가 우리 집까지 찾아와 나를 달래고 선의로 이끄는 데도 따라나서지 않았다고, 착하고 다정한 언니를 무시하고 외면했다는 이유로 내가 더 나쁜 아이가 되어 있었어.

그날 도대체 누가 잘하고 누가 잘못한 것일까? 선과 악이 무엇일까? 아직까지도 나와 아미언니 중 누가 옳고 그른지, 누가 선하고 악한지 분별할 수가 없어. 서로 뒤엉켜 있는 등나무와 칡나무 중 무엇이 등나무이고 칡나무인지 알아낼 수 없는 것처럼, 모든 것이 다 뒤엉켜 있는 것만 같아.

19

　인도에 도착한 첫날, 벵갈루루를 출발한 택시는 세 시간 만에 마이소르에 진입했다. 번화한 시내를 지나며 택시기사 라주는 메이에게 호텔의 주소를 알려달라고 했다. 메이는 휴대전화에 저장해둔 주소를 그에게 보여주었다. 라주는 헤매지 않고 곧바로 호텔을 찾아내 입구에 차를 세우고 메이의 짐을 꺼내주었다. 그리고 메이가 계산을 치르자 뒤도 돌아보지 않고 곧장 차를 몰고 떠났다.

　메이는 짐 가방을 끌며 호텔 로비로 들어갔다. 밤이라 어두컴컴한 실내에는 접수계 쪽에만 불이 들어와 있었다. 이곳에서는 하루만 묵고, 날이 밝으면 선배 요가 강사인 윤영이 예약해준 숙소를 찾아갈 요량이었다.

　메이는 한국에서 미리 이 호텔을 예약했던 터라 확인서를 꺼내어 접수계로 갔다. 청바지에 티셔츠 차림인 인도 청년이 안쪽에 앉아 꾸벅꾸벅 졸고 있었다. 낮게 헛기침을 했음에도 그가 깨어나지 않아 메이는 결국 소리 내어 그를 불렀다. 그래도 그는 미동조차 없었다. 메이가 좀 더 큰 소리를 내자 청년이 비로소 깨어나 메이를 올려다보았다. 메이는 그에게 가볍게 목례한 뒤 손에 들고 있던 예약 확인서를 그에게 내밀었다. 그는 그것을 받아들고 한참을 들여다보더니 이내 고개를 들고 자기는 아무것도 모른다고 말했다. 메이는 영어로 이미 이 호텔의 방을 예약하고 결제했다고 말했다. 그러나 청년은 메이의 영어를 알아듣지 못하는 눈치였다. 메이 또한 그가 말하는 힌디어를 알아들을 수 없었다.

인도에 도착해 숙소에 오자마자 이런 일이 생기니 눈앞이 캄캄했다. 만일 택시기사 라주라도 있었더라면 그에게 자초지종을 말해볼 수 있을 것이고, 그가 이 청년에게 힌디어로 메이의 말을 전해주었을 것이다. 메이는 성급하게 떠나버린 라주에 대한 원망의 마음이 들었으나 돌이킬 수 없는 일이었다. 그녀는 최대한 느리고 정확하게 영어로 말해봤다. 그래도 그는 메이의 말을 알아듣지 못했고, 메이는 그의 말을 알아들을 수 없었다.

시간은 이미 자정이었다. 바깥은 칠흑 같은 어둠에 감싸여 도무지 나가볼 엄두조차 나질 않았다. 용기 내어 나가본다 한들 이 근방에서 새로운 숙소를 찾을 수 있을 것 같지도 않았다. 무엇보다도 온라인으로 이미 지불한 호텔비가 아까웠다. 지금 여기서 새로운 방을 얻어 결제를 한다면 이전에 결제한 금액은 돌려받을 수 없을 성싶었다.

당황한 마음에 머릿속이 하얘지고 아무런 생각이 나질 않았다. 이곳에서 메이의 휴대전화가 터질 리 만무했다. 다만 이곳 호텔의 와이파이 정도는 써볼 수 있을 것 같아 메이는 자신의 휴대전화를 남자에게 보여주며 와이파이라고 말했다. 남자는 다행히 그 단어는 알아들은 모양이었다. 그는 와이파이 아이디와 비밀번호가 적힌 쪽지를 메이에게 내주었다. 메이는 그 와이파이 아이디로 로그인해 곧바로 메신저를 켰다. 선배 윤영이 현지에서 도움이 필요하면 연락해보라며 알려준 그 사람, 케이의 계정을 찾아 통화 버튼을 눌렀다. 인도에 오기 전, 마이소르에서 집을 구하려면 어떻게 해야 하느냐고 윤영에게 물었을 때 윤영은 케이의 메신저 계정을 알려주었다. 인도에 있는 여행작가이니 그에게 이 계정을 통해 연락하면 웬만한 일은 다 도와줄 수 있을 거라면서 말이다. 그때 메이는 언젠가 읽은 적이 있는 인도 여행에세이 책을 떠올렸다. 본명이 아닌 닉네임으로 활동하는 케이의 책은 인도를 여행해본 사람과 여행하는 사람, 그리고 여행하려는 사람이라면 누구나 한 권쯤 가지고 있을 정도로 유명했다. 인도 여행 안내서뿐만 아니라 인도의 문화와 역사, 종교, 정치, 시사문제에 관한 해박한 지식을 담은 그의 산문집들을 읽다 보면 그에게 여행이란 단순한 관광이나 체험이 아닌 삶 그 자체로 보였다. 메이로서는 유명 작가인 케이가 궁금하고 신비롭게 느껴졌지만 아무리 그렇다고 해도 얼굴 한 번 본 적 없는 타인에게 다짜고짜 집을 구해달라거나 생활에 도움을 달라는 식의 부탁을 하고 싶지는 않았다. 그래서 윤영이 마이소르에서 살아본 숙소에 가서 살아보겠다고 말하고 그 집주인의 주소와 연락처를 받아 바로 예약하고 인도에 온 것이다. 윤영은 무조건 예약부터 하지 말고 인도에 가서 여러 집에 방문해본 뒤 마음에 드는 곳으로 찾아가라고 권했지만 메이에게는 그럴 만한 여력이 없었다. 인도행은 메이에게 외국에서 한 달 살아보기와 같은 낭만적인 휴가가 아니기에 이 집 저 집 둘러보고 따져보며 비교해볼 마음조차 생기지 않았다. 메이는 그저 요가원에서 가깝고, 잠만 잘 수 있는 곳이면 충분하다고 생각했다. 그래서 메이는 윤영이 소개해준 여행작가 케이에게는 연락할 일조차 없을 줄만 알았다. 한데 이렇게 호텔에서 기본적인 의사소통조차 안 되다니 전혀 예상치 못했던 일이라 메이는 막막하고 두려웠다. 그렇다고 한국에 있는 사람들에게 연락할 수도 없는 노릇이었다. 기댈 만한 사람이라고는 지금 이곳 인도에 있는, 메신저 아이디로만 알고 있는 케이 단 한 사람뿐이었다.

그에게 두 번이나 전화를 걸어봤지만 연결이 되지 않았다. 이제 어떻게 해야 할지 알 수가 없었다. 그렇다고 섣불리 밖으로 나가볼 엄두도 나지 않았다. 어떻게든 여기서 이 일을 해결해야 하는데 안내원 남자는 모른다는 말만 반복할 뿐 일을 처리해줄 마음 자체가 없어 보였다.

케이는 여전히 전화를 받지 않았다. 메이는 절망스러웠다. 어떻게 해야 할지 몰라 당황하고 있을 때 휴대전화에서 알림이 울렸다. 확인해보니 케이의 메시지였다. 메이가 전화했던 것을 이제 확인했다며 늦은 시간인데 무슨 일이냐고 물었다. 메이는 답장으로 지금 인도에 도착해 미리 예약해둔 호텔에 왔는데 말이 전혀 통하질 않는다고 적었다. 그러자 케이가 전화해도 되느냐고 물어왔다. 메이는 바로 그에게 전화했다. 케이가 전화를 받자 메이는 인사를 나눌 겨를도 없이 '저 어떡하죠?'라고 먼저 물었다. 케이는 심드렁하게 호텔 직원을 바꿔달라고 했다. 그 말에 메이가 직원에게 휴대전화를 건네자 그들은 힌디어로 통화하기 시작했다. 그렇게 몇 마디 나눈 뒤에 직원이 메이에게 전화기를 돌려주었다. 그리고 직원은 누군가와 다시 통화를 하고 나서야 방으로 안내해주겠다며 접수계 밖으로 나와 메이의 짐 가방을 들고 복도 안쪽 계단으로 올라갔다. 메이도 백팩과 요가 매트를 들고 그를 따라갔다. 그 사이에도 휴대전화 문자 수신음이 계속 울렸지만 확인할 겨를이 없었다. 직원은 3층 복도 가장 끝에 자리한 방문을 열고 그 안에 메이의 가방을 들여놓았다. 그가 방에서 나온 뒤에 메이는 방 안으로 들어가 고맙다고 말하고 문을 닫았다.

어깨에 멘 백팩을 내려놓자 하아, 한숨부터 나왔다. 스위치를 찾아 불을 켜고 곧장 침대 모서리에 가 앉았다. 방 안은 좁고 어두웠다. 언뜻 보기에는 정리정돈이 되어 있는 듯했지만 방바닥과 침대 시트, 탁자와 의자에는 먼지가 수북했다. 메이는 코트 주머니에서 휴대전화를 먼저 꺼내고 코트를 벗었다. 그리고 바로 문자메시지를 확인해보았다. 문자는 당연히 케이가 연이어 보낸 것이었다. 통화해보니 호텔 직원들은 모두 퇴근했고, 그는 그냥 청소와 심부름만 하는 사람이라 정말로 아는 게 없다는 것이었다. 메이의 예약 상황을 케이가 힌디어로 말해주니 그제야 그는 이해를 하고 매니저와 통화한 뒤 빈 방을 내주겠다고 대답했던 것이다.

따지고 보면 별것도 아닌 상황이었는데 메이는 왜 그 순간을 마냥 두렵게만 받아들였을까? 아마도 그것은 이 상황 때문이 아니라 자신이 혼자라는 생각 때문이었을 것이다. 지금 이곳에 자신을 이해하기는커녕 말이 통하는 사람조차 한 명도 없다는 게 메이는 두려웠다. 그러자 그런 그녀를 도와준 케이의 행동이 무척이나 크게 다가왔다. 언어가 통하지 않는 세계에서 그녀의 이야기를 들어주는 단 한 사람, 케이가 아니었다면 어떻게 이 상황을 해결하고 방 안에 들어올 수 있었을지 상상할 수 없었다. 이 일이 있기 전에는 굳이 그에게 연락할 일이 없을 거라고 생각했는데, 이렇게 도움을 받고 보니 고마운 마음을 전하지 않을 수 없었다. 메이는 케이에게 도와줘서 감사하다는 문자를 보냈다. 케이는 별일도 아닌데 뭘 그렇게 고마워하느냐며 대수롭지 않게 대꾸했다. 메이는 그래도 꼭 한 번은 감사인사를 하고 싶다고 적었다. 그러자 케이는 언제 마이소르에 가게 되면 맥주라도 한잔 하자고 답장했다. 메이는 맥주라는 말과 '마이소르에 가게 되면'이라는 표현에 놀라 아무 대답도 하지 않았다. 케이는 뒤이어, 혹시 술 안 마시면 저녁이나 먹자고 했다. 메이는 케이에게 지금 어디서 머물고 있느냐고 물어보았다. 윤영으로부터 케이의 연락처를 받았을 때 메이는 그가 당연히 마이소르에 머무는 사람일 거라고 짐작했다. 대개의 요가 수련자들처럼 마이소르에서 서너 달씩 머물며 요가를 하고 책을 쓰는 사람인 줄 알았다. 그렇게 여겼던 그가 마이소르가 아닌 다른 곳에 머물고 있다는 사실에 메이는 조금 놀랐다. 케이는 아무렇지도 않게 지금 케랄라에 머물고 있고 이달 말쯤에 마이소르에 갈 수 있을 거라고 했다. 메이는 그럼 말일쯤 마이소르에서 꼭 한 번 보자고 답장하고 대화를 끝냈다.

20

요한은 기이할 정도로 마른 사람이었어. 멀리서 그의 모습을 바라보기만 했을 때에도 그가 무척 말랐다는 것을 알 수 있었지만, 가까이에서 그와 마주하고 있으니 그는 정말 '병적으로' 마른 거구나, 라는 생각이 들었어. 그래서 사실 그를 처음 보았을 때는 이성적인 끌림보다는 놀라움이 더 먼저 다가왔어. 마치 다큐멘터리 프로그램에서나 볼 법한 먼 나라의 굶주린 아이를 실제로 보는 것 같았거든. 그가 그 마른 몸을 감추기 위해 품이 넓은 셔츠와 통이 큰 바지를 입고 왔음에도 불구하고 움직일 때마다 그 비쩍 마른 뼈대와 몸통이 드러나 보였어. 그렇게까지 마른 사람을 실제로 보는 것은 처음이었기에 내 눈에는 그 모습이 다소 충격적으로 비쳐졌어.

요한과 그의 가족들은 모두 독실한 기독교 신자였어. 그의 아버지는 우리가 다니던 교회의 안수집사였고, 어머니는 권사님이었지. 두 살 터울인 그의 형은 청년부 찬양팀에서 기타리스트로 활동하며 초등부 교사로도 일하고 있었어. 주일 아침에 내가 요가 수련을 마치고 3부 예배를 드리러 교회에 가면 일단 입구에서 주차요원으로 봉사하는 그의 아버지를 볼 수가 있었어. 그다음 예배당 입구에서 주보를 나눠주는 그의 어머니를 볼 수 있었고, 예배가 시작되기 전 예배당 앞쪽 단상에서 찬양 연습을 하는 그의 형도 볼 수가 있었지.

교회에서 요한의 모습을 실제로 보기 전부터 나는 이미 그 교회의 온라인 커뮤니티를 통해 그를 보아오고 있었어. 그는 청년부 온라인 커뮤니티에 글을 자주 올리는 사람이었거든. 그가 올리는 게시물에는 글보다 음악이 많았어. 그는 기독교 찬양 쪽에서 유명한 작곡가였고, 그가 만들어 발표한 음악들을 청년부 온라인 커뮤니티에 홍보용으로 올리곤 하는 거였어. 작곡가라니, 흔치 않은 직업이기에 아무래도 관심이 갔어. 그래서 나는 그가 올린 게시물에서 그의 아이디를 클릭해 그의 개인 계정에도 들어가보았어. 그는 자신의 계정에 일상적인 사진을 자주 올렸어. 누구와 만나 무엇을 먹고 어디에 가서 무엇을 했는지, 집에 있을 때는 어떤 음악을 즐겨 듣고 어떤 생각을 하고 어떤 마음으로 시간을 보내는지를 거의 실시간으로 그곳에 남겼어. 별것도 아닌 일상이지만 나는 자꾸만 그것을 들여다보게 되었어. 그가 어디서 누구를 만나 무엇을 먹고 무엇을 했는지, 그리고 그가 어떤 생각을 하고 어떤 감정을 느끼는 사람인지에 대해서 자세히 알고 싶었어.

그를 특별히 더 주목해서 보게 된 건 그 게시물 때문이었어. 난 치병 환자인 그는 어린 시절 대부분의 시간을 병원에서 보냈고, 수술을 네 차례나 받은 경험이 있었어. 수술을 받을 때마다 수혈도 받아야 했기에 그는 자신에게 피를 나눠준 사람들에 대해서 떠올려보게 된다고 적었어. 타인의 피가 자신의 몸속에 흐르고 있다는 사실을 떠올리면 복음서에 언급된 '나는 포도나무요 너희는 가지니, 내가 저 안에 있으면 이 사람은 과실을 많이 맺나니'라는 예수님의 말씀을 믿지 않을 도리가 없다고 쓴 거야. 자신의 몸 안에 타인의 피가 섞여 흐르고 있다는 것을 느낄 때마다 그는 그리스도라는 나무 안에 모든 인간 존재가 유기적으로 연결된 나뭇가지라는 것을 실감한다는 거였어.

그 글을 읽으며 나는 충격을 받았어. 그때까지만 해도 나에게 성경은 구체적이고 실제적인 상황이나 체험이 아닌 먼 과거의 성인들이 남겨놓은 옛날이야기일 뿐이었어. 그러므로 그 안의 모든 이야기가 실제에 근거한 사실이라고는 믿을 수가 없었어. 인간의 이야기라는 것은 이야기를 하는 사람의 기억에 의해 왜곡되고 재구성될 수밖에 없으니까 말이야. 그런데 그에게는 성경이 다른 시대, 다른 사람들의 이야기가 아니라 지금 여기서 그가 직접 보고 듣는 자기만의 이야기였던 거야. 그러므로 그에게는 그것을 믿지 않을 도리가 없으며, 성경은 단순한 과거의 이야기가 아닌 지금 여기에서 일어나는 진짜 현실이었어.

나는 그가 단순히 연약한 육체 때문에 종교에 마냥 기대거나 맹목적으로 신을 믿는 신자가 아니라는 사실을 알 수 있었어. 그때부터 나는 그의 인생과 경험과 믿음이 궁금해졌어. 나는 알고 싶었어. 그의 인생, 그의 경험, 그의 질병, 그의 예수, 그리고 그의 존재를 알아보고 싶었어. 그 이유는 나도 모르겠어. 궁금하고, 알고 싶고, 알아야만 하는, 그런 감정 혹은 의무감 같은 것이 일어나기 시작했어.

21

사거리 코코넛 가게 앞에서 코코넛 주스를 마시고 있을 때, 누군가 메이의 어깨를 두드렸다. 돌아보니 효정이었다. 메이는 효정에게 미소 지으며 인사했다. 그리고 코코넛 주스를 마시겠느냐고 묻자 그녀는 괜찮다고 대답했다.

"택시가 아직 안 온 것 같아요."

효정이 말했다. 메이는 가볍게 고개를 끄덕였다. 한결같이 약속시간에 늦는 인도인들이 이제는 딱히 놀랍지도 않았다. 인도에 오고 나서부터는 모든 것을 그저 그러려니 하며 넘겨버리는 습관이 자라났다. 누군가 약속시간에 늦어도, 계획했던 일이 잘못되어도 그저 그러려니 할 뿐 그것에 대해서 불평하거나 괴로워하는 습관들이 이곳 인도에서는 사라져갔다. 아무리 늦더라도 올 것은 오고, 아무리 붙들어도 떠날 것은 떠나게 마련이었다. 마찬가지로 아무리 노력해도 이루어지지 않는 일들이 있는가 하면 아무 노력하지 않아도 저절로 이루어지는 일들이 있는 게 이 삶인가 싶었다.

코코넛 과육 속의 물을 모두 마시고 나자 옆에 있던 소년이 메이에게 손을 내밀었다. 그에게 속이 빈 코코넛을 넘겨주니 무쇠 낫으로 껍데기를 탁 쪼개어 그 안에 있는 과육을 긁어내주었다. 여덟 살이나 됐을까 싶은 어린 소년이었다. 아니, 어쩌면 그보다는 한두 살 더 많을 수도 있는데 제대로 먹지 못해 발육이 늦어진 것일 수도 있었다. 한편에서는 그와 비슷한 키의 또 다른 소년이 코코넛 더미를 정리하고 있었다. 작고 마른 체구의 노인이 그 옆에서 가게 주변을 청소했다. 누가 이곳의 주인일까? 언뜻 보기에는 저 노인이 이 코코넛 가게의 주인으로 보였다. 하지만 가끔씩 이 동네의 부동산을 관리하는 중개인들이 이곳에서 청소를 돕거나 돈을 세어가는 모습도 볼 수 있었다. 그러나 그들 또한 주인인지 아닌지 알 수 없었다. 어쩌면 그들보다 더 큰 손이 이 근방의 상권 전체를 관리하고 있을지도 모를 일이었다.

메이는 이 가게에서 저 어린 소년들을 처음 봤을 때 충격과 불쾌감에 휩싸여 절대로 이곳에서는 코코넛을 사 먹지 않으리라 다짐한 적이 있었다. 학교에 가서 교육을 받아야 할 아이들이 이른 새벽부터 늦은 밤까지 이곳에서 노동을 하고 있다는 사실을 두 눈으로 보면서도 믿을 수가 없었다. 부모가 없는 아이들이라면 국가에서 보호하고 교육해야 마땅한 일인데 왜 아무도 저 아이들을 돌보지 않는 것일까? 미성년 노동착취는 누가 보아도 불법인데 왜 아무도 저들을 신고하지 않을까? 말도 안 돼,라고 메이는 생각했다. 코코넛은 원형의 과일이긴 하지만 껍데기가 돌처럼 단단하고 무게도 상당했다. 성인인 메이조차도 한 손으로 코코넛을 받아들면 곧바로 손목이 저릴 정도였다. 어린 아이들이 코코넛을 옮기다가 실수로 발등에 떨어트리기라도 한다면 뼈가 부러져 평생을 불구로 살게 될지 모를 일이었다. 심지어 저 단단한 코코넛 껍데기를 커다란 무쇠 낫으로 가르는 행위는 어린 아이들에게 위험천만하기 그지없었다. 어떻게 아직 열 살도 되지 않은 어린이들에게 이런 일을 시킬 수 있다는 말인가? 모두 다 미친 게 아닐까? 누가 봐도 말이 안 되는 일이었다. 누군가 이곳의 잘못을 알리고 저 아이들을 보호해주어야 마땅했다. 그러나 이 국가가, 이 사회가, 이 국민들이 해결하지 못하는 일을 외국인인 메이가 어떻게 해결할 수 있단 말인가?

메이는 자신이 이 문제를 해결할 수 없다면 최소한 이 가게의 코코넛을 사 먹지는 말아야겠다고 홀로 다짐했다. 그것만이 그녀가 이 부당하고 부정한 행위에 저항할 수 있는 유일한 방법이었다. 그래서 메이는 언제나 이곳의 맞은편에 자리한 자그마한 코코넛 가게로 향했다. 그곳에서는 성인 남자 혼자서만 일하기 때문이었다. 그러나 메이가 매일 요가원에 오가며 이 거리를 지날 때면 아이들은 크고 둥그런 눈으로 그녀를 빤히 올려다보았다. 메이가 건너편 가게로 가서 코코넛 주스를 마시고 있는 동안에도 아이들은 내내 그녀만 바라보았다. 이곳에도 와달라고, 우리의 코코넛도 팔아달라고 간청하는 듯한 아이들의 눈빛을 메이는 또렷이 볼 수가 있었다. 그리고 메이는 결국 알게 되었다. 아무도 저 코코넛 가게를 이용하지 않아 가게가 망하고, 아이들을 데려다가 노동을 시키던 가게의 주인이 붙잡혀간다고 한들 아이들이 저 부당한 노동으로부터 해방될 수는 없다는 현실을. 오히려 아이들은 갑작스레 일자리와 거처를 잃고 정처 없이 떠돌다가 나쁜 사람들에게 끌려가 더 과중한 노동을 감당하게 될지도 모를 일이었다.

이 가게가 망한다 해도 누구 하나 아이들을 돕거나 돌봐주지 않을 것이다. 그렇다면 메이가 할 수 있는 일은 도대체 무엇인가? 없었다, 아무것도 없었다. 그녀가 지금 미약하게나마 할 수 있는 일이 있다면 저 아이들의 간절한 눈빛에 응답하는 것뿐이었다. 그것만이 잠시라도 그들을 위로해주는 일인지도 몰랐다. 그래서 메이는 다시 그 가게로 발걸음 해 코코넛을 사 먹기 시작했고, 아이들은 그런 메이를 진심으로 반기며 기뻐했다. 아이들의 그 모습은 백화점에서 서비스 교육을 받은 직원들이 보여주는 미소와는 완전히 다른 것이었다. 아무런 의식도 의도도 없이 그저 그들의 내부에서 자연히 터져나오는 미소. 아이들의 그 환한 미소를 마주하는 것이 메이에게는 고통이었다. 그럴 때마다 메이는 소리치고 싶었다. 제발 그렇게 웃지 마. 내가 지금 내는 돈은 너희들 주머니로 들어가는 게 아니야. 아니, 이 돈의 아주 작은 일부분조차도 너희들에게는 가지 않을 거야. 너희는 항상 그 노동력을 착취당하고, 차별과 무시를 받으며 위험한 일을 하는 환경 속에 있을 거야. 그리고 너희는 아무것도 보상받지 못할 거야. 아무런 보호도 관심도 받지 못할 거야. 그러니까 제발 그렇게 웃지 마, 기뻐하지도 마. 메이는 소리치고 싶고, 절규하고 싶었다.

그러다가도 아이들의 그 기뻐하는 모습을 보고 있으면 과연 무엇이 이 삶의 '보상'인가 싶었다. 스스로 원해서 선택한 요가 강사의 삶에서 메이는 자신이 원하던 것들을 이루었고 자신의 노동에 따른 보수를 정확하게 받았지만 단 한 번도 저 아이들처럼 해맑게 웃으며 진심으로 기뻐해본 적 없었다. 메이는 한국에서 나고 자라며 교육을 받고 일자리를 얻었지만 그럼에도 불구하고 그녀에게 이 세상은 늘 지옥이었다. 행복해지고 싶다는 마음 하나로 수없이 많은 책을 읽고 수없이 많은 곳을 떠돌며 수없이 많은 사람을 만나왔으나 그 어느 것에서도, 어느 누구에게서도 메이는 진짜 행복을 찾을 수 없었다. 메이도 알고 있었다. 자신이 살아가는 이 세상이 지옥이 아니라 이 세상을 살아가는 자신의 마음이 지옥이라는 것을. 그렇다면 어떻게 자신의 마음을 지옥이 아닌 천국으로 바꿀 수 있을까? 요가가 그렇게 해줄 수 있지 않을까? 매일 요가를 수련함으로써 그녀 내부의 지옥을 몰아내고 그 자리에 천국을 들어앉힐 수 있지 않을까? 메이는 그 천국을 꿈꾸고 기대하며 요가를 수련했으나 요가는 오히려 그녀 마음을 더 깊은 암흑 속으로 끌고 가는 듯했다. 요가를 수련하고, 사람들을 만나고, 수많은 책들을 읽고 또 읽어도 메이는 전혀 행복하지 않았다. 그 모든 노력에도 불구하고 결코 행복해질 수 없는 자기 자신에 대한 절망이 그녀를 더 깊은 진창 속으로 밀어넣었다. 어디에도 행복은 없어. 메이는 홀로 되뇌며 더 이상 행복을 찾지 말자고 다짐했으나 그 또한 소용없는 일임을 점점 깨우쳐 나가고 있었다.

22

온라인 계정을 통해서만 엿보아온 요한에게서, 바로 그 계정으로 메시지가 왔어. 그는 차분하게 자신을 먼저 소개하고, 내가 요가 강사라는 이야기를 들은 적이 있다며 몇 가지 여쭤봐도 되느냐고 적었어. 나는 곧바로 '그럼요'라고 답장했어. 그는 곧 교회에서 열릴 난치병 어린이 돕기 자선 바자회를 준비하고 있고, 그 중에서 청년부 행사의 기획을 맡게 됐다고 설명했어. 청년부 행사에 참여할 부스들을 모집해 성인 교구와는 다른 특색을 가지고 운영하고 싶다며 나에게도 참여해볼 의향이 있는지 물었어. 나는 교회에서 조용히 예배만 드리고 가는 신자였기에 이런 종류의 부서 행사에는 참여해본 적이 없지만, 그가 한다면, 그리고 내 도움이 필요하다면 뭐든 돕겠다고 말했어. 행사 준비나 물품 판매 혹은 청소나 뒷정리라도 다 할 수 있다고 했지. 그러자 그는 그런 것보다는 요가 부스를 만들어보면 어떻겠느냐고 제안했어. 요가 매트를 서너 장 정도 준비해서 교회 앞마당에 깔아두고 사람들에게 간단한 요가 운동법을 가르쳐주면 어떻겠느냐고 말이야. 그리고 수업료는 기부금으로 대체하는 형식으로 운영해보고 싶다고 했어.

나는 그에게 그것은 아무래도 안 될 것 같다고 대답했어. 예전에 청년부 전도사님이 나에게 소모임 시간을 활용해 요가 지도를 해줄 수 있겠느냐고 물어온 적이 있는데, '요가'라는 단어를 교회에서 사용할 수는 없으니 '체조'라고 이름을 바꿔서 진행하자고 한 적이 있었거든. 나는 그렇게라도 사람들에게 요가 행법을 알려주는 것에 의미가 있을 거라고 생각해서 꽤 오래 고민했어. 하지만 내가 하는 요가는 체조가 아니었기에 나는 결국 고사하고 말았어. 그러니 이번 바자회에서도 이렇게 요가를 통한 기부 행사를 진행한다면 '요가'가 아닌 다른 운동법이어야만 할 것이고, 나는 요가가 아닌 다른 운동을 해본 적이 없어 그것을 소개하거나 가르칠 수 없다고 전했어. 그러자 요한은 '아, 네……'라고 메시지를 보낸 뒤 더 이상 아무 말 하지 않았어. 나는 그와의 대화가 이대로 끝나지 않기를 바랐어. 그래서 이번에는 내가 먼저 그에게 제안했어. 교회 안에서 요가를 가르치는 것은 할 수 없지만, 간단한 운동 도구들을 판매할 수는 있을 것 같다고 말이야. 이런 종류의 자선 행사에 요가용품들을 후원해주는 업체들을 나는 알고 있었고, 그곳에 연락을 취하면 도움을 받을 수 있으니 내가 추진해보겠다고 말했지. 운동복, 매트, 블록, 밴드와 같은 물품들에 '요가'라는 용어가 적혀 있는 것도 아니고, 그것들은 요가원뿐만 아니라 구민체육센터나 사설 피트니스센터에서도 다 사용하잖아. 그러니 그저 운동도구라고만 소개하고 판매해도 무방할 것 같았어. 그렇게 운동복과 운동도구들을 판매하면서 그것들을 구매하는 사람들에게 간단한 활용법 정도를 가르쳐줄 수는 있다고도 말했지. 그러자 그는 아이처럼 기뻐하며, '와아, 정말요?'라고 물었어. 나는 '그럼요'라고 대답했어. 그러자 그는 내가 일하는 요가 학원에 이 자선바자회 홍보 전단지를 부착해줄 수 있느냐고도 물었어. 나는 그러겠다고 했어. 내가 요가원 주소를 알려줄 테니 언제든 전단지를 택배로 보내달라고 했어. 그러자 그는 그것을 택배로 부치지 않고 자기가 직접 가지고 오겠다고 했어. 나는 굳이 그럴 필요까지는 없다고 대답하면서도 내심 그가 나를 찾아온다는 게 기대가 됐어. 그렇게 나는 그가 나에게로 오는 순간을 기다렸어. 그를 기다리는 시간이 어떻게 흘러갔는지도 기억나지 않을 만큼 마음이 분주했어. 그가 나에게 오는 시간…… 그 시간에 말이야.

23

예약해둔 택시가 코코넛 가게 맞은편 가네샤 사원 쪽으로 와서 서는 게 보였다. 메이는 효정과 함께 사거리를 가로질러 사원 앞으로 걸어갔다. 예약한 차의 번호와 기사 이름을 확인하고서 둘은 택시에 올라탔다. 택시기사는 효정에게 다시 한번 목적지를 확인하고 차를 출발시켰다. 가네샤 사원에서 한 블록만 빠져나오면 곧바로 코코넛 나무가 빽빽이 들어찬 농장 사이 대로변이 나왔다. 그러고는 금세 푸르른 벼 농장의 풍경이 이어졌다. 초록의 벼들이 우뚝 일어선 대지를 바라보고 있자니 확실히 도심을 벗어나 어딘가로 여행을 떠나는 느낌이 들었다.

원래는 혼자서라도 버스를 타고 가보려던 여정이었다. 그러나 여자 혼자 시내에서 버스를 갈아타고 다른 도시를 여행하는 데에 무리가 따른다는 것을 메이는 인도에 와서 실감할 수 있었다. 이따금 효정의 스쿠터를 타고 시내에 있는 식당으로 가는 길만 해도 그랬다. 외국인 여자 둘이서 스쿠터를 타고 있으니 마찬가지로 스쿠터를 타고 달리는 젊은 인도 사내들이 가까이 다가와 휘파람을 불거나 소리를 질러대기 일쑤였다. 처음에 메이는 그런 그들에게 같이 소리를 지르며 욕을 했다. 얌전하게만 보이는 여자들이 이렇게 욕설을 내뱉으면 아무래도 움찔하거나 겁을 먹지 않을까 싶었던 것이다. 그러나 아무 소용없었다. 메이가 거세게 반응할수록 그들은 더욱 즐기는 모습만 보였다.

한 번은 인도 남자들이 스쿠터를 타고 지나가며 효정의 뒷자리에 앉은 메이의 등허리에 손을 대더니 팔뚝을 쥐어뜯듯 움켜쥐었다가 젖가슴까지 문지르고서 달아난 일이 있었다. 메이가 소리를 지르자 효정은 바로 갓길에 스쿠터를 세웠다. 그 후에도 메이는 연신 악을 쓰듯 소리를 질렀다. 왜 그런 소리가 쏟아져 나오는지 스스로도 알 수 없을 만큼 커다란 소리들이 연이어 터져나왔다. 메이는 그 남자가 건드리고 간 오른쪽 팔과 가슴을 꽉 움켜쥐었다. 분함과 억울함이 먼저 올라와 물리적인 통증 같은 것은 느껴지지도 않았다. 그래도 메이는 그들을 쫓아가 싸우거나 신고할 수 없었다. 메이 안의 감정들은 곧 울음으로 비어져나왔다. 운전을 하느라 상황을 제대로 보지 못했던 효정이 무슨 일이냐고 메이에게 재차 물었으나 메이는 아무 말 못했다. 충격으로 인해 이가 그저 덜덜 떨렸다. 그러고는 스스로도 알아들을 수 없는 중얼거림과 울음만 쏟아놓았다. 효정은 메이에게 크게 다친 게 아니라 다행이라고 말하다가 이내 심각성을 느꼈는지 더 이상 말하지 않고 조용히 있었다.

얼마간의 시간이 지나서야 메이는 자리에서 일어났다. 효정이 스쿠터에 먼저 올라타 시동을 걸자 메이도 뒤따라 그녀의 뒷자리에 가 앉았다. 시내에 있는 식당에 가려던 계획은 취소하고 둘은 그만 숙소로 돌아가기로 했다. 어떻게 숙소로 돌아왔는지는 기억이 나질 않았다. 술을 마시고 필름이 끊기기라도 한 것처럼 기억의 어느 한 부분이 싹둑 잘려나갔다. 깨어보니 메이는 자신의 방 안에 있고, 효정은 침대 옆 의자에 앉아 메이가 한국에서 가져온《요가수트라》번역서를 읽고 있었다. 메이가 침대에서 몸을 일으키자 효정은 책을 덮었다. 그리고 보온병의 뚜껑을 열어 뜨거운 물을 잔에 따라 메이에게 건넸다. 메이는 그 잔을 받아 조금씩 식혀서 마셨다.

그 일이 있고 난 뒤 메이는 효정과 함께 다니는 것마저도 안전하지 않다는 생각이 들었다. 인도에서 체류 중인 외국인 여성은 카스트 제도 바깥에 있는 불가촉천민 하리잔과 다름없었다. 국가에서 보호하고 지원해주어야 할 부모 없는 아이들조차도 하리잔이라는 이유로 모두에게서 외면받거나 이용만 당하는 곳이 바로 이곳 인도였다. 심지어 자국민도 아닌 외국인 여성을 도와주고 보호해줄 인도인은 아무도 없었다. 메이는 이곳에서 자신을 지켜줄 수 있는 사람이 오직 자기 자신뿐이라는 사실을 깨달았다. 그러나 자신은 남자와 싸워 이길 수 있을 만한 물리적인 힘과 기술이 없다는 것 또한 잘 알고 있었다.

메이는 혼자서 밖으로 나가는 일이 점점 두려워졌다. 혼자서 릭샤나 버스 등 대중교통 수단을 이용하는 게 꺼려졌고, 효정과 함께 스쿠터를 타고 어딘가로 이동하는 일도 불편했다. 그래서 숙소 앞에 새 집이 지어지고 있는 공사 현장에서 기다란 각목을 하나 주워와 그 끝에 손수건을 묶어 손목에 걸 수 있도록 만들었다. 메이는 이른 새벽 요가원에 가거나 장을 보러 마트에 갈 때마다 그 각목을 들고 다녔다. 거리에서는 주변에 누가 있거나 없거나 상관없이 각목을 앞뒤로 크게 흔들며 걸었다. 효정의 스쿠터를 탈 때에도 한 손으로 효정의 허리를 붙들고 다른 쪽 손에 각목을 꽉 붙들고 있으면 누구도 그들을 희롱하지 못했다. 이까짓 나무 막대기 하나가 무엇이기에 사람들은 이것의 영향을 받는 것일까? 정작 누군가 다가와 메이의 멱살을 붙들고 윽박지르며 각목 따위 빼앗아버리면 그만인데. 그럼에도 누구 하나 각목을 든 메이에게는 다가오지 않았다.

그렇게 각목을 몸에 지니고 다니다 보니 그것은 메이에게 있어 무기라기보다는 십자가와 같이 느껴졌다. 이 각목으로 누군가를 공격하거나 죽일 수는 없지만, 그것이 악한 무리들을 차단하고 메이의 마음을 편안하게 만들어주는 까닭이었다. 이까짓 나무 막대기 하나가 무엇이라고 인간의 마음은 이것에 휘둘리는 것일까? 요한에게 십자가는 어떤 의미였을까? 그의 십자가도 결국 이 폭력의 세계로부터 가지를 뻗어나온 것이었을까? 살아가기 위해서, 보호받기 위해서, 평온하기 위해서…… 이 막대기 하나가 우리에게 필요했던 것일까?

메이는 딱히 관광을 즐기는 성격이 아닌데다가 인도에서 겪은 안 좋은 경험들로 인해 더 이상 어느 곳에도 가보고 싶지 않았다. 마이소르 관광지로 유명한 차문디 언덕이나 데바라자 시장, 마이소르 궁전 같은 곳들은 마이소르에 온 지 얼마 되지 않았을 때 이미 혼자서 돌아본 적이 있었다. 그중에서는 해질 무렵 산책 삼아 차문디 언덕에 다녀오는 것을 가장 좋아했다. 하지만 그곳으로 가려면 시내로 나가서 버스를 갈아타야 했기에 그마저도 이제는 혼자 가기가 꺼려졌다.

다른 관광지나 여행지들은 마이소르에서 차를 타고 두 시간여 정도 나가야 했다. 그중에서도 인도 요가 선생님이 메이에게 여러 차례 추천했던 난장구드의 스리 칸티쉬와라 사원만큼은 의식의 어느 한편에 늘 박혀 있었다. 왜 그곳에 이끌리는지는 메이도 알지 못했다. 난장구드라니, 왠지 사람 이름처럼 느껴지는 그것이 지명이라는 게 특이하게 다가오는 것일까? 그 특이한 이름을 온라인에서 검색해보니 가장 먼저 뜨는 것은 거대한 시바 신상이었다. 수천만에 이른다는 힌두의 다양한 신들 중 시바는 메이가 가장 좋아하는 신이었다. 그러나 이쪽 카르나타카 지방에서는 시바가 그리 인기 있는 신이 아닌 모양인지 시바 사원을 찾아보기 어려웠다. 한데 난장구드 사원 옆에 어마어마하게 커다란 시바 신상이 마치 영화 속 한 장면처럼 비현실적으로 존재하고 있었다. 꼭 한 번 직접 보고 싶었다. 가까운 거리도 각목 없이는 혼자서 나가지 못하는 요즘인데……. 그런데도 메이는 그곳에 가보고 싶어 마음속에 '난장구드'라는 글자를 내내 새겨두고 있었다. 그 길을 이제야 비로소 효정과 함께 가보게 되다니 여러모로 감회가 남다르게 다가왔다.

24

요한이 나를 찾아오던 날, 그가 요가원 앞에 도착했다며 나에게 전화를 걸어왔어. 그러고는 지금 건물 바로 앞인데 어디에 주차할 수 있느냐고 물었어. 요가 학원이 있는 건물에는 주차장이 따로 없어 근처의 공영주차장으로 가서 차를 대놓고 다시 걸어와야 한다고 말하자 그는 알겠다고 대답하고 전화를 끊었어. 나는 아무래도 직접 내려가 공영주차장의 정확한 위치를 알려주고 오는 게 나을 것 같았어. 그래서 입고 있던 요가복 위에 외투만 하나 걸쳐 입고 뛰듯이 밖으로 나가보았어. 서두를 필요는 없는데, 왠지 모르게 몸이 먼저 앞서 나갔어.

건물 1층에 다다라 현관문을 열고 나가보니 여러 대의 차가 골목 안으로 들어와 있고 그의 차는 아직 골목을 빠져나가지도 못한 채였어. 내가 차창을 두드리자 그가 창을 아래로 내렸어. 나는 그에게 인사한 뒤 곧바로 이 길로 죽 나가 우회전을 두 번 하면 공영주차장이 보일 거라고 말했어. 그러자 그가 몸을 내 쪽으로 기울여 보조석의 차문을 열더니 타라고 말했어. 앞뒤로 밀고 들어오는 차들 때문에 나는 뭔가 생각해볼 겨를도 없이 그대로 그의 차 안에 들어가 앉았어.

"멀지는 않죠?"

그가 물었어. 나는 그렇다고 대답하며 보조석 의자 아래에 놓여 있는 기다란 산소통을 바라보았어. 이런 게 왜 여기에 있을까 궁금하지는 않았어. 그는 이런 것을 가지고 다녀야 하는구나, 라는 생각이 자연히 밀려들었으니까. 요한은 아무렇지도 않은 얼굴로 앞만 바라보며 차를 몰았어. 이내 그의 차가 골목에서 빠져나가 내가 말한 공영주차장에 다다랐어. 그렇게 주차를 하고 차에서 내려 요가원으로 방향으로 함께 걸어갔어. 그가 일부러 여기까지 와줬는데, 행사 전단지만 받은 채 그를 보낼 수는 없었어. 차라도 한 잔 대접하는 게 도리라고 생각했지.

나는 왠지 고개를 바로 들어 그를 바라보기가 어려웠어. 눈을 아래로 내려뜨고 땅바닥만 바라보며 걷다가 겨우 입을 떼어 "찾아오기 힘들지 않으셨어요?"라고 그에게 물었어. 그 순간, 나는 요한이 내 옆에 없다는 사실을 깨달았어. 어디 갔지, 생각하며 고개를 돌려보니 그는 저만치 뒤에서 움직이지 않고 서 있었어.

"죄송해요. 제가 그렇게 빨리 걷지는 못해서요."

그가 말했어. 나는 그제야 그의 모습을 똑바로 보았어. 그는 머리부터 발끝까지 온통 하얀색으로 차려입은 채였어. 하얀색 모자에 하얀색 셔츠, 하얀색 바지 그리고 하얀색 운동화. 행사용 전단지마저도 새하얀 친환경 가방에 들어가 있었어. 그가 만일 여자였다면 33사이즈 정도일까? 기이할 정도로 마른 그 모습이 처음에는 놀랍기만 하다가, 점차 그 모습에 기울어지는 내 마음이 보였어. 나는 그에게로 다가가 천천히 걸어도 된다고 말했어. 내가 그렇게 말하고 난 뒤에도 그는 한참 동안 움직이지 못했어. 나는 그 옆에 그저 가만히 서 있었어. 그는 몇 번이나 발을 떼려다가 말고 그대로 같은 자리에 내려놓기를 반복했어. 나는 왠지 그와 함께 땅바닥에 앉아 그의 발등에 손을 얹어보고 싶었어. 움직이지 않아도 된다고, 그 자리에 그대로 있어주기만 해도 된다고 온몸으로 말하고 싶었어. 왜 그런 마음이 드는지, 왜 그런 말과 행동들이 떠오르는지 알 수 없었어. 내가 생각하고, 내가 행동하는 게 아니라, 내 안에 있는 무언가가 나를 움직이게 하는 것 같았어. 그의 뒤에서 양팔로 그 가느다란 허리를 끌어안고 비쩍 마른 등에 머리를 기대어보고도 싶었어. 그 자리에, 그 모습 그대로, 오래도록 존재하고 싶었어.

"이제 가도 돼요."

그가 말했어. 나는 별다른 대답 없이 그와 나란히 서서 걸었어. 그의 보폭과 보조에 맞춰 한 걸음 한 걸음 발자국을 떼어나갔지. 마치 새가 된 것 같았어. 하늘에서는 가벼이 훨훨 날 수 있지만 땅에서는 작은 발바닥으로 온몸을 지탱한 채 한 발짝 한 발짝 겨우 떼어나가는 새하얀 문조. 제대로 된 날개를 타고나지 못해 하늘을 날 수 없고, 다리 또한 가늘고 연약해 땅에서도 발 디디기 어려운 위태로운 존재를…… 나는 끌어안고 싶었어. 부서지지 않게, 소중하고 부드럽게 끌어안고 싶었어.

25

쉼 없이 몸을 움직여야 하는 빈야사*, 그리고 고난도의 아사나**
가 끊임없이 이어지는 강도 높은 육체 수련을 두 시간씩 매일 새
벽마다 이어가는 것은 결코 쉽지 않았다. 왜 이렇게 힘들게 요
가를 해야만 하는 걸까? 이따금 메이가 한탄하듯 선생님에게 질
문하면 그는 그저 무심한 얼굴로 '그래서 연습(Practice)하는 거
야, 어려우니까 하는 거지, 쉬우면 굳이 연습하지 않아도 되잖아'
라고 대답했다. 선생님의 말은 쉽고 간결해서 더 어렵고 난해하
게 들렸다. 그러니까 우리는 왜 쉬운 삶을 살아서는 안 되는 것
일까? 어째서 더 넓고 편한 길로 나아갈 수 없는 것일까? 지복은
왜 항상 저 좁은 가시밭길 너머에만 존재하는 것일까?

---

* '흐르다'라는 뜻의 산스크리트어로 요가 수련에서의 일정한 흐름을 말한다.

** 요가 동작.

메이는 '좁은 문'으로 들어가기 위해 진흙탕 속을 헤매다 쓰러져 있는 자신을 볼 수 있었다. 이제 이 진흙 속에서 똑바로 일어날 힘도 의지도 없었다. 메이는 일어나고 싶지 않았다. 다시 일어난다 한들 왔던 길로 되돌아갈 수도 없을 것이다. 그녀에게 주어진 선택지는 오직 하나, 그 길을 계속 가는 것뿐이었다. 그리고 그것은 그녀의 존재를 억누르는 절망 그 자체였다.

메이는 이러지도 저러지도 못하는 자기 자신에 대한 자괴감과 무력감을 감당하기 어려웠으나 그것으로부터 벗어나는 방법 또한 알지 못했다. 요가라는 것이 나약하고 무력했던 자신을 일으켜주리라 기대하며 수련을 해왔지만 아쉬탕가 요가의 체계는 그런 메이를 더 고통스럽게 만드는 듯했다.

"그럼 그만두면 되잖아."

쉽게만 말하던 요한을 볼 때마다 메이는 그런 식으로 말하지 말라고 소리치고 싶었다. 그러나 자신의 솔직한 감정을 드러내고 화를 내면 그가 실망할까봐, 그의 마음이 돌아서 버릴까봐 메이는 한 번도 그렇게 말하지 못했다. 그 대신 자신이 왜 이 힘든 요가 수련을 이어가는지 차분히 설명이라도 해주고 싶었다. 하지만 스스로도 왜 이 수련을 계속 하는지에 대한 명확한 이유를 알지 못했기에 메이는 끝내 아무 말 할 수 없었다. 그리고 늘 자기 자신에게 되물었다. 왜 요가를 하는가? 왜 요가를 그만둘 수 없는가? 도대체 요가란 무엇인가?

메이는 어떠한 질문에도 명확히 대답하지 못했다. 요가 수련을 성실하게 이어간다고 해서 큰돈을 벌거나 사회적 경력이 쌓이는 것도 아니었다. 요가를 하는 것은 취미로 그림을 그리거나 책을 읽거나 춤을 추는 등의 행위와 다를 바 없었다. 그러니 이 취미가 자신에게 맞지 않거나 즐겁지 않으면 언제든지 그만두고 다른 것을 택하면 그만이었다. 그런데 왜? 메이는 왜 요가 수련을 그만둘 수 없을까? 조금도 즐겁지 않고 고통스럽기만 한 아쉬탕가 요가 수련을, 조금도 사랑할 수 없는 이 행위를 왜 이렇게 꼭 붙들고 놓아버리지 못하는지 알 수가 없었다.

그녀는 해답을 알고 싶어 선생님에게 직접 질문한 적이 있었다. 아쉬탕가 요가 수련은 왜 이렇게 힘들기만 한 것인지, 어째서 수련을 하면 할수록 더 많은 통증과 번뇌만 얻게 되는지, 요가 수련으로 인해 생기는 이 고통을 어떻게 해소할 수 있는지 메이는 궁금했다. 메이의 질문에 대한 선생님의 대답은 무성의하기 짝이 없었다. "계속 수련해봐." 선생님은 오직 그 말만 반복했다. 그때, 메이는 요한에게 느꼈던 것처럼 화가 치밀어오르지는 않았다. 다만 선생님이 자신의 질문을 이해하지 못한다고 생각했다. 선생님과 자신은 애초부터 다르게 태어난 사람이라서, 다른 기질을 가지고 있는 사람이라서 그에게는 요가가 어렵거나 고통스럽지 않구나,라고만 짐작할 뿐이었다. 계속 요가를 하다 보면 언젠가는 그 답을 알 수 있지 않을까? 알게 되겠지, 깨닫게 되겠지. 염원보다는 푸념에 가까운 마음으로 메이는 되뇌어보았다. 이 삶에 요가가 어떤 의미가 있는지, 요가가 도대체 무엇인지, 스스로 깨닫는 날이 오겠지, 생각하며 절망스러운 마음을 달래고 가라앉히려 노력해왔다.

그 힘든 수련 중에 매달 찾아오는 삭망(朔望)은 일종의 단비 같았다. 아쉬탕가 요가 수련생들에게는 매월 초하룻날과 보름날에 아사나 수련을 하지 않는 전통이 있는 까닭이었다. 사람의 몸은 바다와 같이 달의 차고 기움에 따른 영향을 받게 마련이라서 삭망 때는 강도 높은 요가 수련이나 육체적 행위를 피하는 것이 좋았다. 메이 역시 선생님의 지도와 전통에 따라 삭망에는 아사나 수련을 쉴 수 있었다. 한편으로는 그렇기 때문에 삭망에 아사나 수련을 하는 것이 어떤 느낌인지, 어떻게 위험한지에 대해서는 경험해보지 못했다. 다만 그녀는 이렇게 한 달에 두 번이라도 수련을 쉬어갈 수 있는 날이 반갑고 귀하게 여겨질 뿐이었다. 그 '문데이'가 일주일에 한 번씩 수련을 쉬는 토요일과 붙어 있으면 즐거움은 이루 말할 수 없었다. 많은 요가 수련생들이 이 기간을 활용해 짧게 여행을 떠나거나 친구들과 모여 늦게까지 먹고 마시는 시간을 보내기 일쑤였다. 하지만 메이는 여행도 모임도 좋아하지 않아 평소와 같이 방구석에 처박혀 음식이나 잔뜩 사다 놓고 주구장창 먹고만 싶었다. 금요일 새벽 수련이 끝난 아침부터 토요일 낮까지 이틀 동안 폭식을 해도 일요일에 하루 종일 굶으면 그 다음날인 월요일 새벽 수련에는 크게 지장이 없을 것 같았다. 그래서 메이는 그 방식으로 토요일과 문데이가 연달아 이어지는 휴일을 보내려던 참이었다.

효정에게서 연락이 온 것은 금요일 오후 2시쯤이었다. 그날 메이는 새벽에 요가 수련을 다녀온 뒤 식당에 가서 도사와 이들리, 와다 등을 먹어치우고 후식으로 차이와 아이스크림까지 주문해 먹고 온 참이었다. 그래도 성에 다 차질 않아 집으로 돌아올 때 과일 가게에 들러 잘 익은 파파야 한 통과 바나나 한 손을 더 샀다. 방에 와서 그것들을 모두 먹어치우고 나서 점점 더 고통스럽게 불러오는 배를 붙들고 침대에 드러누웠다. 누워서 휴대전화를 손에 쥐고 메이보다 훨씬 더 많은 음식들을 먹어대는 먹방 동영상 출연자들을 보고 있으면 이내 마음이 편안해졌다. 이 세상에 이렇게 무분별하게 음식을 많이 먹는 사람은 자기 하나만이 아니라는 사실, 더 많이 먹어도 괜찮다는 위안 같은 것들이 동시에 느껴지는 듯했다.

휴대전화를 손에 쥐고 한창 먹방 동영상을 보고 있을 즈음 효정에게서 문자가 왔다는 알림창이 떴다. 메이는 그 내용을 곧바로 확인해보지는 않았다. 어차피 다급한 연락은 아닐 것이기에 보고 있던 동영상이 끝나고 난 뒤 천천히 답장해도 될 거라고 생각했다. 그러나 효정은 문장을 짧게 끊어 여러 개의 문자를 보내는 습관이 있어 알림 소리가 계속 울렸다. 휴대전화 알림창으로 문장 첫머리 내용만 동영상과 함께 무심코 흘겨보던 중 바로 그 글자, '난장구드'가 눈에 확 들어왔다. 메이는 자기도 모르게 누워 있던 몸을 벌떡 일으켜 먹방 동영상을 끄고 효정의 문자를 확인해보았다.

—연휴 동안 뭐 해요?
—당일로 여행이라도 다녀오지 않을래요?
—예전부터 가보고 싶던 곳들이 있어요.

—카비니, 난장구드, 쿠르그.

—택시 예약해서 이중에 한 군데로 토요일에 갔다가 저녁 때 오려고 하는데 같이 갈래요?

—아무 때나 편한 시간에 답장주세요.

메이는 바로 난장구드에 가보는 게 어떻겠느냐고 답장을 써서 보냈다. 효정도 좋다고 바로 답장해왔다. 사실 당일치기 여행으로는 카비니나 쿠르그보다는 가까운 거리인 난장구드가 낫다면서 말이다. 효정이 택시를 예약할 테니 내일 아침 10시쯤 코코넛 가게 앞 사거리에서 보자고 했다. 메이는 알았다고 답장한 뒤 손에서 휴대전화를 내려놓았다. 기쁘고 설레기보다는 신기한 마음이 먼저 들었다. 난장구드라면 꼭 한 번 가보고 싶어 버스 노선과 시간표까지 알아본 적이 있었다. 언제든 함께할 동행만 생기면 곧바로 가보고 싶은 곳이었다. 그러나 딱히 유명하지도 않은 외진 마을에 가보려는 여행자를 찾기란 쉽지 않았다. 그러던 중에 그곳에 함께 가자고 먼저 제안하는 효정을 보니 마냥 반갑고 신기했다.

케이가 떠나고 연일 이렇게 방 안에 틀어박혀 지내다가 갑자기 여행을 떠난다고 생각하니 가슴 가득 흥분이 차올랐다. 어린 시절 소풍 가기 전날 밤처럼 마음이 붕 떠오르고 가라앉질 않아 메이는 밤새 잠들지 못하고 뒤척였다.

26

　동료 강사들 모두 자리를 비운 요가원 응접실에 요한과 나는 단둘이 마주앉았어. 내가 따뜻한 보이차를 내주었지만 그는 거의 입에 대지 않았어. 아무 말 없이 차만 마신 건 아니었는데, 어째서인지 무슨 이야기를 했는지 전혀 기억이 나지 않아. 달리 기억에 남을 만한 이야기들은 아니었겠지. 그저 그가 준비하고 있는 행사에 관해 좀 더 설명해주는 내용이었을 거야. 그는 막상 일을 진행하다 보니 부딪히게 되는 갖가지 어려움에 대해서 토로하는 듯한 목소리를 내기도 했던 것 같아.

　삼사십 분 정도 우리는 그렇게 대화를 이어갔어. 그 뒤에 내가 그에게 식사라도 하고 가지 않겠느냐고 물었어. 저녁을 먹기에는 조금 이른 시간이었지만 나는 어차피 요가원 저녁 강습 때문에 너무 늦게 먹을 수도 없었거든. 그도 아침 겸 점심만 가볍게 먹은 채 이곳에 왔다며 좋다고 했어. 우리는 자리에서 일어나 요가원 밖으로 나갔어. 그의 온라인 계정에 주로 예쁜 카페와 음식점 사진들이 올라와 있던 기억이 나서 나는 파스타가 맛있는 이탈리안 식당에 가자고 제안했어. 그러자 그는 그곳이 얼마나 가까운지에 대해서 먼저 물었어. 나는 요가 학원에서 그 식당까지 늘 걸어 다녔고, 먼 거리라고 생각해본 적 없기에 여기서 가깝다고만 대답했어. 그러자 그가 좋다고 대답해서 우리는 다시 걷기 시작했어. 50미터쯤 걸어갔을까? 가느다란 빗줄기가 떨어져내렸어. 비가 오는 것 같아요. 그가 먼저 말했어. 그 정도 비는 맞아도 될 것 같아서 나는 조금 빨리 걷자고 말했어. 그는 내 말에 긍정도 부정도 하지 않고 나를 따라 가만히 걸었어. 그러고 일 분도 채 지나지 않아 그는 한 자리에 우뚝 멈춰 섰어. 그러고는 장승처럼 꼿꼿이 서서 아무 말 하지 않고 미간을 잔뜩 찡그렸어. 왜 그래요? 내가 물었어. 그는 대답하지 않았어. 그의 입술이 삽시간에 보랏빛으로 물드는 것을 보고서야 나는 그가 지금 숨을 쉬지 못하고 있다는 것을 깨달았지. 심장이 벌렁대기 시작했어. 그가 이 자리에서 그대로 쓰러지기라도 할까봐 겁이 났어.

"어떻게 할까요? 어떻게 하죠?"

내가 다급히 물었어.

"저, 비 맞으면 안 돼요."

그가 대답했어. 그럼 내가 빨리 요가원에 가서 우산을 가지고 오겠다고 말했지만 그는 수긍하지 않았어. 점점 더 어둡게 변해가는 입술을 꽉 물고 아무런 대답도 하지 않는 거였어. 그러다 결국은 망설이듯 이 말을 꺼냈어.

"윤희 씨가 그렇게……."

"네? 제가 왜요?"

"그렇게 혼자 가서 우산 가져오는 게 싫어요."

그는 내 앞에서 남자이고 싶은 거였어. 체내에 산소가 부족해 쓰러지기 일보 직전이면서도 여자인 내가 남자인 그를 보호하기 위해 우산을 들고 와 씌워주는 상황이 불편한 거였어. 그의 어리석은 자존심에 화가 나기보다는 빨리 그를 챙겨야 한다는 생각만 밀려들었어.

"나는 괜찮아요. 내가 얼른 뛰어가서 우산 가지고 올게요. 조금만 여기 그대로 있어요. 알았죠?"

나는 더 이상 그의 대답을 기다리지 않고 빠르게 달려 요가원으로 돌아갔어. 그리고 현관 입구에 놓인 우산꽂이에서 장우산을 꺼내들고 그가 있는 곳으로 뛰어갔어. 그는 그 자리에 정말로 꼼짝도 하지 않고 그대로 서 있었어. 나는 얼른 우산을 펼쳐 그에게 씌워주었어. 그러자 그가 말했어.

"저는, 잠깐만 누우면, 그러면 괜찮아져요."

나는 우선 그의 차로 갈까 싶었지만 공영주차장은 우리가 걸어온 곳과 반대방향이라서 요가원보다도 더 멀었어. 나는 요가원으로 다시 가자고 말했어. 그곳에도 요가 매트와 담요가 있으니 잠시 누워서 휴식을 취할 수 있을 거라고 했어. 그러자 그는 또 한참을 망설이다가 겨우 말했어.

"어떻게 남의 공간을 함부로……."

"나는 상관없어요. 지금 요한 씨 상태가 제일 중요하니까, 가서 잠깐이라도 누워 있어요, 네?"

그는 내 말에 긍정하듯 천천히 발걸음을 떼었어. 그제야 나는 그가 얼마나 아픈 사람인지에 대해서 또렷이 인지할 수 있었어. 나는 한 손으로 우산을 들고 다른 한 손으로는 그의 한쪽 팔을 붙잡은 채 천천히 걸어나갔어. 우리는 그렇게 서로를 꼭 붙든 채 걸어서 요가원으로 돌아갔어. 나는 요가 매트를 여러 장 겹쳐서 수련실 바닥에 깔고 그를 눕힌 뒤 담요로 덮어주었어. 그리고 나는 그가 누운 자리 옆에 앉았어.

"잠깐 자요."

내가 말했지만, 그는 눈을 감지 않았어. 그는 그저 두 눈을 멀뚱하게 뜨고 천장을 올려다보았어. 한 시간 정도, 우리는 아무 말하지 않고 그대로 있었어. 그 순간을 뭐라고 말할 수 있을까? 그저 존재하는 것? 아무런 말도 행동도 하지 않고 그저 존재하고 있다는 것이 느껴졌어. 누군가와 마음으로 하나 될 수 있을까, 간절히 바라던 시기가 있었어. 어떤 존재와 나의 존재가 합일하는 순간 속에 영원히 머물 수 있다면, 하고 말이야. 그것이 그렇게 자연스럽게, 그 공간에서 이루어지고 있었어. 그것은 기쁘지도 슬프지도 않았어. 그저 담담했어. 모든 것이 담담하고 자연스럽게, 그곳에 머물고 있었어.

27

농장지대를 벗어난 택시는 어느덧 평탄한 대로 위를 달리고 있었다. 그 주변으로는 딱히 특별할 것도 새로울 것도 없는 평범한 마을 풍경이 이어졌다. 메이의 마음 안에서 얕은 떨림과 흥분이 일었다. 혼자서 인도로 떠나온 뒤 누군가와 함께 여행을 가는 것은 처음이었다. 그동안 메이는 혼자서 환전소를 찾아가고 요가원을 찾아가고 시장을 찾아가고 식당을 찾아갔다. 한국을 떠난 뒤부터 언제나 어디서나 혼자서 이동하고 밥을 먹고 잠을 자는 것이 당연한 일상이었다. 그러던 중 뜻밖의 동행이 생기니 메이가 지금 이곳 인도에서 보내는 시간들이 평범한 일상이 아닌 특별한 여행의 순간으로 다가왔다. 이 여행의 순간은 기대와 설렘으로 가득 차올랐다. 그것이 잠들어 있던 메이의 의식을 깨워 무언가 새로운 것으로 바꾸어주는 듯했다.

메이는 케이를 생각했다. 케이는 어떨까? 여행의 순간에 케이는 늘 지금과 같은 마음이었을까? 아니면 그에게 여행이란 더 이상 특별할 것도 새로울 것도 없이 그저 매일 행하는 카르마와 같은 것일까? 메이는 알 수 없었다. 메이는 케이와 같은 여행자가 아니고, 여행은 메이의 카르마가 아니므로 메이는 케이와 그의 여행에 대해 어떠한 것도 정확히 알 수가 없었다. 메이는 그저 홀로 짐작하고 상상할 뿐이었다. 알 수 없는 것들, 실체가 없는 것들에 사로잡혀 계속 상상하고 있는 자신의 모습을 보는 일은 즐겁지 않지만, 그런 자신을 바꿀 수도 없다는 사실을 잘 알기에 한편으로는 자포자기하는 심정이 밀려들었다.

효정과 메이는 택시 뒷좌석에 나란히 앉아 있을 뿐 달리 대화를 나누지는 않았다. 그럼에도 메이는 그간 효정에게 가지고 있던 거리감이 눈 녹듯 사라지는 것을 느꼈다. 지금 메이의 옆자리에는 오직 효정만 있었다. 일상의 공간으로부터 빠져나와 넓고 낯선 대지를 함께 바라보는 순간이 오니 메이는 왠지 어떠한 말이라도 할 수 있을 것만 같았다.

여행이란 이런 것일까? 평소에 보지 못하던 풍경을 바라보고, 평소에 느끼지 못하던 마음을 느끼고, 평소에 하지 못하던 이야기를 나누는 것. 그렇게 시야가 넓어지고, 마음이 넓어지는 것. 저 넓은 대지처럼 내 몸도 마음도 넓게 벌어져 무엇이든 받아들이고 꺼내어놓을 수 있을 것처럼 다가오는……. 그래서 여행지에서는 자기도 모르게 누군가에게 자신의 속내를 늘어놓게 되는 게 아닐까? 평소 가까이 지내던 친구나 가족들에게는 차마 꺼내어놓지 못하던 마음속 깊은 곳의 이야기들이 여행의 순간에야 비로소 빗장을 열고 몸 밖으로 나오려 하는 게 아닐까, 하고 메이는 생각했다.

28

언젠가 요한이 회전목마에 대해서 이야기한 적이 있어. 어린 시절에는 그도 다른 아이들처럼 놀이공원에 가보는 게 소원이었다면서 말이야. 그가 병원에 입원해 있을 때마다 그의 엄마가 나중에 퇴원하면 무엇을 가장 하고 싶은지 묻곤 했대. 처음에 요한은 그 질문에 곧바로 대답하지 못했어. 곧 다가올 수술이 성공할 수 있을지, 성공한다고 한들 자신의 몸이 견뎌낼 수 있을지, 그 모든 과정을 지나고 살아난다 한들 언제쯤 퇴원을 할 수 있을지 알 수 없었으니까. 그래서 그는 미래를 믿지 않았어. '나중에 하자', '다음에 하자'라는 말들을 가장 싫어했지. 그에게는 미래가 없이, 언제나 지금 이 순간만 존재하고 있을 뿐이었어. 하지만 수술이 끝나고 기적적으로 회복해 병원에서 퇴원하는 날이면 그는 후회를 하곤 했대. 그제야 비로소 가고 싶은 곳들이 떠오르며 엄마에게 어딘가로 데려다달라고 말하고 싶었거든.

그다음 번 수술을 받아야 했을 때 요한은 엄마가 똑같은 질문을 하자 기다렸다는 듯이 '놀이공원'이라고 대답했어. 수술이 무사히 끝나고 건강이 많이 회복되어 퇴원을 하고 난 뒤 그의 엄마는 드디어 그에게 놀이공원에 가보자고 말했어. 요한은 생전 처음 가보는 놀이공원을 상상하느라 설레어 밤잠도 제대로 못 잘 지경이었어.

다음날 그는 부풀어오른 마음으로 엄마의 차를 타고 놀이공원으로 향했어. 하지만 그곳에 도착해 입장권을 사고 안으로 들어간 순간부터 그는 다시 후회했어. 드넓은 놀이공원은 그에게 즐거움보다는 공포감을 더 주었기 때문이었어. 요한이 갑자기 어지러워하자 그의 엄마는 미리 예약해둔 휠체어를 빌려와 그에게 앉으라고 했어. 그는 휠체어에 앉는 것을 좋아하지 않았지만 넓은 놀이공원에서 스스로 걸어다닐 수 없다는 것을 잘 알기에 엄마의 말을 따라야 했어.

요한은 엄마가 자신을 위해 얼마나 많은 것을 희생하는지 알고 있었어. 그리고 그 사실을 그날만큼 크게 느낀 적도 없었지. 그는 또한 이 세상에 자신의 뜻대로 할 수 있는 게 아무것도 없다는 사실까지도 알아차려야만 했어. 놀이공원에 가는 것이 그의 온전한 바람이었다 할지라도, 그 안에서 휠체어에 앉아 있어야만 하는 것은 그가 원하던 바가 아니었으니까. 그와 동시에, 드넓은 놀이공원에서 종일 휠체어를 밀고 다녀야 하는 엄마에게 드는 미안한 감정이 하루 종일 그를 따라다녔어. 요한은 자신이 살아 있는 동안 항상 타인의 도움을 받아야만 하는 존재라는 사실을 온몸으로 깨달았어. 그리고 그것에 매번 미안해하고 고마워해야만 하는 스스로가 비참하게 느껴졌어. 몸이 아픈 것은 그저 육체적인 통증일 뿐 마음의 통증은 아니잖아. 요한은 그 둘 사이의 차이점을 그날 명확하게 알아차렸어. 그리고 더 이상 그 비참한 감정에 고통받지 않기 위해 그는 타인에게 가져야만 하는 미안함과 고마움을 의도적으로 지우며 살아왔어.

그럴 수도 있다고 나는 생각했어. 그는 평생 타인의 도움에 의존해서 살아야 하는데, 그 모든 순간마다 '고맙다, 미안하다'라고 말할 수는 없을 테니까 말이야. 번번이 그 말을 하게 된다면 그 말을 듣는 사람 또한 부담감을 가질 수밖에 없을 테고. 그래서 그는 타인의 도움에 더 이상 고맙다고 말하지 않기로 했어. 물론 마음에는 고마움이 있지만 그것을 입 밖으로 내지는 않겠다고 결심한 거지. 그러다 그는 점점 '고마움'이라는 감정 자체를 떠올리지 않게 되었어. 그래야만 '고맙다'라는 말을 하지 않는 게 더 쉬워지니까. 그렇게 그는 타인이 자신을 돕는 것은 당연한 일이고, 그것에 고마워하지 않아야 한다고 스스로를 세뇌하며 살아온 거야.

엄마가 밀어주는 휠체어에 앉아 놀이공원을 돌아다니는 일은 그의 예상보다 훨씬 더 피곤했어. 종일 울려 퍼지는 행진곡과 정신없이 뛰어다니는 아이들, 무시무시하게 돌아가는 놀이기구 같은 것들이 그를 더 커다란 두려움 속으로 몰아갔어. 그래서 그곳에 들어간 지 한 시간도 되지 않아 그는 그만 돌아가고 싶다고 엄마에게 말했어. 하지만 기왕에 왔으니 무언가 하나는 타보는 게 좋겠다는 엄마의 의견에 따라 둘은 그가 탈 수 있을 만한 놀이기구를 찾아다녔어. 그것은 구태여 찾아볼 것도 없이 당연히 회전 목마 하나뿐이었지. 회전목마에서는 가만히 앉아 있기만 하면 되고, 목마는 빠르거나 요란스럽게 움직이지 않잖아. 그래서 그의 엄마는 그가 앉은 휠체어를 밀며 회전목마 앞으로 나아갔고, 그는 장애인 우대를 받아 곧바로 목마에 올라탈 수 있었어. 그러나 막상 목마에 타고 기구가 돌아가기 시작하자 그는 금세 겁을 먹었어. 목마는 가만히 서서 회전만 하는 게 아니라 위아래로 쉴 새 없이 오르내렸고, 요한은 그 위에서 극심한 현기증을 느꼈어. 그는 그것으로부터 벗어나고 싶었어. 하지만 그곳에서 마음대로 내릴 수조차 없었어. 목마는 쉼 없이 위아래로 움직이더니 어느 순간부터 앞뒤로도 왈칵왈칵 움직이기 시작했어. 요한은 내내 토할 것만 같았어. 그는 빨리 벗어나고 싶다고, 이 목마 위가 아닌 저 편평한 대지 속으로 돌아가게 해달라고 하나님께 기도했어. 그래도 목마는 계속 돌아갔지. 회전목마가 돌아가는 시간 또한 그가 예상했던 것보다 훨씬 길었어. 그 순간 요한은 이토록이나 요란스럽게 달리는 목마가 마치 자신의 삶과 같다고 생각했어. 누군가에게는 즐거움일 수 있는 이 삶이 요한에게는 통증의 연속일뿐이니까. 그러므로 그에게는 회전목마가 일종의 형벌과도 같았어. 주님, 저를 이 목마에서 내려주세요. 목마에서 내려 저 평안한 대지 속으로 스며들게 해주세요. 주님 저를 부디 그곳으로 이끄시고, 그 안에 품어주세요. 그는 기도하고 또 기도했어. 그제야 비로소 놀이기구 안에서 울려 퍼지던 음악이 끝나고 목마가 멈추었어. 요한은 어느새 그 곁으로 달려온 엄마의 품에 안겨 목마에서 내려왔어. 그가 서둘러 두 발을 땅에 디뎠지만 여전히 어지러 웠어. 그래도 그는 곧 평정을 되찾았고, 대지가 주는 평안함에 기 대어 앉을 수 있었어.

그는 놀이공원 안의 모든 것들이 다 가짜라는 것을 알고 있었 어. 그것은 신이 만들어낸 진짜 세계가 아니라 인간이 만들어낸 가짜 세계일뿐이야. 실재하지 않는 꿈과 환상의 세계. 그러므로 저 고통의 회전목마도 평안의 대지도 이 안에서는 다 가짜인 거 야,라고 그는 생각했어. 요한은 언젠가 저 가짜 목마가 아닌 진짜 목마에서 내려올 날을 꿈꾸기 시작했어. 회전목마 위에서는 그 순간이 영원히 끝나지 않을 것처럼 길게 느껴지지만 지나고 보니 그것이 그리 길지도 않은 순간이었던 것처럼, 질병으로 가득 찬 자신의 삶도 지나고 보면 그리 길지만은 않은 순간이 될 거라고 그는 예감했어. 그래, 그날은 머지않아 요한에게 올 거야.

그는 죽음을 두려워하지 않았어. 오히려 죽음을 기쁘게 받아들 이고 있었지. 그에게 죽음은 따뜻하고, 포근하고, 설레는 세계였· 어. 그가 두려워하는 것은 죽음이 아니라 삶이었어. 숨이 잘 쉬어 지지 않는 고통 속에 놓여 있는 자신의 삶. 고통을 끝마치게 해줄 죽음, 그 평안의 세계를 그는 기다리고 있었어. 몸은 어린아이같 이 작고 가냘프지만 마음은 이미 이 삶을 다 살고 난 노인과 같은 형태로 그는 살아가고 있었어.

삶이 회전목마 같아. 그가 나에게 자주 그렇게 말했어. 벌거벗 은 나를 앙상한 두 팔로 끌어안은 채 내리고 싶어, 그만 가고 싶 어,라고 잠꼬대하듯 말한 적도 있었지. 나는 그에게 괜찮다고, 괜찮을 거라고 말해줄 수 없었어. 그에게 더 살 수 있다고, 살아갈 수 있을 거라고 말해주는 게 오히려 더 독이 될 것만 같았어. 나는 그저 그의 어깨를 꼭 감싸고, 그렇게 될 거라고, 당신이 원하는 그곳으로 가게 될 거라고 마음속으로 말했어. 그게 사실이니까, 곧 그렇게 될 것이니까……

29

줄곧 차창 밖만 내다보고 있던 효정이 고개를 돌리고 메이를 바라보았다. 메이가 미소 짓자 효정은 가볍게 흐르던 침묵을 깨고 말을 걸었다.

"한국에서는 주로 어떤 요가를 가르쳤어요?"

"뭐, 별로 특별한 건 없었고요, 아쉬탕가 요가를 구령과 함께 하프 시리즈* 정도만 가르치거나, 예전에 지도자 교육 받으면서 익혔던 빈야사 프로그램을 가르치기도 했어요. 요가 벨트랑 블록을 이용해서 체형 교정 수업을 할 때도 있었고, 휴식과 이완이 되는 테라피 프로그램도 자주 했어요."

"그걸 다 할 줄 알아요? 재능이 많네요, 메이 씨는."

---

* 아쉬탕가 요가에는 총 여섯 단계의 수련 과정이 있고, 그 중 첫 번째 단계의 중간 부분인 '나바사나'까지 수련하는 것을 하프 시리즈라고 부른다.

"그냥 얕게 이것저것 배워서 그래요. 깊이 있게 전문적으로 가르치는 프로그램은 하나도 없었어요. 어중이떠중이식으로⋯⋯ 벌써 이렇게 십 년이나 해왔네요."

"그 정도 해왔으면 적성에 잘 맞았던 거 아니에요?"

"그렇지도 않았어요. 한국에서는 요가를 다이어트 목적으로 하는 경향이 있다 보니 요가 강사는 무조건 날씬해야 한다는 선입견이 있잖아요. 그런데 저는 통통한 편이니까 회원들이 제 몸을 보고 실망해서 돌아가는 경우가 많았어요. 헬스장에서 요가를 가르칠 때는 그곳 점장님한테 어떤 회원이 여기 요가 선생님은 왜 이렇게 뚱뚱하냐고 항의한 적도 있었대요. 요가 선생님 몸을 보니까 신뢰가 안 돼서 못 다니겠다며 환불해달라는 사람도 있었고요. 그런 분들의 시선이나 행동에 스트레스를 받아서 오히려 더 많이 먹고 체중이 늘던 시절도 있었고, 그래서 강사로 일하기 힘든 시기도 있었죠. 그리고 제가 나름 어린 나이에 요가 지도를 시작했는데, 요가를 배우러 오는 분들은 다 저보다 나이가 많았거든요. 그러다 보니 수련실 밖에서 회원님들을 상대하고 관계 맺기가 어려웠던 것 같아요. 동료 강사들하고의 관계가 좋은 것도 아니었고요. 요가 강사들끼리는 사실 친구 관계가 아닌데, 그렇다고 해서 명확하게 사회적인 관계로 구분 짓기도 어렵잖아요. 저는 그 관계에서 어떻게 말하고 행동해야 하는지 알 수가 없어서 늘 혼란스러웠어요."

"요가 강사들끼리는 서로 친하게 지내지 않아요? 여기 수련하러 오는 한국 선생님들 보면 여럿이 모여 다니며 같이 식사도 하고 관광도 다니고 하던데요?"

"다른 분들은 어떤지 잘 모르지만, 저는 사회성이 없어서 그런지 그렇게 강사들끼리 단체로 모이는 자리가 어려웠어요. 정확하게 기수를 따지고 드는 선후배 관계라거나 나에게 월급 주는 상사라면 차라리 정해진 인간관계의 틀이 있겠지만, 요가 강사들끼리는 아주 공적인 관계도 아니면서 다들 서로 존댓말 하고 선생님이라고 부르며 격식을 차리는 게 일반적이잖아요. 그런데 대화를 해보면 말만 서로 존대하고 호칭만 선생님일뿐 남의 이야기는 듣지 않고 자기가 수련해오고 지도해온 방식만 옳다고 주장하거나 남이 하는 것들은 다 틀리다고 말하는 식의 편협한 대화가 대부분이었어요. 제가 생각하는 대화는 서로 간에 소통이 있어야 하는 건데, 대화가 아니라 자기주장과 비난만 난무하는, 뭐 그런 모임 같아서 잘 안 어울리게 되더라고요."

"원래 직업이 교사인 사람들을 보면 평소에도 남들한테 뭔가를 잘 시키고 가르치려고 드는 경향이 있다고 들었어요. 사람들 앞에서 뭔가를 말하고 보여주기도 좋아하고요. 같이 그러는 성격이 아니라면 적응하기 어려울 수도 있을 것 같기는 해요."

"저는 요가 수련자들의 세계가 결국 이 사회와 다를 게 하나도 없다는 것을 점점 깨닫게 돼요. 많은 사람들이 요가 강사라고 하면 세속적인 것에서 벗어나 모두가 평등하게 평화와 균형을 이루며 살아가는 줄 알죠. 하지만 저에게는 오히려 이곳이 더 철저한 계급 사회 같아요. 연예인이나 모델처럼 멋진 몸매의 요가 강사들이 고난도 아사나를 수련해야만 사람들로부터 주목받고 인정받아 많은 물질과 명예와 혜택을 누리잖아요. 그런 요가 강사들만 유명해지고 돈을 많이 버니까, 그래서 다들 그들을 우러러보며 그들처럼 되기 위한 아사나 수련을 해요. 어려운 아사나는 잘 못하고, 외모도 그저 그런 요가 강사들은 이 안에서도 무시당하고 외면당한 채 작은 수업의 강사 자리 하나도 얻기 어려운 게 진짜 현실이고요. 그런데 아무도 이 세계의 이런 부분들에 대해서 생각하지 않고, 돌아보지 않고, 반성하지 않아요. 심지어 자기들이 이런 사회 속에 있다는 사실조차 인지하지 못하고요."

"제 생각에는 우리가 언론이나 미디어를 통해서 활동하는 강사들을 주로 접하다 보니까 그렇게 인식되는 것 같아요. 진짜 자기 수련에 집중하고 정진해나가는 요가 행자들은 스타 강사처럼 모습을 드러내는 경우가 없어서 우리도 쉽게 접할 수 없는 거고요."

"말씀하신 것처럼 그런 진정한 수행자들은 쉽게 만날 수도 없고, 만난다 한들 그분들은 학생을 지도하는 일보다는 자기 수련에만 헌신하는 경향이 있어서 그런 분들에게서 요가를 배우기란 너무 어려운 거죠."

"우리가 배우려고 하는 게 대부분 요가 아사나에 한정되어 있기 때문인 것도 같아요. 요가의 세계에서 아사나는 아주 일부분일 뿐인데, 다들 눈에 보이는 것만 믿고 따르는 습관을 버리지 못하니 아무래도 아사나 수련만이 요가의 전부인 것처럼 인식하게 되는 것 같아요."

"저는 매일 요가를 수련하고 매일 요가를 지도하고 있었는데도, 왠지 요가에 대해서 점점 더 무지해지는 것만 같아요. 요가

지도자 과정을 이수하며 아사나를 수련하고 요가 이론을 공부할 적만 해도 요가가 무엇인지에 대한 개념이 명확하게 있었고, 어떻게 수련하고 가르쳐야 할지에 대한 청사진도 분명히 있었거든요. 그런데 이렇게 십 년 정도 요가를 수련하고 가르쳐오는 동안 요가가 뭔지 점점 더 모르겠는 거예요. 깊이 들어갈수록 나를 더 가두기만 하는 갯벌 같기도 하고, 더 복잡하고 혼란스럽게 만드는 미궁 같기도 해요. 여기서 어떻게 빠져나가야 할지 도무지 알 수가 없어서 홀로 괴롭고 절망스러운데, 이렇게 어리석은데, 그래서 전혀 수련이 되고 있지 않은데, 이런 제가 사람들 앞에서 요가를 가르친다는 게 너무 모순적인 거예요. 사람들 앞에 서는 게 두려워지고 불안해져서, 그래서 이렇게 도망쳐온 것 같아요."

"그래도 십 년이면 정말 오래 해온 건데…… 그렇게 어려워하면서 어떻게 십 년이나 버텼어요?"

"이거 말고는 할 줄 아는 게 아무것도 없어서요. 대학은 학부 1학년 마치고 휴학했다가 요가 강사가 되고 난 뒤에 자퇴해버려서 전공이라고 할 만큼 제대로 배운 게 하나도 없었어요. 그렇다고 다른 기술이나 자본이 있는 것도 아니고, 가진 거라고는 겨우 요가 지도자 자격증뿐이니 요가 지도 아니면 할 수 있는 게 아무것도 없어서 그나마 버텨온 거 같아요."

"저는 예전에 푸네에서 아헹가 요가*를 배운 적이 있어요. 그

---

* 인도 푸네 지역의 요가 연구소에서 전통 요가 행법을 집대성하여 전수해온 요가 구루 아헹가(B.K.S Iyengar)에 의한 수련 체계.

143

곳에서 함께 수련하던 사람들과 모여서 번갈아가며 티칭 연습을 해본 적은 있지만 정식으로 요가 수업을 맡아 지도해본 적은 없어요. 그래서 나는 메이 씨가 되게 대단해 보여요."

메이는 효정이 푸네에 머물기 전에는 어디에 있었는지, 한국에서는 무슨 일을 했는지 등이 궁금했지만 실제로 묻지는 않았다. 작고 마른 체형에 머리를 스님처럼 삭발한 효정의 나이가 메이보다 열다섯 살 정도 많다는 것만 알고 있었다. 그 외에 어디서 무얼 하던 사람인지, 왜 인도에서 살아가고 있는지, 돈은 어떻게 마련하는지에 대한 것들이 궁금했지만 공연히 호구조사를 하는 듯한 인상을 줄까봐 묻지 않았다.

30

교회 식당에서 요한을 본 적이 있어. 나는 평소 교회에서 예배만 드리고 오는 편이었기에 다른 성도들과의 모임에 참석하거나 식당에서 밥을 먹어본 적이 없었어. 하지만 그날은 예배를 마친 뒤 식당에 앉아 있는 요한의 모습을 보고 나도 모르게 그에게 다가가고 말았어. 요한은 다른 사람들과 이야기를 나누고 있다가 나를 보고 얼른 자기 옆자리에 앉으라고 말했어. 내가 그럼 주방에서 배급하는 식사를 받아서 다시 오겠다고 말하자 요한은 자기친구들이 지금 그쪽에 줄을 서 있다며 그들에게 내 것까지 받아오라고 부탁하겠다고 했어. 그 말에 나는 요한의 옆자리에 조심스레 앉아 그의 친구들이 오기를 기다렸어. 그때, 여자애들 두 명이 내 등 뒤에서 "아, 뭐야 자리 다 뺏겼잖아"라며 짜증을 내고 지나갔어. 나는 뒤돌아 그 애들을 바라보았어. 그러자 그들은 "진짜 짜증난다"라고 말하며 식당 밖으로 나가버렸어. 나는 그 여자애들을 이전에도 본 적이 있었어. 청년부 안에서 나와 같은 소모임에 소속된 자매들이라며 예배가 끝날 때마다 나에게 다가와 모임에 좀 나오라고 강요하던 애들이었어. 배려와 양보, 사랑과 나눔을 실천하기 위해 사람들이 교회에 나오는 거라고 생각했던 나는 그 여자애들의 말과 행동에 놀랄 수밖에 없었어. 이내 요한의 친구들이 내 몫의 식사까지 들고 우리가 앉은 자리로 왔어. 나는 그들에게 고맙다고 말하고 요한에게는 "저 그냥 다른 자리에서 먹을게요. 여기는 원래 자리가 있었나봐요"라고 말했어. 그러자 요한은 가볍게 웃으며 나에게 신경 쓰지 말라고 말했어.

"필요한 사람이 그때그때 앉는 거지, 여기서 네 자리 내 자리가 어디 있어요? 쟤들은 그냥 어리고 뭘 몰라서 그런 거니까 신경 쓰지 마세요."

"그래도 저 때문에 그분들은 밥도 못 먹고 나갔는데……."

"자기들끼리 저 안쪽 회의실 가서 먹으려고 나갔겠죠. 그냥 앉으세요."

요한의 말에 나는 가만히 앉아 있긴 했지만 아무래도 마음이 불편했어. 차마 수저를 들지 못하고 있자 요한이 다시 말했어.

"사람들 말에 일일이 다 신경 쓰고 반응할 필요 없어요. 저런 애들은 겉모습만 다 큰 어른이고, 속은 다섯 살짜리 어린애들과 같은 거예요. 아이들에게는 아이들만의 언어와 사고가 있잖아요. 그래서 어른들은 아이들에게 왜 그렇게 어리숙하게 말하고 행동하느냐고 다그치지 않고, 아이들의 철없는 말과 행동에 상처받지도 않는 거죠. 그렇게 저 애들은 그냥 다섯 살짜리 아이들이라고,

무지해서 그렇다고 생각하고 마세요."

나는 요한이 나의 마음을 달래주고 있다는 것을 알았기에 더이상 아무 말 하지 않고 "네, 그럴게요. 고마워요"라고만 대답한채 수저를 들고 밥을 먹기 시작했어. 하지만 솔직히 말하자면, 놀랐던 마음이 쉬이 가라앉지는 않았어. 사실 나는, 그렇게 말하고 나가버린 여자애들의 무지함에 화가 났어. 왜 사람들은 아무 생각 없이 무지하게 행동해놓고는 아무것도 몰랐다는 이유로, 혹은 나이가 어리다는 이유로 당당하게 타인의 이해와 배려를 요구하는 걸까?

요가에서 가장 큰 죄악은 살인도 절도도 투기도 아닌 무지였어. 예를 들어 다 큰 어른이 계획적으로 자신의 어머니를 살해한 것과 어린아이가 실수로 엄마를 죽게 한 사건을 비교해보면 누가 더 큰 죄를 저지른 것일지 생각해볼 수 있잖아. 현실에서는 사리분별이 가능한 성인이 사전계획 하에 부모를 살해하는 것이 유죄이고, 아무것도 모르는 어린아이가 실수로 엄마를 죽인 건 무죄로 판결이 날 수도 있을 거야. 하지만 요가적인 관점으로 바라보면 실수로 엄마를 죽인 아이가 더 커다란 죄를 저지른 거야. 아무것도 모르고 살인을 저지른 아이는 자신의 행위가 죄인 줄 모르기에 언제든 다시 사람을 죽일 수 있잖아. 그렇게 무지의 늪에 빠져 있는 인간은 끊임없이 죄악의 업보만을 반복해나가는 거야. 자기가 무지하다는 사실조차 모른 채, 악업을 쌓아가고 있다는 사실조차 모른 채 혼탁한 진흙탕 속에서 살아가는 거야.

이 세상에 나를 의도적으로 괴롭히고 못 살게 구는 사람은 한 명도 없어. 하지만 사람들은 항상 타인에게 상처가 되는 말과 행동을 해놓고 너무도 당당하게 '몰라서 그랬다'라는 식으로 대응하는 거야. 자신의 언행이 타인에게 해를 입힐 수 있다는 사실을 몰랐다는 게, 무지하다는 게 어째서 그토록 당당한 일인지 나는 정말로 이해가 안 돼. 그걸 어떻게 몰라? 모르고도 왜 그렇게 당당해? 나는 사람들의 그 무지에, 무지로 인한 그 당당한 태도에 너무나 화가 나. 나는 이 화를 참을 수가 없어. 내 안의 분노를, 울분을, 어떻게 조절하고 다스릴 수 있을지 조금도 알 수가 없어. 그러니 나야말로 이 고통스러운 무지의 늪에서 영원히 벗어날 수 없는 죄 많은 인간이라는 사실이 여실히 드러나 보이는 거야.

31

한 달 전, 메이가 고쿨람의 요가원에서 요가 수련을 마치고 나와 코코넛 가게를 찾았을 때 그녀보다 조금 늦게 나온 수련생이 가까이 다가왔다. 그 수련생은 자연스럽게 코코넛 가게로 들어와 메이에게 인사하고 말을 걸었다. 메이는 수련실 안에서 그 수련생을 본 적이 있지만 민머리에 헐렁한 요가복 차림이었던 그의 성별이나 나이, 인종을 알아볼 수 없었다. 그랬던 그가 메이에게 먼저 한국어로 말을 걸어오는 것이었다. 메이는 그 목소리와 발음을 듣고서야 한국인 여성이라는 것을 알았다. 메이가 이름을 물으니 효정이라고 했고, 메이도 자신의 이름을 밝혔다.

효정도 코코넛 주스를 주문해 함께 마시며 그동안 메이가 한국인인지 알 수 없어 선뜻 말을 걸지 못하고 있었다는 이야기를 했다. 메이는 자신의 외모가 이국적이라고 생각해본 적이 없어 효정의 말에 조금 놀랐다. 메이는 160센티미터의 키에 통통

한 편이었고, 염색도 파마도 하지 않은 검은색 머리카락을 어깨까지 늘어트리고 다니는 삼십대 중반의 평범한 한국 여자일 뿐이었다. 아무 대답 없이 의아한 표정을 짓는 메이에게 효정이 다시 말했다. 수련실로 들어가기 전 메이가 출석부에 적어놓은 한자 이름을 보고 중국이나 대만, 혹은 일본에서 온 사람일 거라고 생각했다는 것이었다. 수련실에 입장하기 전 출석부에 자기 이름을 적어둘 때마다 메이는 'May'라고 먼저 쓴 뒤에 자신의 본명인 윤희에서 따온 빛날 희(熙) 자를 한자로 써놓곤 했다. 메이라는 이름은 인도에 와서 요가원에 등록할 때 무의식적으로 쓴 이름이었다. 그녀가 세 들은 옥탑방의 집주인 이름이 메이였기에 순간적으로 그 이름이 떠올랐던 것이다. 'May'는 힌디 이름도 아니므로 이 또한 집주인의 가명 혹은 별명이겠지만, 굳이 본명을 사용하고 싶지 않았던 메이에게 그 순간 즉흥적으로 떠오른 이름이라고는 그것뿐이었다. 출석부에 '희'자를 한자로 적어놓는 것에도 특별한 의미나 의도가 있지 않았다. 한국에서 신용카드를 사용할 때마다 사인을 그 한자로 하는 버릇이 있어 자기도 모르게 출석부에 그렇게 써넣은 것이었다. 그래서 효정은 영어와 한자를 함께 쓴 메이의 이름을 출석부에서 볼 때마다 중국계나 일본계 학생일 거라고 추측했다. 한데 요가원 강사 중 한 명이 효정에게 저 한국인 여자와 친하냐고 묻기에 그제야 메이가 한국인이라는 사실을 알고 말을 걸게 된 것이다.

메이는 효정에게 자신의 본명이 정윤희라고 말했다. 출석부에 적어놓은 한자는 본명의 마지막 글자라고도 덧붙였다. 그리고

'메이'는 예전에 일하던 요가원에서 강사들을 영어식 이름으로 불러서 그때부터 써오던 별명이라고 말했다. 그것은 반은 사실이고 반은 거짓말이었다. 인도에 오기 전 한국에서 요가 강사로 일하는 동안에 메이는 '푼다리카Pundarika'라는 산스크리트어 이름을 썼다. 그 이름은 요가원에서 수련을 하고 있을 적에 그곳의 선생님이 부르기 시작한 이름이었다. 푼다리카. 가부좌로 앉아 호흡을 하고 있는 그녀의 등 뒤에서 선생님이 그렇게 말했다. 그녀는 눈을 뜨고 고개를 들어 선생님을 바라보았다. 그것이 그녀를 부르는 이름이라는 사실은 바로 알아차릴 수 있었다. 다만 푼다리카가 무슨 뜻이냐고 선생님에게 묻자 직접 찾아보라는 대답만 돌아왔다.

한국을 떠나 인도로 올 적에는 어떤 이름으로도 불리고 싶지 않았다. 자신이 가진 이름과 허울을 버리고 새로운 존재로 이곳에서 다시 일어설 수 있기를 바랐다. 새롭게 일어나는 그 존재에 특별하거나 대단한 의미 같은 것을 부여하고 싶지도 않았다. 분명히 존재하지만 눈에 보이지 않는 공기와 같이, 프라나*와 같이 그저 자연히 흐르는 존재가 되고 싶었다. 그래서 자신의 의지나 생각 같은 것을 담지 않고 그저 이 세계를 유영하듯 떠도는 흔한 이름을 빌려 쓰고 싶었다. 그 마음이 인도에서 처음으로 자신의 이름을 적어넣던 순간에 작용했던 것이다.

---

* 산스크리트어로 호흡, 숨결을 의미하는 단어로, 인도 철학에서는 인체 내부에 있는 생명력과 동의어로 사용된다.

효정은 메이에게 이 이름의 뜻에 대해서 묻지 않았다. 물어본다 한들 별다른 대답이 있지도 않으리라는 것을 누구나 쉽게 예상할 수 있었다. '메이'라면 그저 부르기 쉽고 기억하기 쉬운 이름이라 누가 보아도 별뜻 없이 지어낸 이름으로 보일 터였다. 한국에서 쓰던 산스크리트어 이름 푼다리카는 만나는 사람마다 무슨 뜻이냐고 물어보곤 해서 매번 설명하기가 번거롭게 느껴졌다.

효정과 함께 코코넛 주스를 마시고 숙소 방향으로 걸어가는 동안 효정은 언제 자기가 사는 집에 한번 놀러오라고 말했다. 메이가 "왜요?"라고 묻자 효정은 점심이라도 같이 먹자며 그녀를 초대했다. 누군가와 관계망을 형성하고 유지해나가는 일에 지친 메이는 그 초대가 달갑지 않았다. 그렇다고 해서 '싫어요'라고 대답하기도 힘에 부쳤다. 메이에게는 수락보다 거절이 더 어렵고 불편했다. 그래서 가볍게 "그래요"라고만 대답하고 헤어져 숙소로 돌아왔다.

그 이후로 메이는 요가원에서 효정을 마주치게 되면 꼭 인사를 건넸다. 하지만 '안녕하세요'라는 인사말 외에 따로 안부를 묻거나 만남을 제안하지는 않았다. 어차피 아쉬탕가 요가 수련 시간은 수련생 저마다의 진도에 따라 끝나는 시간이 달라지기에, 수련을 먼저 마친 사람이 일부러 기다리지 않는 이상 서로 간에 마주칠 기회가 거의 없었다.

그럼에도 이따금씩 수련을 마치고 나와 사거리에서 코코넛 주스를 마시고 있으면 효정이 스쳐갈 때가 있었다. 그러면 그들은 그냥 안부인사를 나누고 서로의 소셜미디어 계정과 인도 연락처 따위를 공유하며 숙소 방향으로 함께 걸어갔다. 두 사람 사이의 간격은 좀체 좁아지지 않았고, 메이는 그것이 효정이 성격 때문인지 자신의 성격 때문인지 알 수가 없었다. 다만 메이가 만약 한국에서 효정을 만났더라면 서로의 성격이 퍽이나 다르다고 생각했을 법도 한데 이제는 그 다름이 크게 불편하지 않게 다가와 반가웠다.

32

요한과 밖에서 만나기로 약속한 날, 그가 나를 데리러 오겠다고 했어. 그는 자신의 차를 타고 쇼핑몰로 함께 가자고 했지. 나는 지하철을 타고 그가 말한 쇼핑몰로 바로 가는 것이 더 나을 것 같아 굳이 그럴 필요 없다고 말했어. 그래도 그는 나를 데리러 오겠다고 우겼어. 그래서 결국 요가원 건물 앞에서 만나기로 하고 그를 기다렸어.

오전 요가 수업이 끝나고 회원들이 모두 돌아간 뒤에도 그가 오기로 약속한 시간까지는 조금 더 기다려야 했어. 요가원 안에서 기다리는 게 낫지만 나는 뭔가 생각해보기도 전에 요가원 밖으로 나가 길가에 서서 그를 기다리고 있었어. 혹시라도 그가 나보다 먼저 요가원 앞에 와서 기다릴까봐 걱정이 됐고, 그를 그렇게 기다리게 만들고 싶지 않았어.

행복했어. 그를 기다리는 시간이, 그가 나에게 오는 시간이 이루 말할 수 없이 행복했어. 누군가 나를 향해 온다는 것, 다른 어떤 이유도 없이 오로지 나를 위해, 나를 보기 위해 오고 있다는 것이 느껴졌어. 이제까지 어느 누구도 나에게 그렇게 해주지 않았는데, 어느 누구도 나에게 먼저 찾아와주지 않았는데, 그럼에도 나는 왜 그가 나를 진심으로 좋아한다고는 생각할 수 없었을까? 그저 그가 시간이 남아서, 할 일이 없어서, 심심해서, 그런데 당장 만날 사람이 없어서, 그래서 나와 함께 시간을 보내려는 게 아닐까, 라며 홀로 의심하고 또 의심했어. 나로서는 그가 도대체 나의 무엇을 좋아하는지, 그리고 나를 왜 좋아하는지 알 수가 없었으니까……

멀리서 그의 하얀색 차가 다가오는 게 보였어. 나는 손을 흔들거나 몸을 움직이지 않았지만, 그가 이미 나를 보았다는 사실을 알 수 있었어. 이내 그의 차가 속도를 늦추며 천천히 내 앞으로 다가와 멈추었어. 나는 보조석의 차문을 열고 그 안에 들어가 앉았어. 어김없이 한쪽 자리를 차지하고 있는 산소통을 옆으로 비껴두고 마치 오래전부터 그의 옆자리에 앉아 있던 사람마냥 자연스럽게 굴려고 노력했어. 그는 그저 앞을 보며 운전하고 있는데도 왠지 그의 시선이 온통 나에게로 향해 있는 듯 느껴졌어. 얼굴이 타오르고 심장이 터져나갈 것만 같은데 그것을 들키지 않으려 나는 무던히도 애써야 했어. 이윽고 그가 나에게 물었어.

"차 타고 가는 게 더 편하지 않아요?"

"그렇긴 하죠. 그런데 저는 그냥, 요한 씨가 번거로울까봐요."

내가 대답하자 그가 다시 말했어.

"이 차는 꼭 저의 다리처럼 느껴져요. 제 몸으로는 어디에도 갈 수가 없지만 이 차는 저를 어디로든 데려다주니까요. 그래서 저는 그냥 어디를 가든 꼭 차로 움직여야 한다는 생각이 박혀 있어요. 운전하는 건 하나도 힘들지 않으니까 내가 항상 데리러 갈게요. 윤희 씨는 그냥 거기 있어요."

참 우습지. 그것은 그저 남자가 여자를 만날 때 형식적으로 내뱉는 말일 텐데, 그 말이 요한의 입에서 흘러나오면 왜 그토록 진실하게 들리는 걸까? 내가 데리러 갈게요, 거기 있어요……. 평생 그 말 한마디가 얼마나 듣고 싶었는지, 요한도 알고 있었을까? 알고 있지 않았다면, 왜 그렇게 말했을까? 어떻게 그럴 수 있었을까? 그와 나의 내면이, 그와 나의 영혼이 연결되어 있다는 것은 나만의 착각이고 환영이었을까? 그가 썼던 글처럼, 우리 모두가 다 하나의 나무에 연결된 나뭇가지라면 그와 나는 유독 가까이 자리 잡은 나뭇가지, 가장 가까이에 있는 나뭇가지가 아닐까? 처음에는 외따로 있었지만 자라나면서 점차 서로에게 가까이 닿게 된, 그래서 이제야 비로소 맞닿은 나뭇가지가 아닐까? 나는 홀로 상상하며 그와 함께 나아갔어.

33

효정과 메이가 탄 택시가 강을 잇는 대교를 건널 때 메이는 강변에서 빨래하는 여인들의 모습을 볼 수 있었다. 여인들이 입고 있는 사리에는 화려한 장신구들이 주렁주렁 매달려 있음에도 왠지 모르게 그 계급이 여실히 드러나 보였다. 왜일까? 천한 일만 하도록 정해져 있는 저 여인들의 신분이 왜 온몸에서 드러나 보일까? 고쿨람에서 마주치는 가사도우미 여성들만 해도 그랬다. 그들이 집 안에서 청소나 빨래를 하고 있는 순간만 그런 것이 아니었다. 그들이 밖으로 나와 거리를 걷고 있을 때에도 수드라의 모습이 선명히 묻어나왔다. 작은 키에 비쩍 마른 몸, 햇볕에 까맣게 그을어 쪼글쪼글 말려들어간 피부, 반투명한 회색빛 눈동자에 어디를 보는지 알 수 없는 시선, 고르지 못한 치열 혹은 돌출된 구강 구조를 가진 여인들이 맨발로 스테인리스 찬합을 들고 걸어다니는 모습을 메이는 자주 보았다. 가사도우미 유니폼 따위를 입고 있는 것도 아닌데, 브라만이나 바이샤 계급의 여성들이 입는 사리와 크게 다를 것도 없는 옷을 입고 있는데, 그럼에도 그들은 마치 온몸에 '수드라' 혹은 '메이드'라고 써 붙이고 다니는 것처럼 보였다. 그나마 수드라 계급인 그들의 모습이 불가촉천민 하리잔 여성들보다는 나아 보인다는 게 메이는 불편했다. 직업조차 가질 수 없는 하리잔 여성들은 길거리를 배회하며 구걸을 했고, 실성이라도 한 것처럼 늘 기괴하게 웃었다. 우리는 다 같은 인간인데 누군가는 계급에 따라 비천한 직업이라도 가질 수 있어서 웃고, 누군가는 그나마도 가지지 못해 반미치광이 상태로 웃음을 흘리며 살아가는 이 세계가 메이에게는 도무지 실제처럼 다가오지 않았다.

다리를 건너고 나니 택시가 금세 혼잡한 시장 입구에 들어가 멈춰 섰다. 효정과 메이는 그곳에서 내려 거리 한가운데로 들어갔다. 걸어가며 둘러보니 그곳은 시장이 아니라 관광지 초입에 늘어선 기념품 상점 거리였다. 나무, 돌, 청동으로 만든 크고 작은 힌두 신상과 각종 장식품들이 두서없이 진열되어 있었다. 사모사와 차이를 파는 작은 매점부터 도사와 이들리, 라이스 바쓰 등을 판매하는 식당들도 눈에 들어왔다.

100미터 남짓 되어 보이는 기념품 거리에서 빠져나오자 드디어 난장구드 사원의 입구가 보였다. 강 주변 평지에 인접한 사원이라 그런지 차문디 언덕 꼭대기에 있는 사원처럼 신비롭거나 영험해 보이지는 않았다. 그저 도시 어느 곳에서나 볼 수 있는 박물관 혹은 구청과 같은 느낌이 더 짙었다. 사원을 상징하는 탑

모양의 조형물이 다른 사원들보다는 커다란 것, 그 앞에 커다란 전차가 들어서 있다는 것 외에는 별다를 것도 없는 곳이구나 싶어 메이는 큰 기대감 없이 사원 쪽으로 걸어갔다. 먼저 사원 주변부터 둘러보기로 하고 산책하듯 천천히 걸으며 풍경을 살펴보았다. 사원 안으로 들어가기 위해 사원 주변을 빙 둘러 줄을 서 있는 사람들 틈으로는 어쩐지 파고들어갈 엄두가 나질 않았다.

스리 칸티쉬와리 사원은 이쪽 지역에서는 제법 유명한 모양인지 그동안 인도에서 보아온 어떤 사원보다도 많은 인파로 붐볐다. 구름떼처럼 몰려드는 사람들 틈에 끼어 있으려니 이곳이 사원인지 시장통인지 분간이 되지 않을 정도였다. 길바닥에 앉아 바나나와 코코넛, 말라* 등속을 판매하는 상인들과 구걸을 하는 걸인들, 그리고 수행을 하는 승려들의 모습조차 메이는 제대로 분간할 수 없었다. 메이에게는 이곳이 사원이라기보다는…… 지옥에 가까워 보였다. 이 안에서는 계급도 인종도 성별도 상관없이 모든 인간이 다 생의 고통에 몸부림치고 있는 것만 같았다.

사람들로 북적이는 틈에서 빠져나와 거대한 시바 신상이 자리한 곳으로 가니 그 주변 난간마다 누군가 널어놓은 빨래가 먼저 보였다. 메이는 사람들이 왜 집에서 빨래를 하지 않고 사원 주변에서 빨래를 한 뒤 이곳에 널어놓았는지 이해할 수 없었다. 효정과 대화를 나누며 이런 궁금증을 말하니 효정은 아마도 사람들

---

* '화환'이라는 뜻. 꽃을 실에 꿰어 만든 꽃목걸이나 팔찌 같은 것으로 신에게 바치기 위해 사용한다. 나무나 돌로 만든 구슬을 엮은 묵주는 '자파말라'라고 부른다.

이 사원 근처의 강에 몸을 담그고 나와서 젖은 옷을 널어둔 것 같다고 대답했다. 인도인들에게도 일종의 성지와 같은 바라나시의 갠지스 강 같은 의미를 이 좁은 강에라도 담아보고 싶은 것일까?

메이와 효정은 방향을 틀어 사원 안으로 들어가기 위해 사람들이 줄지어 선 곳으로 갔다. 그곳에 다다르자 메이는 갑자기 사람들과 마주치는 게 두려워졌다. 마치 벌이라도 서는 것처럼 두 손을 머리 위로 들어올리고 합장한 채 사원 주변을 걸어가는 남자의 눈이 도깨비처럼 붉게 타오르고 있었기 때문이다. 그는 팬티에 가까운 짧은 흰색 바지와 민소매 셔츠 차림이었고 몸에는 수많은 모래알이 촘촘히 달라붙어 있었다. 그 행색이나 눈빛이 아무래도 정상적인 사람으로 보이지는 않았는데, 그렇다고 해서 완전히 미쳐버린 사람으로 보이지도 않았다. 오히려 그에게는 인간으로서의 의식이 선명하게 자리 잡고 있는 듯했다. 한데 그 눈빛이나 표정이 도무지 산 사람처럼 보이질 않는 것이었다. 그것은 분명 무언가에 빠져들어 있는 눈빛이었다. 그런데 그게 무엇인지, 어디로 가고 있는 것인지 알 수 없어 두려웠다. 그 남자의 모습에 뜻 모를 공포를 느끼고 있을 즈음 메이의 발목에 무언가 무겁고 물컹한 것이 휘감겼다. 메이는 소스라치게 놀라며 소리를 내지르고 펄쩍 뛰어올랐다. 메이가 뒷걸음질 치며 물러나서 내려다보니 사리를 입은 여자들이 땅바닥을 뒹굴고 있었다. 그들은 두 팔을 머리 위로 올려 합장한 채 옆으로 구르며 땅바닥을 헤집고 나아갔다. 그 모습에 놀랄 틈도 없이 그와 같은 모습으로 뒹구는 여자들이 줄줄이 뒤를 이었다. 그 여자들의 온몸에 모래알이 붙어 있음은 물론 군데군데 흙탕물이 묻어 옷과 머리칼이 젖어 있기도 했다. 그들이 바닥을 구를 때마다 사리의 치맛자락이 위로 밀려올라갔고, 똑바로 서서 그 옆을 지나던 다른 여자들이 아무렇지도 않은 얼굴로 그 치맛자락을 끌어내려주었다.

바닥을 구르는 여자들의 모습이 기괴하고 흉측해 메이는 어떠한 말도 내뱉을 수 없었다. 숨이 멎을 것 같았다. 뭐 하는 거야? 라는 생각이 들었으나 생각만 맴돌 뿐 말이 나오지는 않았다. 뭐 하는 거야? 왜 이러는 거야? 라는 생각만이 메이의 머릿속에 차올랐다. 메이의 심장 또한 밖으로 튀어나올 것 같이 크게 뛰었다. 불안한 가슴을 붙든 채 메이는 효정을 쳐다보았다. 효정도 그 여자들의 모습을 보고 놀란 것 같기는 했지만 메이보다는 담담해 보였다. 효정도 저렇게 땅바닥을 뒹구는 여자들의 모습을 예상하지는 않았겠지만, 저들이 왜 저러는지 알고 있는 것처럼 보이기도 했다. 그러나 메이는 아무런 말이 나오질 않아 효정에게 그 이유를 묻지도 못했다.

34

요한과 함께 쇼핑몰에 갔을 때는 아주 천천히 걸으려고 노력했어. 그렇게 한 걸음 한 걸음 그의 보속에 맞춰 걷는 일은 마치 한 호흡 한 호흡 정성 들여 숨을 쉬는 일과 비슷하게 느껴졌어.

우리는 쇼핑몰 안에 자리한 브런치 카페에 들어가 커피와 샐러드 그리고 샌드위치를 주문해 함께 먹기로 했어. 주문과 동시에 계산을 해야 돼서 나는 당연히 내가 내고 싶었어. 지난 번 만남에서 내가 밥을 사기로 했다가 먹지 못하고 갔으니 이번 기회에 내가 사는 게 옳다고 생각했거든. 하지만 그가 한사코 나를 말리며 결제해버려서, 그러면 나는 이따가 후식을 사겠다고 했어. 그렇게 주문을 마치고 자리에 앉아 음식을 기다리며 그는 후식도 이 쇼핑몰에 있는 카페에서 먹자고 말했어. 대답 없이 그를 바라보자 그는 이 쇼핑몰 안에 있는 게 좋다고 했어.

"이 안에는 모든 것이 다 있어요. 식당, 카페, 극장, 서점, 마트······. 그리고 엘리베이터가 있으니까, 여기에 있으면 어디든 다 내 마음대로 갈 수 있다는 생각이 들어요. 여기서는 만에 하나라도 그날처럼 갑자기 숨이 쉬어지지 않거나 걷지 못하게 되더라도 나를 도와줄 안전요원들이 있고, 내 차가 있는 주차장까지 빠르게 이동할 수 있어서요.ˮ

요한이 가장 두려워하는 동시에 갈망하는 곳은 언제나 자연이었어. 산과 들, 바다와 강 등 자연 상태 그대로인 곳들에 그는 늘 가고 싶어 했지만 갈 수가 없었어. 요한은 산을 오르거나 바다에서 헤엄칠 수 있는 폐와 심장을 가지고 있지 않았고, 그곳들을 그저 둘러보는 것도 불가능했어. 자연은 너무 크고 넓고 높아서, 그런 곳에서 갑자기 아프기라도 하면 누군가의 도움을 받기까지 오랜 시간이 걸리니까 말이야. 그래서 자연 상태 그대로인 곳에 다다르면 그는 늘 공포감에 휩싸이며 숨이 잘 쉬어지질 않는다고 했어. 참 역설적이지. 그는 신을 진심으로 사랑하는데, 그럼에도 신이 주신 자연의 혜택을 누리지 못하고 신이 아닌 인간이 만들어낸 공간에서만 숨 쉬며 살아갈 수 있다는 거야.

그가 학교에 다닐 때 친구들 덕분에 당일치기 소풍을 한 번 가본 적이 있다고 했어. 어디였는지는 정확하게 기억나지 않지만 강과 들이 있는 곳에 그는 가본 적이 있었어. 그가 힘들어 할 때마다 그의 친구들 여럿이 번갈아 그를 등에 업었어. 지금은 그럴 친구들이 없으니 어떻게든 혼자의 힘으로 다닐 수 있는 곳들만 찾아다니게 돼서, 그래서 늘 쇼핑몰만 가게 된다는 거였어.

나는 문득 그의 발이 되어주고 싶다는 생각을 했어. 그래서 그의 차가 다다르지 못하는 곳, 산과 바다로 그와 함께 가고 싶었어. 나의 두 다리로 그가 산에 오르고, 나의 팔과 다리로 그가 바다에서 헤엄칠 수 있다면, 그래서 그가 산 속에서 바다 속에서 시간을 보낼 수 있다면, 신이 주신 자연을 누릴 수 있다면 얼마나 좋을까? 내가 보는 것을 그가 보고, 내가 경험하는 것을 그가 경험하고, 내가 느끼는 것을 그와 함께 느낄 수 있다면, 그럴 수만 있다면……

35

메이와 효정은 사원에 입장하기 위해 줄을 섰다. 사원으로 들어가는 입구는 여러 개였고 어디에나 사람들이 구름떼처럼 몰려 있었다. 효정은 기부금을 내면 좀 더 빠르게 들어갈 수 있는 입구가 있을 거라고 했다. 하지만 영어로 안내되어 있는 곳이 없어 정확히 어디가 그 입구인지 알 수 없었다. 메이는 일단 사람들이 적어 보이는 곳으로 가서 기다려 보자고 말하고 한쪽 줄을 찾아갔다. 그 줄에 선 사람들은 수월하게 안으로 들어가는 듯했으나 사원의 한 모서리를 돌고 나니 그 안에 어마어마하게 긴 줄이 다시 이어져 있었다. 그중에는 성인 남자와 여자들은 물론 부모님을 따라 나온 어린아이들과 갓난쟁이들까지 있었다. 이 긴 줄을 마냥 기다려야 하는 건가 싶었지만 여기까지 비싼 택시비를 내고 와서 사원 주변만 둘러보다 가기는 아무래도 아쉬웠다. 일단 기다리는 데까지 기다려보자, 하는 심정으로 효정과 메이는 사람들 틈에 뒤섞여 서 있었다. 그렇게 기다리다 보니 어느 틈엔가 줄이 두 군데로 나누어졌다. 효정이 주변 사람들에게 왜 이렇게 두 줄로 나누어지는 것이냐고 물었지만 아무도 대답하지 않았다. 일부러 대답하지 않는 게 아니라 영어를 알아듣지 못하는 것이었다. 이 사원에 찾아온 사람들 중 영어를 할 수 있는 사람이 아무도 없다는 점에 메이는 놀라지 않을 수 없었다. 이곳에 모인 모두가 교육을 전혀 받지 못하는 불가촉천민으로 보이지는 않았기 때문이다. 그렇다면 이들은 불가촉천민이 아님에도 교육을 받지 못했던 것일까? 메이는 그런 현실을 상상하기 어려웠다. 그리고 확인하고 싶지 않았다. 도대체 어떤 사람들이 실제로 교육을 받지 못하는지, 국가로부터, 사회로부터 어떠한 혜택도 받지 못하며 살아가는지 메이는 알아내고 싶지 않았다.

메이는 주변을 둘러보며 조금이라도 신분이 높아 보이는 남자들을 향해 여러 차례 물었다. 저쪽 줄과 이쪽 줄의 차이점이 무엇이냐고 큰소리로 묻자 다행히 어딘가에 알아듣는 사람이 있었다. 인파가 너무 많아 누가 영어로 말해주는 것인지 정확히 알 수 없었지만 누군가 50루피라고 외치는 소리가 메이에게 들렸다. 메이는 거치대 너머로 이어진 줄이 50루피의 기부금을 내고 들어갈 수 있는 통로라는 것을 깨닫고 효정과 함께 그쪽으로 돌아갔다. 그제야 사원의 모서리 한쪽 기둥에 영어로 '기부금 50루피'라고 쓰인 표지판이 눈에 들어왔다. 메이와 효정은 이제 제대로 찾아온 모양이라며 잠시 마음을 놓았다. 하지만 그 줄조차도 끝이 보이지 않을 정도로 길기만 했다. 그 긴 기다림의 시간 동안 메이와 효정 주변의 인도인들은 커다란 눈을 끔뻑이며 둘을 빤히 바라보았다. 그러면서도 어느 누구도 그 둘에게 말을 걸지는 않았다. 메이는 흉통이 조여드는 느낌이 들어 숨을 쉬기가 어려웠다.

메이는 자신을 바라보기만 하고 말을 걸지는 않는 인도인들로부터 고개를 돌려 사원 바깥쪽 거리를 내다보았다. 거리와 사원을 가로지르는 얕은 철조망 안쪽 공간에도 바닥을 뒹구는 여인들이 있었다. 사리를 입은 중년의 여인들뿐만 아니라 청바지에 티셔츠 차림으로 바닥을 뒹구는 젊은 여자도 보였다. 정확한 나이를 알 수 없지만 메이보다는 어릴 것 같았다. 그 여자가 바닥을 뒹굴며 메이를 올려다보았다. 인도인 외에 다른 외국인들은 찾아볼 수 없는 이곳 사원에서 메이와 효정은 아무래도 눈에 띌 수밖에 없을 것이다. 메이도 그 젊은 여자의 시선을 피하지 않고 정면에서 바라보았다. 그리고 그녀와 눈이 마주쳤을 때, 메이는 그 눈 속에 담긴 의미를 읽어낼 수 없었다. 그 안에는 고통도 환희도 들어 있지 않았다. 그렇다고 해서 모든 것을 비워낸 듯한 공허한 눈빛도 아니었다. 무언가 저 눈 속에 들어와 있는데, 그게 무엇인지 알 수가 없었다. 밝은 기운이 아닌 것은 분명한데 그렇다고 해서 아파하거나 괴로워하는 표정도 아니었다. 그것은 정말이지 생전 처음 보는 눈빛이었다. 미친 것도 아니고 기쁜 것도 아닌 저것은 도대체 무엇일까? 도무지 알 수 없어서, 그래서 메이는 그 여자에게서 시선을 뗄 수 없었다. 여자 또한 바닥을 뒹구는 내내 메이를 올려다보았다. 왜? 왜 그렇게 바라보는 거야? 메이는 묻고 싶었다. 왜 그렇게 땅바닥을 뒹구는 거야? 도대체 뭘 그렇게 잘못해서 그 더러운 땅에서 벌을 받고 있는 거야? 그 바닥을 뒹굴면 네 죄가 씻어지기라도 해? 인간의 원죄가, 씻을 수 없는 업보가, 이 넓은 사원의 바닥을 뒹구는 행위로 씻길 수 있는 거야? 소멸할 수 있는 거야? 어떻게 너희 인도인들은 그것을 믿을 수가 있어? 나는 믿을 수가 없는데, 너무 화가 나는 데……. 괴로움도 즐거움도 없는 저 젊은 여자를 바라보는 메이의 가슴은 고통으로 뒤엉켰다. 수천 년 동안 이어져온 인도의 역사와 문화와 종교와 정책들이 저 사람들을 천민의 나락으로 떨어뜨렸다. 그들에게 있지도 않은 죄를 씌워두고 한평생 그 죄를 씻어내라고 강요하고 있다는 사실을 메이는 두 눈으로 똑똑히 바라볼 수 있었다. 죽을 때까지 그 밑바닥에서만 뒹굴라고, 그래야만 죄 없는 브라만이나 바이샤 계급으로 다시 태어날 수 있다고 온 천지가 그들에게 소리치고 있는 듯했다. 이 사회가, 이 나라가, 이 세계가 그들을 그토록 핍박하고 무시하는데, 그들은 왜 이 모든 것에 순종하는 것일까? 어째서 어느 누구도 체제에 반발하거나 저항하지 않을까? 그들의 그 무시무시한 신앙과 어마어마한 순종이 메이 안에서 고통의 불씨를 더욱 크게 틔워올리는 모습을 그녀는 목도할 수 있었다.

36

어린 시절 주로 병원과 집에서만 시간을 보내온 요한은 방에서 홀로 영화를 보는 시간이 많았어. 장르에 상관없이 수많은 영화들을 섭렵해오는 동안 영화는 그의 소중한 친구가 되었어. 영화만 있다면 그는 혼자 있어도 외롭거나 우울하지 않았고, 자연히 그 세계로 들어가고 싶다는 꿈을 꾸게 되었지. 그래서 요한은 한때 영화감독이 되기를 꿈꾸었어. 하지만 그것은 글자 그대로 한낱 '꿈'에 불과했어. 영화를 연출하려면 늘 현장에 나가서 일해야 하고, 배우와 연출진, 제작자 등 많은 사람들을 직접 만나고 챙겨야 하는데, 그것은 그의 육체로 할 수 있는 일이 아니었어. 요한은 영화감독이 아닌 영화평론가라는 보다 실현 가능한 직업을 생각해보기도 했어. 하지만 그는 무언가를 평가하는 사람이 아닌 창작하는 사람이 되고 싶었어. 그래서 전공을 택할 때 영화도 문학도 아닌 음악을 선택했어. 그는 영화만큼이나 음악을 사랑했고, 음악이라면 밖으로 나가지 않고 혼자서도 만들 수 있으니까 그에게 더 잘 맞을 거라고 생각한 거야.

자신의 이야기를 늘어놓던 그에게 내가 어떤 영화를 가장 좋아하느냐고 묻자 그는 영화라면 다 좋아한다고 대답했어. 그도 똑같이 나에게 어떤 영화를 좋아하느냐고 물었지. 내가 선뜻 대답하지 못하고 난색을 표하자 그가 나에게 영화 보는 거 좋아하지 않느냐고 다시 물었어. 나는 꼭 그렇지는 않다고 대답했어. 다만 사람들이 좋아하는 액션이나 히어로, 블록버스터, 전쟁, 스릴러, 판타지 영화들에 별다른 재미를 느끼지 못한다고 말했어. 내가 좋아하는 영화 장르는 딱 두 가지 뿐인데, 드라마와 애니메이션이었어. 그러자 그는 가볍게 웃으며 자기도 드라마와 애니메이션을 좋아한다고 말했어. 그리고 그 쇼핑몰 안에 있는 극장의 상영 영화를 검색해보더니 〈내 사랑〉이라는 영화를 함께 보고 싶다고 말했어. 내가 어떤 영화냐고 묻자 에단 호크와 샐리 호킨스가 나오는 영화라면서, 캐나다 화가 모드 루이스의 생애를 바탕으로 만든 드라마라고 했어. 내가 나 때문에 굳이 드라마 영화를 볼 필요는 없다고 말하자 요한은 샐리 호킨스라는 배우를 좋아해서 꼭 보고 싶은 영화였다고 덧붙였어. 샐리 호킨스라니, 그 배우의 어떤 부분을 좋아하느냐고 내가 묻자 그는 그녀의 표정, 눈빛, 몸짓 같은 것들이 좋다고 대답했어. 요한이 나에게도 좋아하는 배우가 있느냐고 물었어. 분명히 있기는 했는데, 이상하게 그 순간에는 어느 누구도 떠오르지 않았어. 나는 다만 샐리 호킨스가 출연했던 영화들을 돌이켜보니 〈네버 렛 미 고〉라는 영화가 떠올랐고,

그 영화에서 가장 인상 깊었던 배우는 키이라 나이틀리나 캐리 멀리건이 아니라 샬롯 램플링이었다고 말했어. 요한도 샬롯 램플링을 좋아해서 그녀가 출연한 영화라면 꼭 챙겨본다고 했어. 그리고 나에게 왜 샬롯 램플링을 좋아하느냐고 물었지. 글쎄, 나는 사실 그 배우를 좋아하는 게 아니라, 그 배우의 눈빛을 잊을 수가 없는 거였어. 그 눈빛은 텅 비어 있는 듯 가득 차 보여서, 그러한 눈빛은 어느 배우에게서도 본 적이 없어서, 그래서 왠지 잊을 수 없는 사람이었어. 요한은 나에게 〈예감은 틀리지 않는다〉라는 영화를 보았느냐고 물었어. 내가 그 영화는 보지 않았고 원작소설만 읽어봤다고 말하자 그는 나중에 그것도 꼭 같이 보자고 했어. 샬롯 램플링이 출연한 영화 중에서 자신이 가장 좋아하는 영화라면서 말이야. 나는 좋다고 대답하고, 그녀의 영화 중 내가 가장 좋아하는 것은 〈스위밍 풀〉이라고도 말했어. 영화의 시작 부분, 소설가로 등장하는 그녀가 지하철 열차 안 좌석에서 자신이 쓴 소설책을 읽고 있는 사람을 공허하게 바라보는 장면이, 그 텅 빈 눈빛이 매우 인상 깊었거든. 요한은 그 영화도 정말 좋았다고 말하며 웃었고, 프랑소와 오종 감독의 다른 영화에 대해서도 이야기했어.

우리는 극장으로 가 영화 표를 먼저 구매해두고 카페에 가서 케익과 커피를 마시며 영화 이야기를 더 나누기로 했어. 그는 오락 영화부터 고전영화, 예술영화, 혹은 독립영화까지도 모두 즐겨 보지만, 나는 대중적으로 흥행하거나 인기를 끌었던 영화들은 거의 알지 못하고 사람들이 잘 보지 않고 알지도 못하는 드라마 영화들만 많이 알고 있었어. 그러다 보니 내가 본 영화의 좋았던 부분들에 대해서 이야기 나눌 수 있는 사람이 내 주변에는 없었는데, 요한은 내가 본 영화들까지도 알고 있어서, 그 영화들 속에서 어떤 부분이 좋고 어떤 부분이 좋지 않는지까지 상세하게 이야기해주었어. 그래서 나는 그와 영화 이야기를 나누는 게 즐거웠어.

영화가 시작할 시간이 되어 우리는 그만 카페에서 나와 극장 쪽으로 걸어갔어. 쇼핑몰 안이긴 했지만 요한이 워낙 천천히 걸어야 했기에 생각보다 시간이 오래 걸렸어. 어느덧 영화 상영 시간이 다 되어 있었지. 어차피 영화 시작 전 광고 시간이 있을 테니 천천히 가도 될 거라고 요한에게 말했지만 사실 내 마음은 굉장히 조급했어. 만에 하나라도 영화가 시작되고 난 뒤에 상영관 안으로 들어가면 어두컴컴한 실내에서 좌석을 찾는 일이 쉽지 않을 테니 말이야. 그리고 나는 영화의 첫 장면을 보는 것을 좋아해 늦고 싶지 않았어.

마침내 극장에 다다라 안으로 입장하고 상영관을 찾아갔지. 〈내 사랑〉은 인기가 많은 작품이 아니라 극장 안쪽의 가장 작은 상영관으로 찾아가야 했어. 마음은 조급한데 걸음은 요한에게 맞추다 보니 보속이 점점 느려졌어. 마침내 상영관에 도착해 문을 열고 안으로 들어가자 요한이 갑자기 움직이지 않았어. 나는 나도 모르게 앞서 걷고 있다가 멈추어 그를 바라보았어. 요한은 당황한 기색을 비치지 않으려 노력하고 있는 듯했어. 그가 낮게 말했지. '계단……'이라고. 내가 '네?' 하며 되묻자 그는 천천히 걸음을 옮겨 계단 위에 한 발을 디뎠어. 그리고 더욱더 천천히 한 발 한 발 계단을 올랐지. 나는 양팔로 그를 들어안고서 계단을 오르고 싶었어. 마른 나뭇가지와 같은 그 몸을 나는 가볍게 안아올릴 수 있을 것 같았거든. 나는 나도 모르게 그의 손목을 붙들어 그를 돌려 세운 뒤 "저한테 업히세요"라고 말했어. 그리고 바로 뒤돌아 그에게 등을 보이고 섰어. 그는 잠시 망설이는 듯했지만 이내 내 등에 매달리듯 업혔어. 나는 다시 뒤돌아 한 칸 한 칸 계단을 올라갔어. 성별이 사라지는 것 같았어. 여자인 내가 남자인 그를 등에 업는다는 생각 같은 게 조금도 들지 않았어. 그를 업는 일이 조금도 어색하거나 불편하지 않았어. 그것은 그저 내가, 그를 업고 있는 거였어. 그와 나는 동일한 존재이고, 우리는 그저 이렇게 존재하고 있고, 그와 나는 이렇게 하나가 되었구나, 라고 나는 생각했어.

37

효정과 메이는 오랜 시간 동안 줄을 서서 기다려 드디어 스리 칸티쉬와라 사원의 출입구에 다다랐다. 그곳까지 와 보니 난간 너머로 또 다른 사람들이 줄지어 서 있는 게 보였다. 메이와 효정이 서 있던 줄의 사람들보다 좀 더 나이가 많고 말끔한 차림새의 사람들이 그곳에 모여 있었다. 무덤덤한 얼굴에 흰색 옷을 차려입은 그들은 형식적으로 움직이며 100루피의 기부금을 내고 빠르게 사원 안으로 들어갔다. 그 모습을 보며 효정은 처음부터 그 줄에 가서 서 있을걸 그랬다며 아쉬워했다.

사람들로 붐비는 비좁은 입구를 지나자 비로소 사원의 너른 마당이 드러나 보였다. 안으로 들어서니 과연 그간 보아온 어느 사원보다 커다란 그 규모가 눈에 들어왔다. 사원 안쪽 마당은 마치 광장처럼 넓고, 안뜰 가운데에는 의자가 백여 개 정도 놓여 있었다. 그 앞 단상에서는 누군가 확성기를 들고 연설하는 중이고, 측면 단상 쪽으로는 여인들이 몰려가 향을 꽂아둔 채 기도를 드리고 있었다. 그 와중에 이곳이 운동장이라도 되는 것처럼 정신없이 소리 지르며 뛰어다니는 어린아이들의 모습도 보였다. 둘은 다소 혼잡한 안마당을 둘러보다가 다시 사원의 내부로 들어가는 무리의 끝에 줄지어 섰다. 큰 사원답게 그 안으로 들어가는 복도 또한 매우 길었다. 석조 건물이라서 그 길이 마치 동굴처럼 보이기도 했다.

사람들 틈에 뒤섞여 안으로 들어가는 중에도 한쪽 벽면에 세워진 자그마한 신상들이 보였다. 메이가 한눈에 알아볼 수 있는 신이라고는 가네샤와 락슈미뿐이었다. 그 외에 이름을 알지 못하는 수많은 신들의 석상이 벽을 따라 늘어서 있었다. 사람들은 조금이라도 그 신상에 가까이 닿기 위해 팔을 죽 뻗어 한 번씩 신상들을 만지고 갔다. 반면에 브라만으로 보이는 높은 계급의 사람들은 사원 내부로 들어오자 무리들 틈에는 섞이지 않고 서둘러 안으로 들어가기만 했다.

자그마한 신상들을 지나쳐 안으로 들어서자 드넓은 동굴 같은 공간이 드러났다. 그 안에는 비슈누, 하누만, 가네샤, 파르바티와 같은 유명한 신들의 석상이 자리 잡고 있었다. 신상들 맞은편에서 붉은 사리를 입은 여인들이 돌바닥 위에서 촛불을 태워 올렸다. 그네들이 입고 있는 붉은 사리와 붉은 촛불의 모습이 뒤엉켜 마치 거대한 불꽃처럼 보였다. 어두운 석조 사원 안에서 이렇게 거대한 붉은 빛이 타오르고 있다니 그 모습이 못내 경이로워 보일 지경이었다. 무엇보다도 촛불을 태우고 있는 여인들의 모습이 어쩌나 진지한지, 메이는 신상이 아닌 그녀들이 만들어내는 거대한 불꽃에 합장이라도 하고 고개를 숙여야 할 것 같은 숙연한 감정에 사로잡혔다. 그래서 자기도 모르게 그 앞에 서서 오래도록 여인들과 불꽃의 모습을 바라보았다. 사원을 한참 둘러보고 난 뒤 메이에게 다가와 다른 구간도 가보자고 말하는 효정이 아니었다면 메이는 아마도 종일 그 자리에 붙박인 채 그 모습만 지켜보았을 것이다.

사원의 안으로 들어가면 갈수록 점점 더 많은 신상들이 나오는 모습을 보며 메이는 놀라움을 금치 못했다. 메이가 가본 어느 사원도 이토록이나 많은 신상을 모시고 있지는 않았다. 마이소르에 있는 사원에는 보통 '가네샤 템플', '시바 템플', '차문데쉬와리 템플' 하는 식으로 특정한 신의 이름이 붙어 있고, 내부에는 서너 개의 신상만 자리해 있었다. 한데 이곳 난장구드 사원에는 인도에서 인기 있는 가네샤, 락슈미 외에도 비슈누, 시바, 크리슈나, 파르바티, 사라스와티, 칼리, 하누만, 가야트리, 닥샤 등 다양한 신상이 자리해 있었다. 그 외에 메이가 미처 다 알지 못하는 이름의 신상까지 합하면 실로 어마어마한 수였다.

안으로 밀려드는 수많은 인파 때문에 메이는 한 자리에 오래 머무를 수 없었다. 그래서 그녀는 사원 내부를 돌며 수많은 신들의 석상을 바라보았다. 그때마다 메이는 그 신들과 관계된 신화를 떠올려보았다. 그 신화가 가진 의미에 대해서 되새겨볼 때마다 자신의 마음이 고스란히 드러나 보이기도 했다. 저마다의 신상 앞에 서는 순간이면 메이는 자신의 내부에 무엇이 있는지, 스스로 무엇을 갈망하는지에 대해서 읊조리게 되었다. 이 사원 안에는 어쩐지 진짜 신의 존재가 있을 것만 같아 메이는 신상 앞의 촛불에 양손을 갖다대고 열기를 자신의 머리 위로 옮겨왔다. 계속해서 밀려드는 인도인들 또한 촛불로부터 그 열기를 옮겨갔다. 그들은 가까이 가 닿을 수 있는 석상들 앞에서는 꼭 그 발등에 엎드려 두 손을 갖다댄 뒤 자신의 머리로 손을 옮겨 짚으며 신의 기운이 전해질 수 있도록 했다.

메이는 이제 신상보다는 그 앞에 엎드린 사람들을 더 유심히 바라보았다. 도대체 무엇이 저 사람들을 신상 앞으로 내모는 것일까? 어째서 저들은 돌무더기에 지나지 않는 저 석상에 집착하는 것일까? 석상 따위가 정말로 그들을 행복하게 만들어줄까? 그들을 지독한 가난과 고난으로부터 해방시키고 영원한 피안의 세계로 인도해줄까? 아니, 내면의 평안은 차치하고라도, 그들의 계급을 바꾸어주거나 좀 더 나은 직업을 가질 수 있도록 이끌어주지도 않는 신 따위가, 그런 무능력한 신이 도대체 그들 삶에 무슨 의미가 있을까? 저 밑바닥에서, 저 진흙 속에서 뒹구는 사람들은 무엇을 위해 이 사원에 몰려드는 것일까? 왜 저렇게 계속 소원을 빌고 기도를 하며 열심히 신을 찾아다니는 것일까? 왜? 도대체 왜? 가진 것 없이 낮은 계급으로 태어난 게 전생의 업보 때문이라면, 그 업보 때문에 신을 믿는 사람들에 대해서 메이는 도대체 어떻게 해석해야 할지 알 수가 없었다. '그 순간 내 곁에는 오직 하나님만 계셨어'라고 말하던 요한의 목소리가 그녀 내면의 동굴에서 울려 퍼졌다. 죽음의 문턱과도 같던 수술실 안, 차

디찬 수술대 위에 누워 그의 하나님만 붙들고 있던 요한의 심정이 저 사람들과 같았을까? 가진 것도, 가질 수 있는 것도 없을 뿐더러 자신이 원하는 것이 무엇인지도 모르는 채 그저 하나님 한 분만을 붙잡을 수밖에 없는 순간, 그 순간을, 그들은 매일 이렇게 살아가고 있는 것일까? 사람들의 간절한 울부짖음 속에 고통과 환희와 믿음과 맹신이 어우러져 부옇게 빛나고, 그 빛은 어두운 석굴 한가운데로부터 점점 더 멀리 퍼져나갔다.

38

"나는 억울하지 않아."

요한의 상태가 안 좋아져 병원에 입원해 있을 때, 그가 나에게 말했어.

"나처럼 아무것도 가지지 못한 채 태어난 사람이라면 그럴 수밖에 없는 거야. 나는 원래 건강했다가 불의의 사고로 몸을 다치거나 장애를 얻은 게 아니니까, 나는 그냥 태어날 때부터 건강하지 않았던 거니까, 그러니까 지금 내가 아픈 게 억울하거나 속상하지 않은 거야. 그래서 나는 이 삶에 아무런 불만이 없고, 신을 원망한 적도 없어. 내가 가지고 있던 것을 빼앗긴 게 아니니까, 멀쩡하던 몸이 갑자기 망가진 게 아니니까. 그러니까 나는 이 삶에서 아무것도 잃은 게 없고, 억울한 게 없고, 불편한 게 없어. 나는 그저 이렇게 태어나 살아 있고, 지금 이대로 편안해."

가만히 누워 있는 요한은 한기를 느끼는지 스스로 다리를 비비

며 몸에 열을 냈어. 나는 간이침대에 놓아둔 담요를 가지고 와 요
한이 덮은 이불 위에 포개어주었어. 그러자 요한은 턱밑까지 담
요를 끌어올리고 말을 이어갔어.

"내가 어렸을 때, 의사는 나한테 스무 살까지밖에 못 살 거라고
말했어. 어렸던 나에게는 그 말의 일종의 신탁과 같았지. 하지만
나는 지금 서른 살이 넘도록 살아 있어. 그래서인지 스무 살 이후
의 삶은 하나님이 나에게 주신 선물로 느껴져. 내 삶에는 이십 년
이라는 시간만이 주어져 있었는데, 그런데 하나님이 나에게 또
하나의 삶을 선물로 주신 거야. 그러니 내가 어떻게 이 삶에 감사
하지 않을 수 있겠어? 주님이 나에게 삶을 주시고, 또 주셨는데,
어떻게 주님을 사랑하지 않을 수 있겠어? 그래서 나는 언제 죽어
도 아쉽지 않아. 이미 너무 오래 살았으니까, 주님 덕분에 덤으로
살아온 세월이 있으니까, 그 속에서 윤희 씨도 만났으니까. 그러
니까 나는 정말로 억울하지 않아. 나는 그냥 다 감사해. 이 감사
함을 윤희 씨가 알까? 당신이 알아주면 좋겠어. 당신도 알아주면
좋겠어."

알긴 뭘 알아 이 바보야,라고 소리치고 싶었어. 그리고 그를 때
리고도 싶었어. 기가 막혔어. 그게 도대체 뭐가 감사해? 남들에
게는 그냥 다 퍼주는 멀쩡한 심장을, 멀쩡한 몸을 그에게는 주지
않았는데, 지금도 그는 산소공급기의 호스를 온몸에 연결하고 간
헐적으로 숨을 쉬며 겨우 살아가고 있는데, 그게 도대체 뭐가 감
사해, 뭐가…….

"남들과 나를 비교하지 마. 자꾸 비교하고 판단하니까 항상 불

행하고 고통스러운 거야. 나는 그냥 나인 거야. 우리 모두가 다 이미 완전한 존재로 태어나서 이렇게 살아 숨 쉬고 있는 거야."

요한의 휴대전화에서 문자 수신음이 울렸어. 요한이 나에게 휴대전화를 집어달라고 말해서 나는 그렇게 했어. 문자는 그의 어머니에게서 온 거였어. 요한은 문자의 내용을 확인하더니 수줍게 미소 지었어. 그리고 말했어. "정말 좋아, 우리 엄마." 그렇게 말하고는 계속해서 휴대전화를 손에 들고 있기가 버거운지 머리맡에 내려놓듯 나에게 넘겨주며 답장을 써달라고 했어. 나는 그의 휴대전화를 받아 그가 보고 있던 화면을 내려다보았어. 별다른 내용은 없었어. 그저 항상 보내오던 내용 그대로, '아들, 밥 먹었어? 잘 먹어야지, 그래야 힘이 나지, 그래야 엄마도 힘이 나지'라는 내용일 뿐이었어. 요한은 나에게 '사랑해 엄마'라고만 써달라고 해서 나는 그렇게 했어. 곧이어 그의 어머니에게서 또 답장이 왔어. '나도 사랑해, 아들' 나는 그 내용을 그대로 소리 내어 읽어주었어.

"정말 좋아, 우리 엄마."

요한은 나를 향해 다시 한번 그렇게 말했어.

"그래, 정말 좋아 보여, 요한 씨 엄마."

"나는 엄마한테 해준 게 하나도 없는데, 해줄 수 있는 것도 없는데, 항상 받기만 하는데, 그런데도 우리 엄마는 나에게 항상 미안하다고 말해. 자기 잘못이라고, 자기가 잘못해서 내가 벌 받는 거라고 말해. 너무 웃기지? 엄마가 아니었으면 나는 태어나지도 못했는데, 지금 여기에 존재하지도 못했는데, 윤희 씨도 볼 수 없었을 텐데, 그런데 왜 그렇게 스스로를 탓하는지 모르겠어. 엄마가 나를 이렇게 많이 사랑해줘서, 다른 엄마들이 자기 아이에게 하는 것보다 훨씬 더 많이 나를 아껴주고 돌봐주고 사랑해줘서, 그것을 매일 표현해주고 알게 해줘서 나는 정말로 행복한데, 엄마는 매일 나 때문에 아파하고, 매일 나에게 미안하다고 말해. 엄마가 그러지 않으면 좋겠는데, 그러지 말라고 말하는 것도 엄마에게 강요하는 게 될까봐 말하지 못했어."

이제야 비로소 내 아버지의 사랑이 떠올라. 아버지에게도 사실은 나에 대한 사랑이 있었다는 이야기가 아니라, 처음부터 존재하지 않았던 그 사랑이, 그 부재가 떠오르는 거야. 그래, 나도 그랬어. 아버지가 다른 아버지들처럼 나를 사랑하지 않아서, 나를 아껴주지 않아서 억울하거나 안타까웠던 적이 한 번도 없었어. 나에게는 비교대상이 될 만한 다른 아버지가 없었으니까. 고모부의 그 가족사진을 보기 전까지, 요한을 사랑해 마지않는 그의 어머니를 알기 전까지, 나는 자신의 아이를 끔찍이 사랑하는 사람들의 모습을 본 적이 없었어. 그러니까 나는 나에 대한 아버지의 사랑이 없다는 사실조차 인지하지 못한 채로 자라온 거야. 맞아, 어릴 때 나는 내 아버지에게서 사랑의 부재도 결핍도 느끼지 못했어. 그래서 왜 나를 사랑하지 않느냐고 묻고 따지고 애원할 까닭도 없었지. 요한을 보면서, 하나님과 부모님을 그토록이나 사랑하는 요한을 보면서야 나는 비로소 깨달았어. 나에게는 아버지에 대한 사랑 같은 것은 존재하지 않았다는 사실을. 내가 신을 사랑할 수 없는 이유는 바로 아버지 때문이라는 것을…… 그래, 아버지 때문이야, 내 가족들 때문이야,라는 깨달음이 들었어. 나는 내 아버지를 사랑하지 않으므로 성령의 아버지인 하나님조차도 사랑할 수가 없는 거야.

나는 신의 존재를 의심한 적 없었어. 아버지가 분명히 존재하고 있듯이 신 또한 분명히 존재하고 있다는 것을 알아. 다만 그 존재 안에, 신과 나 사이에 사랑이 없는 거야. 신도 나도, 아버지도 나도, 우리 모두 서로를 사랑하지 않는 거야. 사랑하지 않으니까 미워하지도 않는 거야. 사랑할 것도 미워할 것도 없는 사이. 그래서 나 또한 억울하지도 안타깝지도 않아. 그것은 그냥, 나에게 없는 거야. 나에게 주어지지 않은 것, 애초부터 없었던 거야.

39

"메이 씨는 평소에 책을 많이 읽나봐요? 왜 그렇게 책을 좋아해요?"

"그게, 제 기준에서는 그렇게 많이 읽는 것 같지 않은데, 굳이 다른 사람들과 비교해보면 많이 읽는 편인가봐요. 어렸을 때, 그러니까 초등학교 저학년일 때까지는 무척 가난했거든요. 제가 대여섯 살이던 무렵에 네 식구가 함께 사는 단칸방에서 저 혼자 시간을 보내던 기억이 많이 나요. 아버지는 회사에, 오빠는 학교에 가고, 어머니는 요구르트를 배달하러 다녔거든요. 그때 저는 유치원조차 다니질 못해서 같이 놀 친구가 없었고, 어머니는 어린 제가 밖에서 돌아다니는 것보다 집 안에 얌전히 있는 게 낫다고 생각하셨죠. 그래서 요구르트를 배달하며 여기저기서 버려진 책들을 주워 저에게 집 밖에 나가지 말고 조용히 읽고 있으라고 했어요. 그때부터 저는 그냥 혼자서 책을 읽으며 시간을 보내는 게 습관이 된 거예요. 그러다 학교에 입학한 뒤에는 제가 직접 도서관에 가서 책을 빌려다가 읽었어요. 소설이나 에세이를 가장 많이 읽었고, 이십대에는 인문학, 철학, 심리학, 사회과학 책도 많이 봤죠. 최근에는 아무래도 요가랑 정신세계 쪽 책을 주로 보게 되네요. 아무튼 저한테는 독서가 뭐 대단한 취미라기보다는 그냥 습관이에요. 책을 읽는다는 건 발레를 한다거나 피아노를 연주하는 것과는 완전히 다른 일이잖아요. 그런 것들은 전문적인 교육 과정과 교육비가 필요하지만 독서는 그렇지 않으니까요. 다만 요즘에는 책 읽는 인구가 워낙에 적다 보니 독서라는 걸 뭔가 대단한 취미생활처럼 여기는 경향이 있는 것 같아요. 책 좀 읽는다고 하면 신기해하면서 우러러보거나, 반대로 먹고살기 편한가보다 하며 아니꼬워 하는 사람들이 있어서 불편할 때가 많았어요. 그런데 저는 이게 겸손도 자기비하도 아니고 진짜 그냥 습관일 뿐이라 사람들 앞에서 책 이야기는 잘 안 하게 돼요. 책에서 읽은 이야기를 할 때에도 그냥 어디서 주워듣거나 티브이에서 얼핏 보기라도 한 것처럼 얼버무려서 말하게 되더라고요."

케이와 처음 만난 날, 메이는 이제까지 살아오며 단 한 번도 타인에게 말해본 적 없는 자기 이야기가 왜 갑자기 튀어나오는지 알 수 없었다. 메이의 이야기를 듣고 난 케이가 뭔가 의아하다는 듯이 다시 물었다.

"원래 전공은 뭐였어요?"

"그게, 사회과학부 딱 일 년 다니고 그만둬서, 딱히 뭔가 전공

했다고 말하기가 어렵네요."

"그럼 요가는 어쩌다 하게 된 거예요?"

"사실은, 대학에 입학하고 나서 섭식장애를 앓았어요. 어렸을 때 비만이었거든요. 항상 집에서만 시간을 보내다 보니 혼자서 할 수 있는 게 종일 책을 읽거나 무언가를 먹는 것뿐이었어요. 혼자 있다 보니 끼니 때 제대로 챙겨서 먹기보다는 아무 때나 아무거나 먹는 게 습관이 된 거예요. 초등학교에 들어가기 전까지는 제가 뚱뚱하다는 사실을 알지 못했는데 학교에 가니까 아이들이 저를 돼지라고 부르더라고요. 그때 놀림을 많이 받아서 아직까지도 돼지라는 소리만 들으면 섬뜩한 느낌이 먼저 들어요. 학교에 있는 게 괴로웠고, 그러다 보니 친구도 사귈 수 없었죠. 집에서 혼자 보내는 시간이 더 늘어나고, 그럴수록 책과 음식에만 집착하게 된 것 같아요. 중고등학교 시절에도 내내 뚱뚱했지만, 다이어트 같은 것은 해보지도 않았고 하고 싶은 생각도 없었어요. 어쨌거나 저는 먹는 걸 좋아하고 움직이는 건 싫어하는 사람이니까요."

메이는 의식적으로 어떠한 이야기를 하고 있는 게 아니라, 자기 안에 있는 어떤 이야기들이 주체성을 가지고 빠져나오는 듯한 인상을 받았다. 자꾸만 자기 이야기를 쏟아내는 자신의 모습에 메이는 다소 당황했지만, 그러한 티를 내고 싶지는 않아 최대한 자연스럽게 이야기를 이어갔다.

"사람들은 제가 대학생이 되면 자연히 살이 빠질 거라고 말하곤 했는데, 실제로 그런 일은 일어나지 않았어요. 대학에 들어간 뒤에는 신입생 환영회니 엠티니 하는 곳들에 쫓아가서 술도 좀 마셨고, 살은 더 찌기만 했어요. 그래서 스무 살 때는 원래의 몸무게보다 10킬로그램이나 더 늘어났어요. 그때부터 지하철역 계단만 오르락내리락 해도 숨이 턱턱 막히고 무릎 관절이 아팠어요. 기지개를 켜면서 몸을 조금만 뒤로 젖혀도 목살과 등살이 여러 겹으로 접히고, 목에는 담이 자주 들더라고요. 이대로는 안 되겠다 싶어 체중을 줄이기로 결심했지만 타고난 식탐이 워낙 강해서 먹는 양이나 횟수를 조절할 수가 없었어요. 그렇다면 운동을 해야 하는데 기본적으로 좋아하는 운동이 하나도 없고, 헬스장에 가보아도 무엇부터 어떻게 해야 할지 전혀 모르겠더라고요. 그래서 식욕억제제를 먹기 시작했어요. 이게 일종의 마약과 같은 거라서, 일단 먹고 나면 정말로 식욕이 딱 사라지고 입맛이 하나도 없거든요. 종일 굶어도 배가 고프다거나 무언가 먹어야겠다는 생각이 안 들어요. 모든 감각이 마비되는 거죠. 그러고 나면 앉았다 일어날 때마다 머리가 핑 돌면서 어지러워져요. 평생 건강하지 않았던 적이 없어서 그런지 그때는 그 느낌마저도 마냥 좋았어요. 어릴 때 학교에서 작고 마른 여자애들이 빈혈로 쓰러지거나 정신을 잃는 경우를 종종 본 적이 있어서, 빈혈이라는 게 도대체 어떤 느낌일지 궁금했거든요. 아무튼 그렇게 매일 식욕억제제만 먹고 다른 음식은 먹지 않으니 살이 정말 드라마틱하게 빠지더라고요. 보름만에 7킬로그램 정도가 빠지고 체형이 확 달라졌어요. 사람들은 다들 저에게 몰라보게 살이 빠졌다고 말하며 부러워했고요. 그 뒤로 보름 정도 지나자 8킬로그램이 더 빠졌어요. 총 15킬로그램이 빠지고 나니, 사람들은 저에게 날씬해지고 예뻐졌다며 칭찬을 했어요. 그때는 생전 처음으로 그렇게 살이 빠져본 거라서 저도 무척 신기하고 기분이 좋았어요. 늘 머리가 아프고 속이 안 좋긴 했지만 일단 살만 빼면 된다고 생각했던 거예요. 살을 다 빼고 난 다음에는 식욕억제제를 끊고 스스로 식이조절을 해나가려 했어요. 그런데 갑자기 약을 끊고 나니까 식욕이 무섭게 되살아나더라고요. 약을 먹기 전에도 식탐이 있긴 했지만, 약을 끊고 나니 이전보다 더 심해지는 거예요. 그때부터는 마치 미친 사람처럼 끊임없이 음식을 먹게 됐어요. 한 달 만에 다시 20킬로그램이 붙고, 그래서 다시 약을 복용하며 살을 빼고, 살이 빠지고 나서 약을 끊으면 다시 체중이 불어나는 일들이 반복됐어요. 그러는 동안에 위장이 완전히 헐어버린 거예요. 학부 2학년생이 되었을 무렵부터 무언가를 먹기만 하면 무조건 체했어요. 그래서 밥을 먹은 뒤에 항상 소화제를 먹고 사혈침으로 혼자 손가락을 따서 피를 뽑았어요. 그것도 내성이 생기는지 나중에는 별 효과가 없고 토하는 횟수만 많아졌어요. 뭔가를 먹는다는 게 그때만큼 힘들었던 적이 없었어요. 먹어봤자 어차피 소화시키지 못하고 토하기만 하니 먹는 것 자체가 고통이었죠. 그러다 보니 점점 먹는 걸 피하게 됐고, 먹질 못하니 기운이 없어 학교에 가는 것도 어려워졌어요. 학기가 시작된 지 얼마 지나지 않아서 결국 휴학계를 내고 병원에서 진료를 받으니 위궤양이더라고요. 보통 술과 담배를 많이 하는 사오십대 아저씨들이나 걸리는 병을 이십대 아가씨가 앓고 있으니 저보다

의사들이 더 의아해했어요. 살을 빼려고 식욕억제제를 먹다가 이렇게 됐다고 말하기 창피해서 누구에게도 사실대로 말하지 못했어요. 멀쩡한 성인이 왜 자기 먹는 것 하나도 조절하지 못하느냐는 비난을 받을까봐 두려웠거든요. 어쨌거나 위궤양을 치료하려면 처방받은 약을 먹으면서 음식을 조절해야만 했어요. 의사는 저에게 무엇을 먹지 말아야 하는지 설명해줬어요. 자극적인 음식은 위염과 식도염을 유발하니 먹지 말아야 하고, 기름진 음식, 차가운 음식도 모두 피해야 했어요. 술, 담배는 당연히 안 되는 거고요. 그래서 매일 미음에 묽은 장국만 먹었어요. 브로콜리, 무, 양배추와 같이 위장에 좋은 채소들을 익혀서 무염식으로 먹기도 했고요. 그렇게 한 달 정도 치료를 받으며 식생활을 바꾸고 나니까 몸이 점차 회복되더라고요. 하지만 여전히 야외활동이나 운동 같은 것은 할 수가 없었어요. 집 밖으로 나가기도 힘에 부쳤고요. 그래도 체력을 키워야 하니 집에서 혼자 요가 동영상을 보면서 요가 동작들을 따라했어요. 동영상만 해도 여러 가지 요가 행법들이 있었는데, 그때는 뭐가 뭔지도 모르고 일단 다 따라해봤어요. 방에서 혼자 비디오를 보며 따라하는 것이다 보니 정확한 자세나 호흡법 같은 것은 알 수가 없었지만, 그래도 저는 그 시간이 참 좋았어요. 뭐가 좋은지, 왜 좋은지 같은 것들도 전혀 알 수가 없는데, 그렇게 비디오를 보며 요가 자세들을 따라하다 보면 한 시간이 훌쩍 지나가더라고요. 사바사나까지 하고 나서 눈을 떠보면 다시 태어나기라도 한 것처럼 몸이 맑고 개운하고, 마음에는 만족과 평안이 떠올랐어요. 다른 건 아무것도 못하겠는데 요가만은 할 수 있다는 사실이 감사하고 행복했어요. 몸이 어느 정도 회복이 되고 나서는 집 근처에 있는 요가 학원에 등록해 매일 수업을 들으러 갔죠. 어떤 때는 오전에 가서 수업을 듣고, 저녁 때 또 가서 수업을 듣기도 했어요. 요가원에만 가면 수업이 시작되기도 전부터 마음이 마냥 편안하고 좋았어요. 그러다 보니 점점 요가원에서 보내는 시간이 늘어나고, 요가에 대해서 더 깊이 알고 싶어지더라고요. 그래서 요가 지도자 과정까지 등록해 듣게 되고, 다른 강사들이 사정이 있을 때마다 대타로 수업을 해주며 경력을 쌓다가 문화센터와 요가원에서 전임 강사 자리도 얻게 되고…… 그랬어요."

40

고모의 딸인 아미언니가 나에게 광화문에 함께 가자고 한 적이
있어. 아미언니는 그곳에 가서 치킨을 사먹고 서점에 가보자고
했어. 나는 당연히 좋다고 대답했어. 그리고 저금통을 열어 우리
집에서부터 광화문까지 다녀올 수 있는 왕복 버스비를 미리 마련
해두었어. 그러나 약속한 날이 되어 아미언니를 따라나섰을 때,
나는 적이 당황했어. 버스정류장에서 언니가 갑자기 좌석버스
를 타겠다고 했기 때문이었어. 내가 가져온 시내버스 왕복 차비
를 다 합쳐도 좌석버스 한 번을 탈 수가 없었어. 나는 내 손에 쥐
고 있던 동전들을 언니에게 내보이며 이게 내가 가진 돈 전부라
고 말했어. 그 순간 언니는 나로부터 고개를 돌리더니 더 이상 내
쪽을 바라보지 않았어. 그리고 아무런 말도 하지 않았어. 나는 울
적해져서 집으로 돌아가야 하나 고민했지만 그런 말조차도 먼저
할 수가 없었어. 어떻게 해야 할지 몰라 당황하고 있을 때 언니가

말한 좌석버스가 왔고, 내가 움직이지 않자 언니가 나를 보고 "뭐 해?"라고 물었어. 내가 "나 돈 없어, 언니"라고 말하자 언니는 "내가 낼 테니까 타라고"라고 말했어. 언니는 버스 기사에게 두 명이라고 말하고 두 명분의 버스비를 요금함 속으로 밀어넣었어. 둘이 나란히 버스 안 좌석에 앉아서도 언니는 차창만 바라볼 뿐 단 한 번도 내 쪽을 돌아보지 않았어. 언니가 그렇게 차창 너머를 바라보고 있다가 불현듯 나에게 물었어.

"너는 왜 이런 돈도 없어?"

이십여 년 가까이 지난 일이지만 아직도 그 말의 토씨 하나까지 잊을 수가 없어. 너는 왜 이런 돈도 없어? 나는 더 이상 아무런 말 하지 않았어. 광화문에 도착해 버스에서 내린 뒤 언니는 나에게 묻지도 않고 곧장 치킨집으로 향했어. 언니가 그곳에서 프라이드치킨과 치킨버거, 콘 샐러드, 콜라 등을 주문했어. 이내 음식이 나와 우리는 2층 자리에 앉아 그것들을 함께 먹었어. 그 음식들을 먹을 때에는 딱히 서럽거나 속상하지 않았어. 음식이 주는 기운은 얼마나 강렬한지, 나는 그저 치킨의 맛이 환상적이라고만 느끼고 있었어. 다만 아미언니가 계속 아무 말도 하지 않았기에 나도 말없이 그것들을 야금야금 먹어대기만 했지.

치킨을 다 먹고 서점으로 갔을 때 언니는 평소 필요했던 책들을 골라 품에 안았어. 나는 문학 서가를 이리저리 돌아다니며 여러 권의 소설책들을 펼쳐보기는 했지만 어느 것도 함부로 집어 들지 않았어. 서너 권의 책을 품에 안은 아미언니가 나에게 다가와 그만 계산하러 가자고 말했어. 나는 읽고 있던 책들을 서가에 다시 잘 꽂아두고 언니를 따라 계산대 앞으로 가서 줄을 섰어. 이내 계산을 마치고 난 언니가 나에게 물었어.

"너는 왜 아무것도 안 사?"

나는 대답하지 않았어. 나가자는 말도 하지 않고 그냥 무작정 출구를 향해 걸었어. 언니가 다시 말했어.

"내가 사줄게, 하나 골라."

그 말을 하는 아미언니의 표정과 목소리, 몸짓 그리고 입가와 눈가에 번지던 주름까지도 나는 다 기억하고 있어. 거지에게 적선하듯, 두 번 말하기도 귀찮으니까 사준다고 할 때 빨리 사라는 그 경멸과 무시의 태도를 나는 평생토록 잊을 수가 없어. 오빠도 알잖아, 내가 책을 얼마나 사랑하는지. 단순히 책을 읽는 행위만을 좋아하는 것이 아니라 책 그 자체를 사랑해서 책장과 책등을 함부로 접지도 않고 책 속에 밑줄을 긋거나 메모 따위도 남기지 않는다는 것을. 내가 읽은 모든 책들이 다 처음에 산 것과 같이 새 것의 상태 그대로 보관되어 있다는 것을. 내가 그 책들을 소유하고 보관하는 것에 엄청난 기쁨을 느낀다는 것을 말이야. 나는 그토록이나 책을 좋아하면서도, 그날만큼은 끝까지 아무 책도 집어 들지 않았어.

"왜 안 사? 사라니까."

아미 언니가 다시 말했어. 나는 여전히 대답하지 않았어.

"야, 사준다고 할 때 사. 나중에 가서 또 딴소리하지 말고."

나는 끝내 대답하지 않고 서점 밖으로 나왔어. 다시 버스정류장에 가 멈춰 섰을 때 언니는 또 좌석버스를 타겠다고 했지. 나는 내가 가지고 있던 동전 전부를 아미언니에게 주었어. 버스가 도착하고, 문이 열렸어. 언니가 다시 두 명분의 버스비를 요금함 속으로 넣었어. 언니와 나는 여전히 아무런 대화도 하지 않고 나란히 좌석에 앉아 있다가 동네로 돌아온 뒤 각자의 집으로 돌아갔어.

  내가 아미언니를 좋아한 적이 있는지 기억나질 않아. 처음부터 내가 언니를 싫어하지는 않았던 것 같은데, 그렇다면 언니와 가까워지기 이전, 서로를 처음 알았을 무렵에는 좋았는지조차도 전혀 기억나질 않는 거야. 가까웠지만 좋아할 수는 없는 사람. 좋아하지 않지만 사이좋게 지내야 하는 사람. 나는 아미언니를 딱히 좋아하지 않으면서도 언니가 나에게 보자고 하거나 어딘가에 함께 가자고 하면 거절할 수가 없었어. 나는 늘 언니를 따라갔고, 언니가 하자는 대로 뭐든 다 했어. 아미언니도 우리 고모처럼 나와 함께 시간을 보내고 나에게 많은 것들을 사주었지만, 나는 단한 번도 언니가 나를 좋아한다는 인상을 받은 적이 없었어. 오히려 언니를 만나면 만날수록 언니가 나를 진짜로 싫어한다는 느낌만 강하게 들었어. 다만 내가 거절하지 않으니까, 언제든지 언니가 필요로 할 때, 혹은 혼자 있고 싶지 않을 때 나를 부르면 되니까 나에게 계속 연락하고 나를 만나는 거라고 생각했어. 그리고 나는 요한도 그렇지 않을까, 항상 의심을 했어. 진짜 나를 좋아해서, 나와 함께 보내는 시간이 좋아서 나를 만나는 게 아니라 그저 혼자 있기 싫어서, 그러나 마땅히 불러낼 사람이 없어서 나에게 연락하고 나를 찾아오는 게 아닐까, 하는 그 의심을 나는 끝내 지울 수 없었어.

41

수련실에는 서너 명의 학생들이 메이보다 먼저 와서 요가 수련을 이어가고 있었다. 메이도 그들 사이로 가서 매트를 펼치고 그 위에 섰다. 그녀는 가볍게 만트라를 외우고 수리야 나마스카라를 하려고 두 손을 위로 뻗어 손뼉을 맞대고 고개를 들어올렸다. 그 순간 메이는 자신의 몸이 평소와 다르다는 사실을 느낄 수 있었다. 복부 안쪽부터 회음부 안쪽까지 힘이 들어오고, 흉강이 열리고, 목과 어깨는 가볍게 아래쪽으로 내려왔다.

매일 새벽마다 이어가는 요가 수련은 이전 날 자신의 생활을 반영하게 마련이라고 요가 선생님이 말한 적 있었다. 하루 동안 얼마나 잘 먹고 잘 자느냐에 따라 그다음 날의 요가 수련이 달라진다는 얘기였다. 잘 먹고 잘 잔다는 것은 많이 먹고 많이 자는 것이 아니라 적절히 먹고 적절히 자는 것을 의미했다. 그러므로 실제 아사나를 수련하는 시간뿐만 아니라 수련을 하지 않는 동안에도 항상 수련자의 몸과 마음으로 살아가야 한다고 당부했다. 메이는 아직도 그 말의 전체적인 의미를 다 이해할 수 없었지만, 최소한 이전 날 먹은 음식의 양과 질이 오늘 수련의 결과로 나타난다는 사실만큼은 알아차릴 수 있었다.

효정과 함께 난장구드에 갈 때 메이는 당연히 그곳에서 무언가 맛있는 음식을 점심으로 먹을 줄 알았다. 그러나 생각보다 커다랬던 사원을 모두 돌아보고 나오자 이미 오후 2시였다. 사원 주변에는 제대로 된 식당이 보이질 않았다. 그곳에는 도사와 이들리 등 간단한 음식을 파는 노점들만 있었다. 효정은 이곳보다는 마이소르로 돌아가서 제대로 된 식당을 찾아가는 게 어떻겠느냐고 물었고, 메이도 좋다고 대답했다. 그래서 둘은 다시 택시를 타고 마이소르로 돌아왔다.

돌아가는 길에는 교통체증이 있어 예상보다 늦은 시간에 마이소르에 들어섰다. 효정은 마이소르 초입에 있는 채식당에 가보는 게 어떻겠느냐고 제안했다. 채식 탈리*가 맛있기로 유명한 곳인데 고쿨람에서는 거리가 멀어 자주 가지 못했다면서 말이다. 메이가 좋다고 대답하자 효정이 기사에게 그 식당 이름을 말하고 그곳으로 데려다달라고 부탁했다. 도착해보니 도로변 한편에 자리 잡은 식당으로 메이도 가끔 릭샤를 타고 시내를 오갈 때 본 적이 있는 곳이었다. 그러나 택시에서 내려 식당 안으로 들어가

---

* 큰 접시에 여러 가지 음식을 담아 먹는 인도의 식사법 또는 여기에 사용되는 접시 자체를 의미한다.

니 직원은 이미 점심시간이 지나서 탈리를 주문할 수 없다고 말했다. 조금 더 기다려 저녁시간 탈리를 주문할까 했지만 저녁에는 채식 탈리는 판매하지 않는다고 했다. 메이는 고기를 먹어도 상관없지만 효정은 아토피 때문에 육식을 금하고 있다며 다른 곳으로 가기 원했다. 둘은 다시 택시를 타고 고쿨람 안으로 들어가 평소에 자주 가던 식당들을 찾아갔다. 그러나 다들 저녁식사 시간 전 쉬는 시간을 가지고 있어 제대로 된 식사를 주문할 수 없었다.

메이는 아침에 차이만 한 잔 마시고 떠났던 터라 사실상 종일 굶은 것이나 마찬가지였다. 한데 효정과 함께 여러 군데 식당들을 돌아다니는 동안 어쩐 일인지 허기가 가셨다. 배고프던 순간을 지나니 희한하게도 허기가 더 이상 느껴지질 않고 속이 편안한 것이었다. 별수 없이 효정이 차이라도 한 잔 마시고 가자고 말해 둘은 식당 한쪽 자리에 앉았다. 메이는 시원한 것을 마시고 싶어 차이 대신 라씨를 주문해 마셨다. 그렇게 종일 음료만 섭취한 뒤 집으로 돌아가 잠들고, 다음날 새벽에 일어나 곧바로 요가를 수련하니 몸의 움직임이 확연히 달라진 것이었다. 예전에 한국에서 함께 수련하던 학생 중 한 명이 농담과 진담을 반씩 섞은 어투로 '사흘 굶고 수련하면 안 되는 아사나가 하나도 없다더라'라고 말한 적이 있었다. 지금 이렇게 하루 금식 후 수련을 해보니 어쩌면 그 말이 맞을 거라는 생각이 들 정도로 수련이 잘됐다.

메이가 인도에 온 뒤로 겨우 떨쳐버렸다고 생각했던 폭식의 습관은 케이가 마이소르에 머무르던 한 달 동안만 잠시 주춤하다가 그가 떠난 뒤 더욱 심해지고 있었다. 메이는 새벽에 요가 수련만 마치고 나면 종일 자신의 손과 입에서 음식들을 떼어내지 못했다. 한국에서나 인도에서나 메이가 마음먹은 대로 할 수 있는 일이라고는 아무것도 없었다. 하지만 음식만은 자기가 원하는 대로, 먹고 싶은 만큼 얼마든지 먹어치울 수 있었다. 오로지 음식만이 메이의 욕구를 채워줄 수 있는 유일한 수단이었다. 메이는 몸 속에 차고 넘치도록 많은 음식을 넣고 또 넣었다. 몸을 움직일 수 없을 정도로 음식을 먹고 또 먹다 보면 숨이 턱 막히며 불안하게 떠오르던 마음과 생각들이 덩달아 멈추는 것만 같았다. 그렇게 자신의 모든 절망과 사고를 마비시키기 위해서라도 메이는 그저 먹기만을 반복할 수밖에 없었다. 그러한 방식으로 사고를 마비시켜놓고 나면 다음날 육체도 마비가 된 것처럼 움직이기 어려워 수련을 제대로 이어갈 수 없는 날들이 늘어났다.

오늘은 모든 것이 달라져 있었다. 깃털처럼 가벼운 몸과 부드러운 관절, 그리고 꾸준하게 이어지는 호흡이 그녀의 몸을 물 흐르듯 움직이게끔 만들었다. 몸이 계속해서 움직이고 호흡이 끊이지 않으니 더 이상 아무런 생각도 고통도 떠오르질 않았다. 그저 모든 것이 자연스럽고, 편안하고, 충분하게 느껴졌다. 이런 것이 행복일까? 더 이상 바랄 것이 없는 상태. 매일 이렇게만 존재할 수 있다면, 요가가 자신을 그렇게 만들어준다면 얼마나 좋을까? 메이는 사바사나까지 마친 뒤 수련실에서 나와 차이를 들이켜며 생각했다.

42

요한과의 연애는 조금도 특별하지 않았어. 그가 아프기 때문에, 작곡가이기 때문에 그는 뭔가 다를 거라는 기대와 환상을 가질 수도 있지만, 실제로는 그도 남들과 전혀 다르지 않은 보통의 남자일 뿐이었어. 그래, 그가 아프다는 것, 그리고 음악을 한다는 것을 제외하면 그 또한 남들과 똑같이 이기적이고, 유치하고, 허세 부리기 좋아하는 남자였어. 특히 그는 자신을 그렇게 만들어 놓은 신에게 화내지 않는 대신 의외의 것들에 화를 잘 냈어. 자신의 생명과 삶에는 더 이상 욕망이나 집착이 없다고 하면서도 물질적인 것들에는 엄청난 욕심을 부렸고, 그것이 자기 욕심만큼 채워지지 않을 때마다 끓어오르는 화를 조절하지 못했어.

요한과 만나기 시작할 즈음 들은 이야기 중에 그가 가난을 모른다고 말했던 기억이 나. 그의 아버지는 식품업으로 유명한 대기업에서 부사장으로 일했고, 부모로부터 물려받은 재산도 많았어. 그의 형은 일찌감치 뉴질랜드로 조기유학을 가서 대학원까지 다니다가 졸업해 돌아온 상태였고, 어머니는 오직 요한만을 돌보며 살아왔지. 그러다 아버지가 정년퇴임을 하고 난 뒤 요한이 독립해 혼자 나와서 살기 시작할 즈음 그의 부모님은 프랜차이즈 카페를 하나 인수해 함께 운영해나갔어. 작은 매장이라서 부모님 두 분이서 소일거리 삼아 일하며 노년을 함께 보내려는 계획이었지만 카페 운영은 생각보다 어려웠어. 운영을 해나가다 보니 여느 자영업자와 마찬가지로 인건비와 임대료가 감당이 안 돼서 직원도 쓰지 못하고 한국에 들어와 있던 그의 형까지 뛰어들어 함께 일했지만 다들 힘에 부쳤던 모양이야.

요한은 직업의 귀천을 떠나 평생 서비스직 일을 해보지 않은 부모님이 그러한 일을 하고 있는 현실에 가슴 아파하면서도, 전세로 살고 있던 자신의 집을 이사할 계획이 무산되고 심지어 그 전세를 월세로 돌려야 하는 지경에까지 이르자 미친 듯이 화를 내기 시작했어. 타고 다니던 국산 차도 곧 외제 차로 바꿀 거라며 한동안 자동차 관련 정보들만 찾아보더니 그 또한 결국 없던 이야기가 돼버리자 그는 상스러운 욕들을 쏟아내며 나에게 울분을 토해냈어.

요한도 알고는 있었어. 몸이 아픈 자신에게 들어간 재산만 해도 강남에 건물 몇 채는 될 거라며 너스레를 떨 정도로 그의 집은 부자였고, 그의 부모님은 요한에게 물질적인 지원을 아끼지 않았어. 그가 성인이 되고 난 이후에도 매달 그에게 생활비를 보내고, 추가로 돈을 더 보내달라고 연락을 해도 그의 부모님은 거절하는

법이 없었어. 그래서 그는 물질에 대한 결핍과 상처를 가지고 있지 않았고, 어린 시절부터 너무나 많은 부를 누려왔어. 하지만 요한의 병원비로 거의 모든 재산을 사용해온 그의 부모님에게 남은 것이라고는 이제 그 카페 하나뿐이었어. 그래서 그는 더 이상 자신이 원하는 것들을 마음대로 가질 수 없었고, 그 현실에 화를 내는 거였어.

그와 함께 장을 보러 대형마트에 갔을 때 나는 치약을 좀 사두려고 했어. 평소에 쓰던 제품들 옆에 언젠가 내 동료 강사가 외국에 다녀오며 사다준 치약이 있었거든. 한국에는 없는 건데 효과가 정말 좋다며 요가원 강사들 모두에게 하나씩 선물로 준 거였어. 내가 써보니 확실히 양치질을 할 때 훨씬 개운하게 느껴져서 나는 그 제품을 집어들었어. 그리고 요한에게 그 이야기를 했어. 누가 외국에서 이 치약을 사다줘서 써본 적이 있는데 좋았다고 말이야. 그러자 요한이 자기는 원래 쓰던 제품을 사겠다고 했어. 나는 아무렇지도 않게 두 가지 종류의 치약을 모두 손에 들고 그럼 둘 다 사자고 말했어. 그러자 요한은 내가 고른 치약은 비싸서 사기 싫다고 말하는 거였어. 나는 오늘 사는 것들은 내가 다 계산하겠다고 말하고 그대로 두 개의 치약 세트를 모두 카트에 담았어. 그러자 요한은 한숨을 훅 내쉬더니, "너 지금 내가 우스워? 씨발 지금 돈 많다고 자랑하는 거야 뭐야? 네까짓 년이 벌면 얼마나 번다고 여기서 사네 마네 꼴값을 떨어? 아주 재벌 나셨어, 지금?" 나는 혹시라도 이곳에서 요한이 더 화를 내며 소리를 지르기라도 할까봐 서둘러 미안하다고 사과했어. 그리고 이것은 내가 요가원에 가져가서 쓰려고 하는 거니까 이것만 내가 계산하겠다는 뜻이었다고 둘러대며 그를 달랬어. 그러자 그는 겨우 진정하는 듯했어.

계산대에서 나는 정말로 그 치약 세트만 따로 계산하고, 나머지는 모두 요한이 카드로 결제했어. 우리는 계산을 마치고 나오며 마트 안에 있는 카페에 가서 빙수를 하나 시켜 나누어 먹은 뒤 그의 차를 타고 돌아왔어. 혹시라도 그의 기분이 다시 나빠지지 않을까 걱정했지만 오히려 그는 기분이 훨씬 좋아진 듯 보였어. 평소보다도 더 들떠 보이는 모습이 뭔가 과장돼 보일 정도였지. 나는 마트에서 사온 물건들을 정리해두고 내가 산 치약 세트도 뜯어 그중 한 개만 가방 속에 넣고 나머지는 욕실 수납장에 두었어. 그날 밤 요한은 자신의 소셜미디어 계정에 내가 산 치약 사진을 올렸어. 욕실에서 치약을 들고 찍은 사진으로 이 제품이 이제 한국에서도 출시됐다며 자기가 한번 써보겠다고 너스레를 떠는 글귀까지 적어놓았어.

언젠가 내가 맛있기로 소문난 떡집에서 찹쌀떡을 사서 요한에게 가져다 줬을 때도 그는 비슷하게 반응했어. 요한은 보통 자정부터 아침까지 작업을 하다가 잠들고, 정오 즈음 잠에서 깨어나거든. 그래서 그는 아침식사를 하지 않고, 점심시간에 나와 함께 먹는 밥이 첫 끼니였어. 사실 그가 나와 함께 지내기 전에는 점심때에도 밥을 잘 먹지 않았어. 그는 정오가 넘은 시간에 일어나 커피나 콜라만 마시다가 저녁 시간에야 비로소 첫 끼를 먹는 사람이었어. 그리고 자정 무렵에 야식을 먹는 습관이 있었지.

요한과 알고 지내기 전부터 나는 저녁도 야식도 먹지 않았고, 아침과 점심 두 끼만 먹으며 살아왔어. 나로서는 하루에 단 한 끼라도 그와 함께 건강한 식사를 하고 싶었고, 그게 가능한 시간은 그가 잠에서 깨어나는 점심때뿐이었어. 그래서 나는 그가 깨어날 시간에 맞춰 밥상을 차려놓았지만 그는 잠에서 깬지 얼마 되지 않아 밥알이 잘 삼켜지질 않는다고 말하곤 했어. 어느 순간부터는 요한이 나 때문에 억지로 그 시간에 밥을 먹는 게 안쓰럽게 느껴져 나는 더 이상 밥상을 차리지 않고 밖에서 혼자 밥을 사 먹거나, 새벽 요가 수련이 끝나는 아침 시간에 밥을 챙겨먹은 뒤 점심시간에는 요한과 함께 간단히 커피와 간식만 먹었어. 그러다 보니 정오 무렵에 커피와 계란, 과일 정도로 식탁을 차려 요한과 함께 먹는 날이 늘어갔지.

그즈음에 내가 그 유명한 떡집에서 찹쌀떡을 사간 거야. 요한이 잠들어 있는 아침 시간에 나는 밥과 국을 데워 주방에서 혼자 먹고, 그가 깨어나는 점심시간에 떡과 과일을 접시에 올린 뒤 커피를 내려두었어. 그 찹쌀떡은 제주산 쑥을 섞어 만든 반죽에 잘 쑤운 통팥을 넣어 일일이 손으로 만든 거라서 아침 시간부터 많은 사람들이 그 떡집 앞에 줄을 서서 사갈 정도였어. 나도 그 맛이 궁금하긴 했지만 줄서서 기다리기가 귀찮아 매번 지나치기만 하다가, 그날 비가 와서 떡집에 손님이 많지 않기에 오래 기다리지 않고 사온 것이었어.

요한은 안 좋은 꿈이라도 꾼 건지 아니면 그 전날 작업이 마음대로 되지 않은 건지 표정이 영 밝지 않았어. 온갖 짜증과 피로

가 뒤섞인 모습으로 식탁에 앉더니 다짜고짜 나에게 욕부터 쏟아냈어. 아침부터 씨발 웬 떡이냐고, 지금 자기더러 떡 먹고 얹혀서 빨리 죽으라는 것이냐고, 개떡같이 생긴 년이 꼭 이런 짓만 골라서 한다고 말하며 온갖 욕을 다 쏟아냈어. 나는 그게 아니라 요가원 근처 유명한 떡집에서 가장 인기 있는 떡이라 줄 서서 사온 거니까 먹어보고 이야기 하라고 사정했지만 그는 듣지 않고 다시 침실로 가서 누워버렸어. 나는 결국 식탁을 치우고 평소보다 일찍 밖으로 나가 카페에서 책이나 읽다가 저녁 시간에 곧장 요가원으로 출근했지. 요가원으로 가면서 요한의 소셜미디어에 접속해보니 그는 또 그 찹쌀떡 사진을 찍어 자기 계정에 올리고 세상 행복한 말투로 유명한 찹쌀떡을 먹었다며 자랑을 해두었어.

왜인지는 모르지만 나는 요한이 나에게 실제로 하는 말보다 그가 소셜미디어에 올리는 글을 더 신뢰하게 됐어. 요한도 실은 내가 그에게 사주는 것이라면 아주 사소한 것이라도 일일이 다 기억하고 기록으로 남겨둘 정도로 소중하게 여기고 있다고 믿기로 한 거야. 하지만 내 앞에서는 그 마음을 솔직하게 표현하지 못해서 공연히 과장된 욕설을 내뱉으며 반대로 말하는 것뿐이라고 믿었어. 그래, 그것은 그렇게 믿는 게 아니라 믿고 싶은 거였지. 욕설과 폭력이 난무하는 실제의 세계가 아닌 사랑과 배려가 묻어나는 그 가상의 세계만이 나에게 위로가 되었으니까. 그것을 믿어야만, 그래야만 요한의 곁에 있는 내 존재가 증명이 되는 것 같았으니까.

43

메이가 어렸을 적에 앓아온 폭식증이 재발한 시기는 역설적이게도 아쉬탕가 요가를 수련하면서부터였다. 대부분의 요가 수련생들이 아쉬탕가 요가를 수련하며 음식 섭취량과 체중을 줄여나가는데 반해 메이는 점점 그 양이 늘어나기만 했다. 매일 이어지는 요가 아사나 진도가 버겁기 때문이었다. 메이는 요가 아사나를 수련하는 것에는 큰 어려움을 느끼지 못했지만 그 많은 아사나들을 수련하기에는 체력이 부족했다. 이십대에 이미 건강이 상했던 메이로서는 또래의 요가 수련생들과 같은 체력을 기르기가 어려웠다. 메이는 자신이 받은 진도를 다 수련하기도 전에 이미 체력이 떨어져 당장 수련실에서 뛰쳐나가고 싶은 충동을 수도 없이 느꼈다. 참고 또 참다가 수련이 막바지로 치달을 즈음이면 그 구간이 마치 지옥처럼 다가왔다. 사는 것도, 요가를 하는 것도 왜 이렇게 힘이 드는 걸까? 왜 이렇게 고통스러운 걸까? 나만 그만두면 되는데, 포기하면 되는데, 왜 그것마저도 내 마음대로 되지 않을까? 메이는 혼란스러운 마음으로 수련을 끝내고 기절하듯이 누워 사바사나를 취하곤 했다.

메이가 인도로 떠나오며 가장 바랐던 것은 그저 남들처럼 정상적으로 정량의 음식만을 먹으며 살아가고 싶다는 것이었다. 하루 종일 방 안에 숨어서 끊임없이 먹기만 하는 동안 서서히 무너져내리는 몸과 마음을 어떻게든 되돌려놓고 싶었다. 이곳에서 벗어나면, 이곳으로부터 멀리 떠나가면 달라지지 않을까, 나아지지 않을까, 하는 절박한 심정으로 이곳 마이소르까지 왔다. 그러나 인도에 와서 메이가 절실히 깨달은 것은 자신의 본성으로부터 결코 벗어날 수 없다는 사실이었다.

메이는 매일 새벽 수련이 끝나면 걷잡을 수 없이 이는 허기를 붙들고 요가원 맞은편에 자리한 카페로 가서 차이를 주문해 마셨다. 차이라도 한 잔 마시면 허기가 좀 달래질까 싶었지만 그 또한 오산이었다. 차이를 마시고 나면 위장은 이제야 음식을 받아들일 준비가 되었다는 양 더 많은 음식을 채워주기 원했다. 메이는 항상 폭식하지 말아야 한다고 다짐하며 식당으로 가서 도사와 차이를 주문했다. 천천히 씹어 먹으면 충분할 거라고 생각하며 도사를 손으로 조금씩 떼어 먹었다.

식사를 마치고 난 뒤에는 후식으로 커피를 한 잔 더 주문해 마셨다. 그러고 집으로 돌아가 《요가수트라》를 읽다가 졸음이 쏟아지는 한낮에 낮잠을 피하려 쿠키와 견과류를 조금씩 집어먹었다. 그렇게 무언가 조금씩이라도 먹기 시작하면 점점 더 허기가 지고 입맛이 살아났다. 주방으로 가서 계란과 치즈를 올린 토스트를 만들어 먹고, 요거트에 견과류를 섞어 좀 더 먹어보았다. 그러고서 다시 책을 읽으려 책상 앞에 앉으면 또 무언가를 먹고 싶은 생각이 일었다. 결국 방에서 나와 릭샤를 타고 식당으로 가서 야채 커리와 볶음밥, 고비 만추리안*, 파니르 티카** 등을 주문해 정신없이 먹어치웠다. 슈퍼마켓으로 가서 아이스크림과 쿠키, 초콜릿 등을 사고 집으로 돌아가는 길에 하나씩 포장을 벗겨 먹기도 했다. 그러고는 집 앞의 편의점에서 쿠키와 빵을 더 사서 우유와 함께 먹었다. 먹고, 먹고, 또 먹는 그 순간이면 메이는 정말이지 사는 게 아니라 죽는 것만 같았다. 그녀는 빽빽하게 차오르는 가슴을 손으로 내리누르며 이제 더 이상 도망칠 곳이 없다는 사실을 절감했다. 어디로 나아가도 그녀는 결코 나아질 수 없었다. 죽고 싶다, 죽고 싶어, 이렇게 사는 것보다는 죽는 게 훨씬 더 나아,라고 말하는 자기 자신을 보았다. 왜 살아야 하는지, 왜 죽으면 안 되는지 하는 의문도 밀려들었다. 죽어도 되는데, 죽는다고 해서 나쁠 것도, 아쉬울 것도 하나 없는데, 왜 이렇게 꾸역꾸역 음식만 먹어치우는 괴상한 모습으로 살아가는지 알 수가 없었다. 죽고 싶다, 죽고 싶어. 정말로 죽고 싶어,라고 생각하며 메이는 빵과 쿠키, 초콜릿을 계속해서 목구멍 안으로 밀어넣었다.

---

* 만추리안은 야채나 치즈를 작게 잘라 기름에 튀긴 뒤 인도식 양념에 버무려 볶아낸 음식이다. 고비는 컬리플라워이며, 가장 대표적인 만추리안 재료로 쓰인다.
** 치즈 구이.

폭식을 하고 나면 몸을 움직이기는커녕 제대로 앉아 있을 수조차 없었다. 양치를 하거나 방을 정리할 새도 없이 그대로 침대에 누워 천장만 바라보았다. 아무것도 하지 않는 시간을 견딜 수 없어 휴대전화를 손에 들고 동영상 앱을 켰다. 본래 티브이 보는 것을 즐기지 않던 메이였지만, 마이소르에 온 뒤부터는 자꾸만 휴대전화로 동영상을 보게 됐다. 주로 보는 것은 먹방과 다이어트 영상이었다. 많은 사람들이 먹방을 보면 식욕이 돋는다고 하던데 메이는 오히려 식욕이 사그라지는 듯했다. 이런 것을 대리만족이라고 할 수 있을까? 아무리 많이 먹어도 살이 찌지 않는 사람들이 어마어마한 양의 음식을 먹어치우는 것을 보고 있으면 아무런 생각도 감정도 들지 않았다. 먹고 싶다는 욕구도, 죽고 싶다는 생각도 들지가 않는 것이었다.

비만인들의 생활과 체중감량 과정을 다룬 다큐멘터리 방송도 자꾸만 보게 됐다. 왜인지는 알 수 없었다. 그냥 그런 영상들에만 시선이 갔고, 그래서 자꾸만 보게 될 뿐이었다. 이런 영상을 보면서 즐겁거나 행복하거나 따라해보고 싶다는 생각이 드는 것도 아니었다. 오히려 이런 방송들을 보고 있으면 이렇게 누워 있는 시간이 편안해지며 점점 더 게을러지는 자신만 발견하게 됐다. 그럼에도 딱히 그만 봐야겠다는 생각은 들지 않았다. 그렇게 휴대전화로 동영상을 보다가 잠이 들고, 새벽에 깨어나 다시 요가를 수련하러 가는 일상이 인도에 와서까지 내내 반복되었다.

폭식을 하고 난 다음날 아침 요가 수련을 하러 가보면 배에는 가스가 가득 차 있고 어깨는 무겁고 뻑뻑했다. 무릎 관절에서도 평소에 없던 통증이 일었다. 소화되지 않고 체내에 남은 음식이 몸의 모든 통로를 틀어막고 있는 듯했다. 그래서 자꾸만 움직임을 멈추고 막혀 있던 숨을 몰아서 쉬었다.

수련 도중 움직임을 멈출 때마다 수많은 생각들이 올라왔다. 불안하고, 두렵고, 고통스러운 생각들. 메이는 그것이 자신만의 착각이고 망상이라는 사실을 모르지 않았다. 생각은 생각일 뿐이고, 실제로 존재하는 진상은 아닌 것이다. 그러나 그 사실을 알고 있다고 해서 곧바로 자기 안에 떠오르는 생각들을 몰아낼 수는 없었다. 이럴 때마다 선생님은 계속해서 몸을 움직이며 호흡에 집중하라고 말해주었다. 메이도 알고 있었다. 쉬지 않고 움직이는 것, 끊임없이 숨을 쉬는 것, 그것만이 마음의 불안과 머릿속의 망상을 떨쳐낼 수 있는 유일한 방법이었다. 그러나 그것은 쉽지 않았다. 폭식을 하고 난 메이의 몸은 돌처럼 딱딱하게 굳어 제대로 움직여지질 않았고 숨 또한 잘 쉬어지지 않았다. 당연히 움직임이 둔해지고 숨이 가빠져 몸을 제대로 가눌 수 없었다. 아무것도 할 수 없어, 아무것도. 메이는 고통 속에서 느릿하게나마 몸을 움직이며 수련을 이어가길 반복했다. 그러는 동안에도 메이 안에 떠오르는 부정적인 생각과 육체의 통증을 몰아낼 수 없었고, 수련의 순간은 늘 지옥의 한가운데였다.

44

새벽에 불현듯 눈을 뜨게 되는 순간이 있지. 아침이 밝았나 하고 시간을 확인해보면 아직 새벽 2시밖에 되지 않은 시간. 왜 눈을 뜨게 된 건지, 무엇을 해야 할지 알 수 없지만 다시 잠이 올 것 같지도 않아. 그래서 그만 자리에서 일어나 화장실에 다녀오곤 하지. 보통은 그러고 나서 다시 침대로 돌아가 잠을 자려고 시도했어.

그날도 그렇게 잠에서 깨어 화장실에 다녀온 뒤 방으로 돌아가려던 참이었어. 화장실로 가면서 부엌 등을 켜놓은 채였기에 나는 그 불을 끄고 방으로 돌아가려고 다시 부엌으로 갔어. 그때 식탁 위에 놓인 종이가 보였어. 전날 밤까지 아무것도 없었으니 내가 잠든 사이 요한이 가져다둔 것이 분명했어. 요한은 곡을 쓸 때 작업실 안에만 있고 부엌에서 일하는 경우는 없었는데 왜 이것을 여기에 올려뒀을까? 나는 자연히 그것을 집어들었고 그 내용을 보게 됐어. 그것은 요한이 쓴 가사였어. 〈난독증〉이라는 제목 아래 한 편의 시와 같은 가사가 이어져 있었어. 그 문장들을 정확하게 기억할 수는 없지만 어렴풋이나마 내 기억 속에 남아 있는 내용은 이런 거였어. 우리는 항상 서로의 모습을 바라보고 있으나 서로의 진심을 읽을 수는 없다는 거야. 아무리 보고 또 보아도 결코 이해할 수 없는 문장들처럼, 사랑하는 네가 곁에 있고 항상 바라보고 있지만 결코 너의 마음을 읽을 수 없다는 이야기. 지독한 난독증에 걸린 사람들처럼 우리는 서로를 바라보고 오독하기만 할 뿐 그 안의 진심은 영원히 알 수 없다는 거야.

종잇장이 갈기갈기 찢어져 내 심장에 들어와 박히는 것 같았어. 그 사이에서 피가 흐르고 종내에는 내 심장마저도 그 종잇장처럼 갈가리 찢기는 듯했어. 요한에게 나는 그런 존재인 거야. 아무리 바라봐도 도무지 읽을 수 없고 이해할 수 없는 사람. 그는 나에게 무언가를 이야기하고 또 보여주지만 나는 그의 말과 행동에 담긴 진심을 헤아려주는 사람이 아니라는 거야. 그리고 그 사실을 나에게 전하기 위해 이 가사를 쓰고 내가 잠든 뒤에 일부러 이곳 부엌 식탁 위에 올려둔 거야. 그래야만 내가 일어나 이것을 볼 수 있으니까.

심장을 도려내는 듯한 느낌이 배어드는 까닭은, 노력한다고 해서 달라질 일이 아니라는 것을 알고 있기 때문이었어. 요한과 나는 서로를 이해하기 위해 끊임없이 노력해왔고, 그 모든 노력들이 이미 수포로 돌아갔다는 사실을 우리 둘 다 잘 알고 있었어. 그래서 그 가사 속에는 어떠한 희망도 미래도 존재하지 않았어.

우리의 난독증은 결코 치료될 수 없다는 일종의 선고와도 같은 내용뿐이었지.

그게 사실이라는 것을 알면서도 나는 돌아설 수 없었어. 그 관계를 끝낼 수 없었어. 좋은 게 하나도 없는 관계인데, 더 이상 좋아질 수도 없는 관계인데, 그런데도 왜 끝낼 수 없는 것인지 나조차도 이해할 수 없었어. 어쩌면 나의 난독증은 그가 아닌 나 자신을 향한 것이 아닐까,라는 생각이 들었어. 아무리 나 자신을 들여다보고 또 보아도 나는 나를 이해할 수 없으니까. 내가 왜 이러는지, 무엇을 원하는지, 어디로 가야 하는지, 어떻게 해야 하는지, 아무리 보고 또 보아도 나는 알 수 없었어. 내가 말했지, 어릴 때는 내가 좀 더 크면, 어른이 되면 알 수 있을 줄만 알았다고. 하지만, 봐. 나는 여전히 그대로야. 나 자신을 알지 못한 채, 내가 누구인지, 어디로 가야 하는지, 무엇을 해야 하는지 알지 못한 채 이곳 인도로 도망쳐온 나만 존재하고 있을 뿐이야.

45

메이가 케이의 문자를 받은 것은 점심시간이 지난 오후 2시쯤이었다. 메이는 오전 내내 폭식을 하고 난 뒤 찾아온 복통으로 침대에 누워 있었다. 침대에 누워 휴대전화로 동영상을 보고 있을 때 케이에게 문자가 와서 메이는 바로 확인해보았다. 그는 조금 전에 마이소르에 도착했다며 저녁 때 함께 식사하지 않겠느냐고 물었다.

처음 메이가 케이에게 도움을 구하는 연락을 했을 때에는 당연히 마이소르에 있을 줄만 알았던 그가 케랄라에 있다는 게 퍽 뜬금없게 다가왔다. 그리고 지금 마이소르에 왔다며 연락을 해오는 것 또한 왠지 뜬금없게 느껴졌다. 갑자기 연락해 당일에 약속을 잡으려 하는 케이의 행동이 메이에게는 다소 당황스러웠다. 저녁시간이라면 겨우 서너 시간밖에 남지 않아 그때까지 메이의 위장이 비워질 리도 없었다. 다음날 아침 요가 수련을 하려면 저녁은 굶고 새벽에 일어나 바로 나가야 할 터였다. 그렇지만 메이 또한 지난번에 뜬금없이 연락해 도움받았던 것을 생각하면 딱 잘라 거절하기가 어려웠다. 메이는 항상 그랬다. 마치 거절하는 것에 장애라도 앓고 있는 사람마냥 무언가 거절하는 게 어렵고 불편했다.

메이는 케이의 제안에 대한 대답은 없이 마이소르에서 며칠이나 머물 예정이냐고 물었다. 그러자 케이는 보름 정도 있다가 한국으로 돌아갈 계획이라고 했다. 그러고 나서 5분 정도 서로 아무런 문자도 하지 않았다. 그러자 케이가 이번에는 '저녁식사가 부담되면 밤에 만나서 가볍게 맥주나 한잔할래요?'라고 물었다.

메이는 사실 온종일 침대 위에서 먹방 동영상만 보고 싶었다. 그러다가 밤이 되면 가볍게 스트레칭을 하고《요가수트라》를 읽다가 호흡과 명상을 한 뒤 잠들면 딱 좋을 것 같았다. 요가 수련을 하러 갈 때와 음식을 살 때가 아니라면 굳이 방 밖으로 나가고 싶지 않았다. 특히나 외국에서 마주치는 한국인들에게 좋은 인상을 받은 적이 없어 이런 종류의 만남이 더욱 내키지 않았다. 여행 중에 만나는 한국인들 대부분이 호구조사부터 시작해 사적인 생활을 꼬치꼬치 캐묻곤 했다. 나이와 직업, 사는 곳, 부모님, 형제에 대한 것들부터 묻다가 결혼은 했는지, 애인은 있는지, 왜 혼자 여행하는지, 여행이 끝나면 무엇을 할 것인지, 어디로 갈 것인지 등에 대해서 물어오는 것이었다. 그것에 정확하게 대답하지 않으면 이상한 사람 취급하는 경향까지 있었다. 그런 사람들은 늘 정확한 답변을 원했고, 메이는 그들이 원하는 정확한 답변을 가지고 있어본 적이 없었다. 메이는 현재 직업이 없는 상태이기에 직업이 없다고 대답하곤 했는데, 그러면 그들은 다시 그녀에게 왜 직업이 없는지, 언제까지 없을 예정인지, 무엇과 관련된 일을 하고 싶은지에 대해서까지 물어왔다. 그들이 자주 묻는 질문 중에는 왜 혼자 인도를 여행하는지, 이 여행이 끝나면 어디로 갈 것인지에 대한 것들도 있었는데, 그 답은 메이 자신도 아직 알지 못했다. 메이 또한 그 질문들에 대해서 생각해오기는 했다. 자신이 왜 인도에 왔는지, 왜 하필 인도여야 했는지, 이곳에서의 여행이 끝나면 어디로 갈지에 대해서 메이는 아무리 생각하고 또 생각해도 답을 알 수 없었다. 답이 없는 것들에 대해서, 답을 알 수 없는 것들에 대해서 끊임없이 질문하는 행위 자체가 싫은 것은 아니었다. 그러한 종류의 질문들은 메이 스스로도 끊임없이 던져오고는 했다. 다만 그 질문들에 대한 정확한 답변을 요구하는 사람들의 당당한 태도에 메이는 매번 기가 찼다. 왜 자신에게 답변을 강요하는지, 자신이 왜 그들에게 답변해야 하는지, 그리고 왜 그들에게 이러한 행동이 불쾌하다고 당당하게 말하지 못하는지에 대해서 메이는 자꾸만 화가 나는 거였다. 그러나 그들에게 차마 화를 낼 수 없어 그 화를 억누른 채 집으로 돌아와 끊임없이 고통스러운 감정에 휩싸여 있었다. 그 감정을 흘려보내지 못하고 자기 안에 쌓아두는 습성이 굳어진 메이는 오래도록 우울감에 사로잡혀 있기도 했다. 하루, 이틀, 혹은 사나흘까지도 부정적인 감정들이 떠나질 않았다. 심지어 어떤 감정들은 일 년, 이 년, 아니 평생토록 메이 안에서 떠나질 않고 붙박여 그녀를 괴롭혔다. 부정적인 감정의 고통으로부터 벗어나는 방법을 알지 못하고, 안다 한들 제대로 실천하거나 수련하지 못한다면 아예 그 감정의 통로를 차단해버리고 싶었다. 어쩌면 그래서 인도로 떠나온 것일지도 몰랐다. 사람들과의 만남을 피하고 싶어서, 어느 누구와도 만나지 않고, 어느 누구와도 대화 나누고 싶지 않아서 이곳 인도 마이소르 땅까지 도망쳐온 것일지도 몰랐다. 그러나 이곳 마이소르에서도 어쩔 수 없이 만나게 되는 사람들이 있고, 그들과 나눠야만 하는 이야기들이 있었다. 메이는 그것들을 다 피해갈 수만은 없었다.

메이는 더 이상 무언가를 먹을 수는 없지만 맥주라면 한 잔 정도 마실 수도 있을 것 같았다. 종일 휴대전화 동영상이나 보려던 계획은 접어두고 일단은 케이를 만나고 오는 게 나을 성싶었다. 어차피 언젠가 한 번은 직접 만나서 고맙다는 인사를 전하려고 했으니 오늘 한 번만 만나고 오면 다시는 이런 연락 나눌 일이 없으리라 생각했다. 메이는 케이에게 좋다고 대답하고 만날 장소를 상의했다. 메이 입장에서야 당연히 자신이 머물고 있는 고쿨람에서 만나고 싶지만 케이가 시내에 있으니 중간 지점에서 만나는 게 예의일 듯싶었다. 메이는 우선 케이에게 가고 싶은 곳이 있느냐고 물었다. 메이는 인도에 온 이후로 술을 마셔본 적이 없어 어디에 맥주를 마실 만한 펍이 있는지도 몰랐다. 케이는 메이에게 '추어 브뤼케'라는 독일식 펍을 아느냐고 물었다. 메이는 대답하기 전에 휴대전화 지도 앱으로 그 장소를 먼저 검색해보았다. 숙소에서 걸어갈 수 있는 거리는 아니지만 그렇다고 아주 먼 거리도 아니었다. 릭샤를 타고 십여 분 정도 가면 도착할 수 있을 듯 보였다. 메이가 릭샤를 타고 그쪽으로 가겠다고 케이에게 답장하자 케이는 그럼 그 펍으로 가기 전 대로변에 있는 대형 마트 건물 앞에서 저녁 8시쯤 보자고 했다. 둘은 도착해서 다시 연락하기로 하고 그만 대화를 마무리지었다.

46

요한과 헤어지고 난 이후에도 나는 계속 교회에 나갔어. 요한
이 예배드리러 가는 시간을 피하려고 이른 새벽에 일어나 오전
7시 예배만 드리고 오기로 했지. 이른 아침에 교회에 가니 마음이
왠지 더 차분해졌어. 성도들은 조용히 예배당 안으로 들어서고,
목사님은 새하얀 성의(聖衣)를 입은 채 교단 위 의자에 앉아 기도
하고 있었어. 개신교 목사님들은 정장 차림으로 교단에 서는 게
일반적이지만 이 교회의 목사님은 특별예배 때나 입을 법한 새하
얀 성의를 매 주일마다 입었어. 그날 설교 중에 목사님은 자신이
왜 그 성의를 매주 입는지에 대해서 이야기했어. 많은 신도들이
목사님은 왜 꼭 성의를 입고 설교를 하시느냐고 묻는다면서 말이
야. 목사님이 말했지, 성의를 입을 때마다 마음가짐이 새로워진
다고. 꼭 이 옷을 입어야만 아, 나는 목사다, 주님의 말씀을 전하
는 자다,라고 되새기게 된다는 거였어.

그 말을 듣는 순간 내 안에 알 수 없는 분노가 휘몰아쳤어. 나는 그 이야기를 하는 목사님의 성의를 찢어버리고 싶은 충동을 느꼈어. 자리에 가만히 앉아 설교를 듣는 사람들 틈을 박차고 나가 교단 위의 목사님에게 달려들고 싶었어. 그리고 그 성의를 모두 찢어버린 뒤 벌거벗은 그의 몸을 온 교인들에게 다 보여주는 거야. 그러면 그 안에 추악한 얼굴이 비로소 모습을 드러낼 것만 같았어. 그래, 나는 그 안의 괴물을 꺼내어놓고 싶었어. 그리고 소리치고 싶었어. 너도, 너도 인간이잖아, 당신도 나와 같이 더럽고 추하고 악한 인간에 다름아니잖아. 그러니까 제발 잘난 체하지 마, 선한 체도 하지 마, 이제 진짜 너의 모습을 드러내봐!라고 소리 지르고 싶었어.

나는 더 이상 그 자리에 앉아 있을 수가 없었어. 들끓는 욕망을, 걷잡을 수 없는 불길을 잠재울 여력이 없었어. 나는 결국 목사님이 설교하는 중에 자리를 박차고 일어나 그대로 예배당 뒤쪽 출입문을 향해 뛰었어. 문을 밀치고 밖으로 나가려고 할 때 어떤 집사님이 나를 붙잡고 뭐 하는 짓이냐고 물었어. 나는 대답하지 않고 '아악!' 하는 소리만 질렀어. 그러자 깜짝 놀란 집사님이 내 몸에서 손을 떼고 뒤로 물러났어. 나는 거친 숨을 몰아쉬며 그대로 내달렸어. 얼마나 달렸는지, 어떻게 집으로 돌아왔는지는 기억이 나질 않아.

그 이후로 다시는 교회에 가지 않았어. 매일 문자를 보내와 기도 제목을 물어오던 소모임 회원들의 연락도 모두 끊겼어. 교회 안에서 만나온 사람들과의 관계는 다 무엇이었을까? 그들은 항상 웃는 얼굴로 나에게 다가와 자상하게 손 내밀어주었어. 그런데 나는 그들의 웃는 모습이 얼마나 혐오스러웠는지 몰라. 그들은 분명히 착하고 자상한 사람들이었지만, 그 모습을 보고 있으면 착한 것이 솔직한 것은 아니라는 생각만 들었어. 나는 무엇이 그들의 진짜 모습인지 알 수 없었고, 그들과의 관계는 물거품처럼 사라져버렸어. 그것은 오직 교회 안에서만, 내가 착하고 성실한 성도일 때만 성립하는 관계일 뿐, 교회 바깥에서까지 연결되는 진실한 관계는 아닌 거야. 하물며 이렇게 더러운 욕망에 시달리며 스스로를 괴롭히고 타인을 공격하는 나의 내면을 그들이 알게 된다면 나를 어떻게 바라볼까? 상상만 해도 끔찍했어.

언젠가 내가 감기에 걸려 주일 예배에 나가지 못했을 때 소모임 형제 중 한 명이 나에게 이렇게 말했어. 사탄이 하나님과 나의 관계를 질투해서 하나님으로부터 나를 빼앗기 위해서 수를 쓰는 거라고. 그 장난질에 놀아나지 말고 예배에 나오라고, 주님의 품으로 돌아와야 한다고, 그곳에 진정한 사랑과 평화가 있다고 나를 달래며 교회에 나올 것을 부추겼어. 나는 고맙다고 말하며 다음주에는 꼭 예배에 가겠다고 대답했지만, 사실 그 형제가 해준 위로의 말은 나에게 조금도 와 닿지 않았어. 그것은 아무 진정성 없이 그저 정해진 대사를 읊어주는 전화상담원 같은 목소리일 뿐이었어. 그런데도 나는 그들에게 내 솔직한 생각을 말하지 못했어. 말하면 다들 나를 싫어할까봐 두려워 나는 늘 착하고 순한 양의 탈을 쓴 채 거짓된 모습으로 모두를 속이며 살아온 거야. 그런데 내가 정말로 감쪽같이 속여온 사람은 그들이 아니라 바로 나 자신이었어. 심지어 나는 내가 나를 속이고 있다는 사실조차도 알지 못한 채 지금까지 살아왔어. 나는 이제야 그것을 알겠어. 오빠가 떠나간 지금에서야, 오빠를 증오하고 죽이고 싶게 된 지금에서야 내가 진짜 어떤 인간인지, 어떠한 모습으로 살아왔는지 확실히 알겠어.

47

침대에 누워 휴대전화 동영상만 들여다보고 있던 메이는 저녁 8시가 가까워지자 마지못해 몸을 일으켰다. 그러고는 화장실로 가서 세수와 양치를 한 뒤 겉옷을 걸치고 지갑과 휴대전화를 챙겨 밖으로 나갔다. 사람을 만나기 싫은 이유가 꼭 이곳이 타지이기 때문만은 아니었다. 한국에서 아쉬탕가 요가 수련을 그만두고 요가원에 나가지 않던 무렵부터 메이는 사람들이 지긋지긋했다. 처음 아쉬탕가 요가 수련을 시작하며 점차적으로 아사나 진도를 이어갈 때만 해도 메이는 이 과정이 매우 즐거웠다. 매일 아침 6시부터 한 시간 반 동안 이어가는 요가 수련 속에 매일 변화하는 몸과 마음을 면밀하게 느낄 수 있어 좋았던 것이다. 힘없이 뻣뻣하게 굳어 있던 몸이 요가 수련으로 점점 강인해지고 부드러워지는 게 좋았고, 수련 중에 일어나는 변화를 매일 발견해나가는 것도 기뻤다. 스스로 좀 더 나은 존재가 되어가고 있다는 느낌, 긍정적인 방향으로 매일 한 발자국씩 나아가고 있다는 환상이 메이에게 묘한 흥분을 가져다주는 까닭이었다.

한국에서 메이는 오전 요가 강습이 없는 날이면 요가 수련이 끝난 뒤 함께 수련한 사람들과 차를 마시러 갔다. 모두들 요가 수련의 이점과 자신이 체험한 변화를 이야기하느라 시간 가는 줄 모를 정도로 즐겁게 떠들었다. 그렇게 오전 시간을 보내고 집으로 돌아와 밥을 먹고 쉬다가 늦은 오후 시간이 되어 요가 학원이나 헬스장에 나가 요가를 가르치며 살아가는 일상을 메이는 사랑했다.

어디서부터, 무엇 때문에 그 흐름이 무너지기 시작했는지 그녀는 아무리 머리를 굴려봐도 알 수가 없었다. 시간이 지남에 따라 메이는 점점 더 많은 아사나를 수련할 수 있게 되었고, 아쉬탕가 요가 첫 번째 시리즈의 진도를 마치게 되었다. 그러고 나서부터 메이는 매일 극심한 허기를 느꼈다. 새벽에 눈을 떠 수련을 하러 가는 순간부터 배가 고프기 시작해 수련하는 내내 먹을거리에 대한 생각만 떠올랐다. 수련이 끝나고 나면 아침 일찍부터 문을 연 빵집이나 떡집에 가서 손에 집히는 대로 먹을 것들을 사서 그 자리에서 모두 먹어치웠다. 집으로 돌아가서도 밥과 라면, 냉동식품 등 당장 데워서 먹을 수 있는 것들을 찾아 빠르게 먹었다. 그렇게 두서없이 음식을 먹고 나면 포만감으로 인해 찢어질 듯한 배를 붙들고 침대에 누워 있어야 했다. 그렇게 잠들었다가 깨어나면 또 다시 배가 고팠다. 오전에 많이 먹었으니 저녁은 먹지 말아야겠다고 생각했지만 그러면 그럴수록 더 많은 음식을 먹고만 싶었다. 참고 참다가 결국 요가 강습을 하러 가는 길에 다시 빵집에 들러 먹고 싶은 빵을 모두 사서 그 자리에서 다 먹고 수업을 하러 갔다.

요가 강습을 할 때는 수련생들에게 아사나 시연을 보여주지 못하고 동작에 대한 설명과 자세 교정만 도와주곤 했다. 그리고 그다음 날 아침이 되어 아쉬탕가 수련을 할 때면 어깨와 골반의 관절들이 뻣뻣하게 굳어 제대로 움직이질 않았다. 복부에 가스가 차서 몸을 움직이기 어렵고 기도가 막히기라도 한 것처럼 숨이 잘 쉬어지지 않았다. 수련을 하는 내내 통증이 느껴지고, 불쾌감에 휩싸여 있었다. 당연히 수련을 제대로 할 수가 없고 수련하는 시간이 고통스럽기만 했다.

아사나 수련이 끝나고 사바사나를 취하려고 매트 위에 누우면 알 수 없는 패배감과 우울감이 몰려왔다. 보이지 않는 대상에게 짓밟히고 농락당한 기분이었다. 사바사나를 마치고 몸을 일으켜 매트를 접으려고 하면 몸도 마음도 매트까지도 제대로 들어올리기 어려울 정도로 무겁게 느껴졌다. 겨우 매트를 접어 수련실 한쪽 선반에 올려둔 뒤 탈의실로 가면 먼저 수련을 마치고 와서 옷을 갈아입는 다른 수련생들의 모습이 보였다.

"요즘 티티바사나 하고 있는데, 이거 왜 이렇게 어려워요? 원래 이렇게 힘든 거예요?"

"바카사나 B 해보셨어요? 무릎이 팔 근처에 아예 닿지도 않아서 그냥 헛웃음만 나오던데요."

"라구바즈라사나에서는 왜 이렇게 꼼짝도 할 수가 없죠? 몸이 완전히 결박당한 것처럼 어느 한 군데도 움직일 수가 없어요."

"카란다바사나 한 번 해보면 그런 똑같은 기분이 또 들 거예요."

저마다 최근에 새로 받은 아사나 진도를 이야기하며 이것은 이래서 힘들고 저것은 저래서 힘들다는 식으로 불평들을 늘어놓았다. 한데 가만히 들어보면 표현만 부정적일 뿐 그 말을 하는 목소리들은 한껏 상기되어 있었다. 새로운 아사나 진도를 받아 매일 발전해가는 스스로가 기쁘고 자랑스러워 떠벌리지 않고는 견딜 수 없는 사람들처럼만 보였다.

왜였을까? 메이는 그때마다 그 사람들에게 달려들어 따귀를 때리고 머리채를 쥐어뜯고 싶은 충동을 느꼈다. 메이는 점점 아사나 수련을 제대로 할 수가 없을뿐더러 예전에는 곧잘 하던 아사나까지도 수련하기가 버거워 진도를 줄여나가는 중이었다. 남들은 모두 앞으로 나아가는데 자기만 퇴보하고 있다는 사실을 받아들이기가 쉽지 않았다. 메이도 모르지는 않았다. 요가는 타인과 자신을 비교하는 습관을 버리고 오직 자기 안으로 들어가 내면을 바라보는 수련 체계라는 사실을. 그러나 그것은 이론상의 이야기일 뿐 실제적인 체험으로서 메이가 그것을 경험하거나 실천하게 되지는 않았다. 메이는 성자가 아니라 인간이었다. 인간인 그녀는 어떻게해야 성자처럼 외부의 환경에 흔들리지 않고 자기 자신의 내면에만 오롯이 집중하며 수련해나갈 수 있는지 알 수가 없었다. 그것을 알고 싶어서 요가를 수련하는 것인데, 요가원의 환경은 언제나 타인과 자신을 비교하도록 만들었고, 그

안에서 느끼는 열패감으로 인한 분노를 메이는 조절할 수 없었
다. 그래서 그럴 때마다 메이는 어느 누구에게도 말을 걸거나 인
사하지 않고 도망치듯이 요가원 밖으로 달려나갔다.

48

요가란 도대체 무엇일까? 요가 지도자 교육을 수료하고 요가를 가르치기 시작할 무렵에는 요가가 무엇인지에 대해 뚜렷한 개념을 가지고 있었어. 요가를 어떻게 수련하고 어떻게 지도해야 하는지에 대한 확신도 명확히 있었지. 하지만 아쉬탕가 요가를 접하고 매일 새벽마다 강도 높은 아사나를 연속적으로 수련하기 시작하면서 나는 내가 요가에 얼마나 무지하고 무능한지 깨닫게 됐어. 우선 육체적으로 나는 이십대에 이미 건강이 상했던 터라 체력이 너무 부족했어. 하지만 사람들은 통통한 내 겉모습만 보고 당연히 내 체력이 좋을 거라고 생각했어. 그래서 내가 아사나 수련을 얼마나 고통스럽게 이어가고 있는지 아무도 이해하지 못했어.

이론적으로도 나는 요가를 수련하면 할수록 점점 무지해지고 요가적인 사고로부터 멀어지는 것만 같아. 요가 경전들에 언급된 수련자가 지켜야 할 계율들을 나는 매일 반복적으로 읽어왔지만 실제로 지켜지는 건 하나도 없었어. 아니, 지켜지지 않을 뿐이라면 차라리 다행이지. 비폭력, 불투도, 금욕 같은 계율들은 지켜지지 않는 정도가 아니라 오히려 더 심해지기만 했으니까. 내 안에 잠들어 있던 마음의 거친 요소들이 요가 수련으로 인해 오히려 더 크게 깨어나 나를 모두 집어삼키고 있어. 나는 왜 요가를 수련할수록 남들과 나를 더 많이 비교하고, 남들을 질투하고, 내 안의 분노와 집착과 절망을 억누를 수가 없는지에 대해서 선생님에게 질문한 적이 있었어. 그 대답은 언제나 한결같았지. 계속 수련해봐. 그 말밖에, 그 말밖에는 아무도 아무 말도 해주지 않는 거야. 나는 그 대답에 너무나 화가 나. 너무나 무책임하고 너무나 무성의한 그 대답 때문에 나는 이 고통스러운 수련을 차마 그만두지도 못하는 거야. 진흙 속에서 피어나는 연꽃과 같이, 계속 수련해가다 보면 이 진흙탕 같은 몸과 마음에서도 언젠가는 그 아름다운 꽃대가 올라오리라고 믿고 또 믿었어. 그래, 나는 이 진흙 바닥이 아닌 저 맑은 수면 위로 떠오르고 싶었어. 그렇게 한 송이 푼다리카, 백련화가 되어 아름답고 평안하게 존재하고 싶었어. 그래, 그래서 나는 이 몸과 마음의 소용돌이 속에 빠져 있으면서도 언젠가는 여기서 벗어나리라는 희망을 품에 안은 채 어떻게든 요가원만큼은 빠짐없이 나가서 매트를 펼치고 수련을 이어갔어.

그날, 그날도 나는 여느 때처럼 힘겹게 수련을 마치고 탈의실로 가서 옷을 갈아입었어. 탈의실에서는 함께 수련하는 학생들이 저마다 새로 연습하는 아사나에 대해서 다시금 떠들어대고 있었어. 이제는 그러려니 하며 흘려들을 법도 한데, 그럼에도 나는 매일 그 이야기를 듣게 되는 순간 진저리가 났어. 저 입들을 찢어버리든지, 머리통을 휘갈겨 부숴놓든지 해서 제발 자기들 수련 자랑 좀 그만하게 만들 수 없을까,라고 생각하며 서둘러 옷을 갈아입고 탈의실 밖으로 나갔어.

요가원 응접실 소파에 영미언니와 진영언니가 앉아 있었어. 둘은 동갑내기로 매우 가까운 사이였고, 나보다는 열 살 정도 많았어. 둘 다 나에게 유독 살갑게 대해주는 사람들이라서 가끔씩 아침 수련이 끝난 뒤 다함께 카페에 가서 차를 마시며 한두 시간씩 수다를 떨기도 했어. 둘 다 결혼해 각각 서초동과 한남동에서 살고 있고, 중학생인 아이를 키우는 엄마들이었지.

영미언니의 남편은 피부과 의사이고, 진영언니의 남편은 대기업 임원이었어. 두말할 필요도 없이 그들은 나와는 다른 삶을 살아가는 계층이라서 요가가 아니었다면 결코 만날 일이 없었겠지만, 그래도 요가 덕분에 외적인 조건과 상관없이 친구처럼 지낼 수 있는 사람들이었어. 요가를 수련하며 가까워진 사람들이 있어서 좋았고, 그들과 이야기 나누며 보내는 시간이 즐겁게 다가오기도 했어.

그날도 나는 자연스럽게 영미언니가 앉아 있는 소파 옆자리에 가 앉았어. 매일 얼굴 보는 사이였기에 따로 인사를 나누거나 안부를 묻지는 않았지. 언니들이 이미 대화를 나누고 있는 상태였으므로 나는 잠자코 그 이야기를 듣고만 있었어. 그것은 그 무렵 요가원에 새로 등록한 외국인 학생에 대한 이야기였어. 하얀 피부와 금발 그리고 푸른 눈을 가진 서양 남자는 한국인만 있는 요가원에서 눈에 띄는 존재였지. 그 남자가 수련하러 나온 지는 일주일쯤 되었는데, 마침 오늘 영미언니와 수련이 끝난 시간이 비슷해 응접실에 앉아 있다가 말을 걸어봤다는 거였어. 남자는 영미언니와 영어로 가벼운 대화를 나눈 뒤 먼저 떠났고, 영미언니는 뒤늦게 나온 진영언니에게 그 내용을 전해주고 있었어.

그 남자는 스위스인이고, 아쉬탕가 요가를 수련하며 여러 아시아 국가들을 여행하는 중이었어. 직업을 물으니 일러스트레이터라고 대답하며 이렇게 타지에서 요가를 수련하고 영감을 얻어 그림을 그린다고 했어. 그동안 여행해온 곳은 스리랑카, 인도, 네팔, 인도네시아였고 최근에 일본에서 머물다가 한국으로 넘어왔다는 내용이었어. 강남역 근처에 한 달간 머물 방을 구해놓아 이곳 요가원에서도 한 달 동안 수련할 예정이었어.

"정말 부럽다. 저렇게 자유롭게 돌아다니면서 그림 그리고 요가하는 삶."

잠자코 듣고만 있던 진영언니가 자기 생각을 말하자 영미언니는 이렇게 말했어.

"정말 부럽지, 저렇게 하고 싶은 대로 하고 사는 사람들…….보기 좋은데, 그런데, 만약에 말이야, 내 아들이 저 남자처럼 산다고 하면 너무 끔찍할 거 같아."

"그건 그렇지."

그렇게 말하며 둘은 피식 웃었어. 나는 나도 모르게 그 자리에서 벌떡 일어났어. 나는 그 둘을 차마 쳐다볼 수조차 없었어. 내 안에 뜨거운 불길이 치솟아 나 스스로 더 많이 놀랐어. 온몸이 덜덜 떨리고 소름이 끼쳤어. 어떻게, 어떻게 자기 아이에게, 그 존재에 감사한 마음 없이 그를 통해 무언가를 이루려고 할 수가 있어? 나는 당장이라도 영미언니의 멱살을 붙들고 그 혓바닥을 뽑아내 갈가리 찢어버리고 싶었어. 그리고 소리치고 싶었어. 언니 아들은 건강하잖아. 혼자서 학교도 가고 운동도 하고 여행도 다니잖아. 이미 모든 것을 다 가지고 있고 그 자체로 완벽한 존재잖아. 그런데 어떻게 그 이상의 것들을 바랄 수가 있어? 아이가 건강하다는 게 얼마나 대단한 건데, 얼마나 커다란 건데……. 그런데 왜 만족하지 않아? 누군가에게는 그게 얼마나 간절한데……. 어떻게 그것에 감사하지 않고 그 이상의 것들을 더 바랄 수가 있느냐는 말이야! 나는 이렇게 간절한데, 그에게도, 그 사람에게도 언니 아들과 같은 몸이 주어지기를 얼마나 많이 바랐는데……. 언니가 진짜 한 아이의 어머니라면 그래서는 안 되는 거잖아. 숨이 쉬어지지 않아서, 그래서 제대로 먹을 수도 걸을 수도 없는 아이가 언니 아들이라고 상상해봐! 그런 일은 누구에게나 일어날 수 있어. 언니의 아이도 장애와 질병을 가지고 태어날 수 있었어. 그러나 그렇지 않았잖아. 언니 아들은 건강하게 태어났잖아. 남들과 다르지 않게, 남들과 같게 태어났잖아. 사지와 오장육부 모두 멀쩡하게 태어나서 온전히 숨 쉬며 살아갈 수 있잖아, 걸어다닐 수 있잖아. 그럼 됐잖아, 그럼 된 거잖아. 어떻게 그럴 수가 있어……. 어떻게 그 이상의 것들을 바랄 수가 있어…….

　나는 영미언니뿐만 아니라 그 옆에 있던 진영언니에게도 진저리가 났어. 그것이 그들의 실체였어. 자기가 가지고 있는 것들에 감사한 줄 모르고 그저 더 많은 물질, 더 많은 권력, 더 많은 명예를 얻기 위해 살아가는 사람들. 무언가를 비우고 주어진 것에 순응하는 수련을 해나가는 요가의 세계와는 아무런 관계가 없는 사람들. 오히려 그 대척점에 있는 사람들. 이미 모든 것을 다 가졌으면서도 무언가 더 가지기 위해 요가까지 하는 사람들. 그런 사람들이 바로 이곳에, 내 옆에 있는 거였어.

나는 그 자리에 그대로 있다가는 당장이라도 영미언니의 머리를 내려치게 될 것만 같았어. 내 두 발로 그 머리통을 짓밟고 양손으로 모가지라도 비틀어버리고 싶었거든. 그 순간, 나는 내가 너무 두려웠어. 이 폭력의 세계 한가운데에 서 있는 나 자신이 혐오스러워 견딜 수가 없었어. 그래서 그들에게 인사도 하지 않고 뒤돌아보지도 않은 채 그 자리에서 떠나 지하철역까지 내달렸어. 집으로 돌아가는 열차 안에서도, 집으로 돌아와서도, 영미언니로부터 들은 그 말이 내내 떠나질 않았어. 그 언니를 향해 일어나는 광기 어린 마음의 분노도 사그라지지 않았어. 나는 이 분노를 모조리 끄집어내 불길 속에 내던지고 싶었어. 이것들은 모두 커다란 불구덩이 속에 떨어져 두 번 다시 되살아나지 않아야 마땅하다고 생각했어.

그러한 분노감을 가진 채로 그 둘을 다시 볼 수는 없었어. 그렇다고 그들이 밉거나 싫은 것도 아니었어. 영미언니가, 그 존재 자체가 싫어서 그녀를 만날 수 없는 게 아니라, 그 사고에 대한 내 안의 분노를 억누를 수가 없어서, 울분을 조절할 수가 없어서 두려운 거였어. 만에 하나라도 그들을 다시 보게 되면 나는 정말로 그 모가지를 비틀고 입을 다 찢어버리게 되리라는 환각에 내내 시달렸어. 분노는 또 다른 분노를 낳기라도 하는지, 그 분노를 비워낼 수 없고 조절할 수도 없는 나 자신에 대한 분노가 연일 이어졌어. 그리고 종내에는 이러한 나 자신이 경멸스러워 견딜 수 없는 지경에까지 다다랐어. 내가 가진 이 폭력의 씨앗을 소멸시킬 수 없다면 차라리 더 깊이 묻어버리고 싶었어. 눈에 결코 보이지 않을 저 진흙 구덩이 속으로 밀어넣고 또 밀어넣어 영원히 마주치지 않기를 바랐어. 그래, 이 진흙탕 속으로 나를 밀어넣은 것은 다름아닌 나 자신이었어. 그러니 나는 이제 아무리 노력해도 결코 이 진흙탕 속에서 벗어날 수 없는 거야. 이 진흙 속에 뿌리 내린 나의 연밥은 결코 연으로 피어날 수 없고, 그러므로 나는 저 수면 너머로 영원히 떠오를 수 없는 썩은 씨앗인 거야.

49

　메이는 책상 밑에 놓아둔 상자에서 초콜릿 바를 꺼내어 포장을 뜯었다. 온라인으로 주문한 초콜릿 바 상자는 총 세 개였다. 메이는 그것을 하루에 하나씩 먹어야 한다고 생각했지만 결코 그렇게 할 수가 없었다. 초콜릿은 매번 눈 녹듯 사라졌고, 메이에게는 그것이 그저 액체처럼 느껴질 뿐 아무런 포만감을 주지 못했다. 하나만 더, 하나만 더 하다 보면 금세 상자 안에 들어 있던 초콜릿 바 스무 개를 모두 먹어치운 상태였다.

　초콜릿을 한 상자씩 먹고 나면 속이 부대껴 주방으로 가 라면 물을 올렸다. 왠지 다급해진 마음에 메이는 물이 채 끓기도 전에 라면과 스프를 냄비 안에 쏟아넣고 가스레인지 앞에 서서 제대로 익지도 않은 면발을 건져 먹기 시작했다. 순식간에 라면 하나를 다 먹어치우고 국물까지 비우고 나자 다시 달콤하고 부드러운 음식을 후식으로 먹고 싶었다. 냉동실을 열어 그 안에 있던 바닐라 아이스크림과 식빵을 꺼내고, 빵을 전자레인지에 데워 부드럽게 만든 뒤 그 위에 아이스크림을 올려 먹었다. 그것만으로는 단맛이 부족해 다시 초콜릿 바를 잘게 잘라 그 속에 넣었다. 달고 부드러운 맛에 정신이 점점 몽롱해지는 듯했다. 메이는 계속해서 식빵을 데우고, 그 안에 아이스크림과 초콜릿을 채워 먹기 반복했다.

아이스크림과 식빵이 모두 동이 나자 메이는 불안했다. 찬장을 열어 감자칩 통을 꺼내어 입 안에 한 움큼씩 집어넣고 빠르게 씹었다. 과자가 너무 짜고 느끼할 때는 콜라를 들이켰다. 아무리 먹고 또 먹어도 허기가 채워지질 않아 결국 냉동밥과 김치를 꺼내어 후라이팬에 넣고 볶기 시작했다. 자작하게 눌어붙은 김치볶음밥을 후라이팬 채로 식탁 위에 놓고 주걱으로 퍼먹었다. 먹고, 먹고, 또 먹다 보면 정말로 아무런 생각도 나질 않았다. 배가 점점 부풀어오르고 목구멍까지 음식으로 가득 차 토할 것 같은 느낌이 들면 메이는 무거운 몸을 일으켜 방으로 들어가 그대로 침대에 드러누웠다. 평소 불면증으로 쉽게 잠들지 못하는 그녀였지만 그 순간에는 스르륵 눈이 감겼다. 그렇게 두세 시간 정도 낮잠을 자고 일어나면 폭식으로 인한 통증이 가라앉아 있었다. 메이는 다시 무언가를 먹기 시작했다. 초콜릿 바, 감자칩, 라면, 냉동만두 등 눈에 보이는 것들은 뭐든 다 가져다가 그냥 먹기도 하고 조리해 먹기도 했다. 그렇게 음식을 먹다 보면 의식이 몽롱해졌다. 다시 침대에 눕고, 잠들었다 깨면 복통이 사라져 무언가를 먹을 수 있는 상태가 반복됐다.

끊임없이 음식을 먹어대는 순간은 결코 행복하지 않았다. 먹을 것을 조절하지 못하는 자기 자신을 받아들일 수 없어 화가 나기만 했다. 그러면서도 자기가 왜 계속 그것들을 먹어대는지 알수가 없었다. 메이는 계속 먹었고, 먹으면 배가 아파서 누웠고, 누우면 잠들었고, 잠들었다 깨어나면 다시 먹었다. 그러는 동안 메이는 집 밖으로 전혀 나가지 않았다. 요가원뿐만 아니라 어느 곳에도 가질 않고 집에서 그저 먹고 자는 일만 반복하고 또 반복했다.

어디서부터 무엇이 잘못된 것일까? 메이는 입으로 넣을 수 있는 것이라면 뭐든 먹어치운 뒤 침대에 등을 대고 누워 생각하고 또 생각했다. 요한과 헤어진 뒤에도 메이는 번번이 그에게 전화를 걸거나 그의 집으로 찾아갔다. 요한은 그런 메이의 연락과 방문을 단호하게 거절하지는 않았다. 메이가 전화를 걸면 요한은 오랜 친구와 대화를 나누듯 자신의 일상에 대해서 담담하게 이야기했다. 그럴 때면 메이 또한 연인으로서의 감정보다는 친구와의 깊은 우정 같은 감정들을 느꼈다. 우리는 어쩌면 친구처럼 다시 만날 수 있지 않을까,라는 기대를 가지기도 했다. 그러나 메이가 요한의 집으로 찾아가 벨을 눌렀을 때 그는 더 이상 문을 열어주지 않았다. 요한은 그저 주차장에서 기다려달라고 말한 뒤 밖으로 나와 차에 올라탔다. 요한은 그대로 메이를 집까지 바래다주었고, 두 번 다시는 찾아오지 말아달라고 부탁했다. 차라리 예전처럼 욕을 하고 성질을 부렸더라면 메이도 뭔가 자기 감정을 말해볼 수 있었겠지만, 모든 게 다 힘겹다고, 매일 밤 네가 찾아와 자신을 죽이는 꿈을 꾼다고, 그게 너무 무섭고 괴롭다고, 이제 그만 꿈에서 깨어나고 싶다고 말하며 애원하는 그 앞에서 메이는 아무런 말도 해볼 수 없었다.

메이는 정확히 무엇이 잘못된 것인지 알 수 없었다. 도대체 어떻게 했어야 그들의 만남이 지속될 수 있었을까? 어떻게 해야 지금과 달라질 수 있을까? 메이는 생각하고 또 생각했다. 후회하고 또 후회했다. 후회와 절망 그리고 자기모멸의 감정 속으로 메이는 점점 더 빠져들었다. 얼마나 오래 그 감정들 속에 빠져들어 있어야 하는지 메이는 알지 못했다. 그와 동시에 그것이 그토록 오래 지속되리라는 것 또한 전혀 예상치 못했다.

메이는 그저 누워 있고 싶었다. 침대에 등을 대고 누워 아무런 행동도 생각도 하지 않은 채로 머물러 있고 싶었다. 그러나 그것은 불가능했다. 침대에 가만히 누워 있으면 오히려 더 많은 생각들이 떠올라 그녀를 괴롭혔다. 아무리 생각하고 또 생각해도 메이는 요한이 헤어지려고 하는 이유를 알 수 없었다. 어쩌면 헤어지자고 말하기 전부터, 행복하게 함께 지내던 시절부터 요한은 이 만남이 탐탁지 않았던 것일까? 그렇다면 정확하게 무엇이, 어떤 부분이 마음에 들지 않았던 것일까? 왜 그것을 제대로 이야기해주지 않았을까? 왜 이제 와서 이렇게 밀어내기만 하는 것일까? 모든 것이 후회되고 또 후회되었다. 무엇이 잘못이고 무엇이 문제인지 메이는 끝끝내 알아내지 못했다. 그렇게 생각에 생각을 이어가다 보면 결국에는 자신의 존재 자체가 잘못된 거라는 생각만 남았다.

50

나는 사람들과 만나는 일이 두렵게 여겨져 교회는 물론 요가원
에도 더 이상 나가지 못했어. 요한과 만나오던 동안에는 수련을
하지 않으면 큰일이라도 날 것처럼 꼬박꼬박 요가원에 갔지만,
막상 가지 않기로 결심하고 나니 마음이 무척이나 가벼웠어. 더
이상 요가 수련을 위해 음식을 제한하거나 조절하지 않아도 된다
는 사실에 가장 큰 안도감이 들었어. 요가 수련을 하기 위해 억지
로 음식을 절제해 공복상태를 만들거나 수련 후 지친 몸으로 폭
식하는 일도 없을 것만 같았어. 수련에 신경 쓰지 않고 적당한 시
간에 적당한 양의 음식을 여러 차례 나누어 먹을 수 있을 거라고
생각했어.

요한의 집에서 머물던 때에도 나는 늘 요가 수련을 염두에 두
고 있었어. 그 무렵 요한 또한 건강 상태가 좀 나아져 집에 있는
작업실에서 음악 작업을 해나가고 있었어. 그는 주로 밤을 새워

작업을 하다가 새벽 5시쯤 잠들었어. 나는 그 시간에 일어나야 요가를 하러 갈 수 있기에 밤 10시 무렵에 먼저 잠자리에 들었어. 그날도 먼저 자려고 하는 나에게 요한이 갑자기 배가 고프다고 말했어. 치킨이나 보쌈을 시켜서 먹자고 하는 그에게 나는 당연히 안 된다고 말했어. 요한이 원하는 것이라면 무엇이든 들어줄 수 있는 나였는데. 어째서 요가 수련에 대해서만큼은 단호해질 수 있었는지 스스로도 알 수가 없어. 다만 나는 요한이 야식을 먹는다면 그 옆에 앉아 있다가 그가 다 먹으면 잠을 자러 가겠다고 말했어. 그러자 요한은 그냥 냉동만두나 데워서 먹겠다고 했어. 그 말에 나는 곧장 부엌으로 가서 냉동실에 들어 있는 만두 봉지를 꺼냈어. 그리고 찬장에서 찜기를 꺼내어 물을 받고 가스레인지 위에 올렸어. 이내 푹 쪄진 만두를 접시에 담아 간장과 함께 식탁으로 가져갔지. 그러나 요한은 식탁에 앉지 않았어. 그는 만두 접시를 손에 들고 작업실로 들어가 문을 닫아버렸어. 나는 그런 요한을 따라 작업실 안으로 들어갔어. 그리고 그의 작업대 옆 소파에 앉아 그가 만두를 먹는 모습을 지켜보려고 했어. 그러자 요한이 젓가락을 탁, 소리 나게 내려놓고 나를 쏘아보았어. 그리고 자신이 낼 수 있는 가장 큰 목소리로 나에게 소리를 질렀어.

"내가, 씨발! 다시는 너처럼 요가하는 여자 안 만날 거야!"

요한의 말은 방망이가 되어 나의 머리통을 후려치는 것처럼 다가왔어. 그렇게 머리를 두들겨 맞은 듯한 통증 때문에 나는 아무 대답도 못하고 있었어. 그러자 요한이 다시 말했어.

"야, 이 쓰레기야! 요가가 대체 뭐야? 그놈의 요가 때문에 같이

밥도 못 먹고, 잠도 못 자고, 이게 뭐야 도대체! 이게 어떻게 남녀
가 사귀는 것이냐고!"

요한은 단순히 그날 밤 일만이 아닌, 그동안 쌓아온 모든 불만
들을 다 쏟아내기라도 하는 것처럼 소리 질렀어. 나는 충격으로
아무 말도 못했어. 내가 충격을 받은 것은 요한이 나에게 화를 내
고 욕을 하기 때문이 아니라, 내가 요가를 수련함으로써 누군가
를 화나게 만들고 있다는 사실 때문이었어. 그때까지 나는 요가
란 만물을 평화롭고 조화롭게 만들어주는 위대한 실천행위이자
지고한 철학이라고 믿어 의심치 않았어. 요가를 함으로서 내 안
의 욕망과 집착을 비우고 평정을 유지하는 것, 그것이 내가 요가
를 수련하는 목적이었어. 그러한 자기 안의 평정이 이 세계와 인
간에게 이로운 영향을 주리라고 믿었던 거야. 그런데 정작 내가
요가를 함으로서 나와 가장 가까운, 내가 가장 사랑하는 사람을
불행하게 만들고 있다는 사실을 나는 처음으로 알게 된 거야. 그
에 대한 충격으로 나는 아무런 대답도 반박도 할 수가 없었어.

요한은 작업대 위에 먹다 남은 만두 접시를 그대로 남겨둔 채
자리에서 일어나 침실로 가버렸어. 그럼에도 나는 그를 따라가거
나 붙잡지 못하고 그곳에서 떠나지도 못한 채 그대로 붙박여 있
었어.

51

　음식이 주는 감각은 즉각적이었다. 그것이 달콤한 것이든 짠 것이든 매운 것이든 상관없이 달고 짜고 맵다는 감각만이 메이 안에 차올랐다. 그제야 그녀는 비로소 끊임없이 밀려들던 생각을 멈출 수 있었다. 그렇게 생각이 멈추면 그로 인한 고통도 함께 사라졌다. 생각과 고통이 사라진 자리는 음식이 주는 감각들로 채워졌다. 그래서 음식에 맛이 있고 없고는 그녀에게 중요하지 않았다.

　먹고 또 먹다가 누군가 칼로 자신을 난도질한 것처럼 몸속의 장기들이 뜯겨나가는 듯한 고통이 몰려오면 메이는 먹는 일을 멈추고 침대에 가 누웠다. 그리고 휴대전화로 먹방을 반복해서 보았다. 10인분 가량의 음식을 한 번에 다 먹어치우는 사람들을 보니 몸 안의 통증이 조금 가시는 듯했다. 그저 멍하니 동영상만 바라보고 있다 보면 아무런 생각이 나질 않았고, 그대로 잠들어버릴 수 있어 좋았다.

그래도 지금은 나가야만 했다. 어찌되었든 케이와 만나기로 약속을 했고, 이렇게 무분별한 폭식과 수면으로부터 달아나고자 인도까지 온 것이니 어떻게든 이전과는 다르게 살아가고 싶었다. 메이는 그만 이불을 걷어낸 뒤 자리에서 일어났다. 하지만 역시나 밖으로 나가기가 힘겹게 느껴졌다. 왜 이 약속을 잡았을까? 언제나처럼 후회가 됐지만 딱 잘라서 거절할 만한 명분도 없으므로 메이는 그만 생각하고 빨리 나가기로 마음먹었다.

메이는 딱 한 벌 있는 청바지와 셔츠로 갈아입을까 했지만 그역시 그만두었다. 엄밀히 따져보면 이것은 공적인 만남도 사적인 만남도 아니었다. 케이와는 공적인 일로 엮인 사이가 아니니 굳이 격식을 차릴 필요가 없고, 그렇다고 남녀의 사적인 만남도 아니므로 구태여 멋을 내거나 예쁘게 차려입고 나갈 이유도 없었다. 그래서 메이는 입고 있던 요가 바지와 티셔츠 차림 그대로 가기로 했다. 그 위로 긴팔 카디건만 하나 걸친 뒤 손가방에 지갑과 휴대전화를 챙겨 넣었다.

저녁 시간에 쇼핑몰이 있는 거리까지 걸어가기는 아무래도 위험할 것 같아 메이는 릭샤를 타야겠다고 생각하며 큰길가로 나갔다. 그러나 한창 퇴근 시간이라 그런지 비어 있는 릭샤가 거의 없었다. 쇼핑몰 방향으로 걸어가며 릭샤를 잡아볼까 했지만 걷다 보니 큰길보다는 샛길로만 가게 됐다. 낮에 먹은 것들이 아직 완전히 소화되지는 않아 걸을 때마다 복통이 일었지만 한편으로는 그렇게 걸으니 숨이 트이고 조금씩 소화가 되는 것 같기도 했다.

메이는 어느덧 쇼핑몰 앞에 다다라 있었다. 시간을 확인해보니 약속한 시간보다 오 분 정도 일찍 도착한 터였다. 혹시 케이도 조금 일찍 나와 있지 않을까 싶어 주위를 둘러봤으나 주변에 한국 사람은 보이질 않았다. 메이는 그대로 쇼핑몰 앞 보도에 앉아 휴대전화로 다시 동영상을 보기 시작했다. 그러다 약속한 시간이 되자 케이에게서 십 분 정도 늦을 것 같다는 문자가 왔다. 메이는 괜찮으니 천천히 오라고 답장했지만 솔직히 기분이 좋지 않았다. 딱히 중요한 일도 없이 사람을 불러내놓고 약속시간에까지 늦다니, 짧은 시간이지만 지금이라도 그냥 숙소로 돌아가고 싶은 심정이었다.

케이는 결국 십오 분 정도 늦게 나타났다. 메이가 보고 있던 동영상이 끝나 고개를 들어올리자 그녀가 걸어온 길목 반대쪽에서 걸어오는 한국 남자가 보였다. 베이지색 면바지에 하얀색 티셔츠를 입은 차림새로 이 거리를 걷는 한국인이라면 분명히 케이일 것이다. 점점 가까이 다가오는 그의 얼굴은 땀으로 푹 절어 있었다. 그는 한쪽 손에 든 손수건으로 목덜미까지 흘러내리는 땀을 연신 닦아내며 메이를 향해 다가왔다. 왠지 숨을 헐떡이고 있을 것만 같이 느껴졌는데 막상 가까이에 서자 거칠기보다는 미약한 호흡이 느껴졌다.

케이는 적당히 키가 크고 살집이 있는 전형적인 사십대 중반의 아저씨로 보였다. 하지만 이렇게 여행을 다니며 프리랜서 작가로만 일하고 있는 덕분인지 어딘가 모르게 소년처럼 보이는 인상도 서려 있었다. 케이에 대한 첫인상은 그것뿐이었다. 그는 넉살 좋은 시골청년처럼 웃으며 메이에게 인사했다. 멀지 않은 거리라서 걸어왔는데 막상 걷다 보니 생각보다 오래 걸리더라고 그가 말했다. 메이도 자리에서 일어나 그에게 인사했다. 그리고 어디로 가는 게 좋을지 묻자 케이는 혹시 좋아하는 곳이나 자주 가는 곳이 있느냐고 되물었다. 메이는 아는 술집이 없어서 그냥 케이가 제안했던 독일식 펍에 가보자고 대답했다. 메이와 케이는 나란히 서서 길 건너편으로 걸어갔다. 해는 이미 져서 완연한 밤이 된 시간이라 제법 쌀쌀한 기운이 도는데도 케이는 연신 땀을 흘렸다.

"날이 많이 덥죠?"

케이는 그렇게 물으며 손수건으로 자신의 이마와 목덜미의 땀을 닦았다. 그는 자신의 더위만 체감할 뿐 메이의 상태에 대해서는 딱히 관심이 없어 보였다.

"저는 원래 더위를 잘 안 타서 그런지 정오 때만 아니면 그럭저럭 견딜 만해요."

메이가 말하자 케이는 그녀를 바라보며 "아, 그러고 보니 땀을 전혀 안 흘리시네요"라고 말했다.

"네. 저는 원래 땀이 없는 체질이라서 더워도 별로 불편하지는 않더라고요."

"와, 부럽네요. 저는 땀을 많이 흘려서 이런 수건을 하루에 서너 장씩 가지고 다녀야 돼요."

그 말에 메이는 비로소 가볍게 웃었다.

"그나저나 저녁 식사는 하셨어요?"

케이가 물었다. 메이는 점심을 늦게 먹어서 괜찮다고 대답했다.

"그래도 저녁 좀 드셔야 하는 거 아니에요? 저는 아까 그 쇼핑몰 너머에 있는 사원에서 행사를 한다고 해서 그곳에 간 김에 저녁까지 먹고 왔어요. 행사가 끝나면 밥과 커리를 좀 주거든요. 원래는 행사만 보고 오려고 했는데 메이 씨가 저녁은 같이 못 먹는다고 하셔서 저 혼자 먹고 왔어요. 혹시 출출하면 그 펍에서 간단히 난이랑 커리를 시켜서 드셔도 될 거예요."

메이는 정말로 괜찮으니 신경 쓰지 않아도 된다고 다시 말했다. 그렇게 이야기를 나누며 걷다 보니 금세 케이가 말한 펍에 도착했다. 독일식 주점답게 인도 느낌은 거의 나질 않는 곳이었다. 2층까지 있는 큰 규모에 당구대와 다트 기계까지 갖추고 있어 외국인들이 술 마시며 놀기에 안성맞춤인 곳으로 보였다.

메이와 케이는 2층으로 올라가 창가에 죽 늘어진 목로형 자리에 나란히 앉았다. 처음 보는 사람의 얼굴을 정면에서 마주하는 것보다는 창밖의 거리를 내려다보며 대화를 나누는 게 나을 성싶어서였다. 직원이 메뉴판을 가져다주자 케이는 다시금 음식을 좀 시키지 않겠느냐고 물었고, 메이는 더 이상 음식을 먹고 싶지 않아 계속 괜찮다고 대답했다. 둘은 결국 맥주만 주문하기로 하고 케이는 호가든 생맥주를, 메이는 킹피셔 생맥주를 주문했다.

"마이소르에서는 무얼 하고 지내세요?"

직원이 먼저 가져다준 얼음물과 볶은 땅콩을 앞에 두고 케이는 메이에게 물었다.

"뭐, 별거 없어요. 그냥 요가 수련하고, 책 읽고, 그렇게 지내요."

메이는 미리 준비라도 해놓은 것처럼 기계적으로 대답했다.

"따로 여행은 안 하세요?"

"돌아다니는 걸 별로 안 좋아해서 그런지 배낭 하나 메고 게스트하우스를 전전하는 여행은 체질에 맞질 않더라고요. 그렇다고 슈트케이스 끌고 공항과 호텔, 면세점 같은 곳들만 오가며 쇼핑하고 관광하는 패키지여행을 좋아하는 것도 아니고요. 저는 그냥 어딘가 한국과는 전혀 다른 나라에 가서 방 한 칸 빌려 요가하고, 책 읽고, 명상하고……. 그렇게 쉬는 것만 좋아하나봐요."

"여행이라는 게 꼭 관광이나 쇼핑만을 의미하는 것은 아니니까 메이 씨 또한 자기만의 방식으로 여행을 하고 있는 거죠."

"그래요? 이것도 여행이라고 할 수 있는 거예요? 사실은 예전에 이런 제 성향 때문에 친구랑 절연한 적이 있거든요. 친구가 먼저 제안한 여행이었는데, 오사카행 비행기 표가 특가에 나왔다며 왕복에 십만 원도 안 한다는 거예요. 그래서 둘이 같이 3박 4일 동안 여행하기로 하고 비행기 표를 먼저 구매했어요. 저는 요가 강사이다 보니 수업을 대신해줄 강사만 구하면 언제든지 시간을 낼 수 있는데 친구는 회사원이니까 그 일정에 맞춰서 친구가 표를 예약했어요. 그러고 나서 친구가 저더러 여행 계획표를 짜라는 거예요. 제가 왜 그런 게 필요하느냐고 물었더니 여행 가는데 당연히 계획을 짜서 다녀야지 안 그러면 어떻게 다니느냐고 되묻더라고요. 숙소 예약부터 관광지, 쇼핑센터, 식당 정보까지 미리 다 알아보고 동선과 시간에 맞게 다녀야 한다는 거였어요. 그런 정도의 일정을 짜려면 며칠 동안 여행 책과 온라인 정보들을 살펴보면서 공부하듯이 매달려야 할 것 같더라고요. 생각만 해도 머리가 지끈거렸어요. 그런 일정표를 만들고 싶지 않았고, 설사 누가 그런 일정표를 저에게 만들어준다 한들 저는 그 일정대로 따라다닐 수 없을 것 같았어요. 그래서 계획표 짜기는 포기하고 친구에게 나는 그냥 숙소 근처 식당이랑 카페만 가봐도 충분하고, 관광이나 쇼핑은 하고 싶지 않지만 마음 내킬 때 가까운 사원이나 도서관 같은 곳을 둘러보고 싶다고 했어요. 그랬더니 친구가 갑자기 화를 내면서 그럴 거면 왜 여행을 가느냐는 거예요. 그냥 저희 집 근처 동네 카페와 식당, 도서관에 가면 되지 왜 오사카까지 가서 그렇게 다니려는 거냐며 다그치더라고요. 친구가 너무 화를 내기에 일단은 좀 진정시키려고 친구 말대로 내가 좀 알아보겠다고 했지만, 아무리 생각해도 저는 그 친구와 같이 여행은 할 수 없을 것 같았어요. 친구가 하자는 대로 맞춰주기만 하다가는 돌아와서 다시 보지 않을 것 같았죠. 그래서 그날 저녁에 나는 아무래도 못 가겠으니 위약금을 물더라도 비행기 표를 취소하겠다고 했어요. 그리고 친구에게는 혼자 가서 원하는 곳에 마음껏 다녀보라고 했는데, 그러면 친구도 그냥 다 취소하고 가지 않겠다고 하더라고요. 그 뒤로 다시는 연락하지 않아서 결국 관계가 끊어졌고요."

"여행 스타일이 맞지 않는 사람과 다니다 보면 어차피 싸움만 되고 결국에는 사이가 틀어져 다시 보지 않게 되는 경우가 많죠.

그러니 가지 않은 것은 잘한 일이지만 어쨌든 친구분과 사이는 돌이킬 수 없게 됐네요."

"말씀하신 대로 어차피 함께 여행을 갔더라도 틀어졌을 사이였기에 크게 아쉽거나 슬프지는 않았어요. 다만 사람들은 항상 바쁘고 힘들게 살아가는데 왜 여행을 가서도 그렇게 열심히 돌아다니려고 하는지는 여전히 이해가 되질 않아요."

주문했던 맥주가 나와 둘은 가볍게 잔을 부딪치고 각자 한 모금 크게 들이켰다. 메이는 마지막으로 술을 마신 때가 언제였는지 기억도 나지 않을 정도로 오랜만이었다. 배가 더 더부룩해지지 않을까 걱정이 됐지만 막상 마시고 보니 음식으로 꽉 막혀 있던 속이 조금 풀어지는 듯했다.

메이는 케이가 지구상의 수많은 나라 중 왜 하필 인도를 여행하는지 궁금했다. 단순히 한두 번 여행해보고 마는 정도가 아니라 해마다 이렇게 인도에 와서 머물고 여행 정보를 모아 책으로 출판까지 할 정도라면 뭔가 인도에 대한 견해와 감상이 남다르지 않았을까 싶었다. 하지만 인도 여행 작가인 그가 이러한 질문을 얼마나 많이 받아왔을지 생각하면 차마 물어볼 엄두가 나질 않았다. 그래서 메이는 되도록 인도와 관련되지 않은 것들에 대해서 케이와 이야기 나누려 했지만 적당한 화젯거리가 떠오르지 않았다. 잠자코 맥주만 들이켜는 메이에게 케이가 먼저 물었다.

"인도 말고 다른 곳도 여행해보신 적 있으세요?"

"태국이랑 일본, 중국에 가봤지만 다 패키지로 갔던 거라 딱히 기억에 남을 만한 추억은 없어요. 기억에 남을 만한 여행이라면…… 이 년 전에 요가원 사람들하고 히말라야에 갔던 거예요."

메이가 읊조리듯 말하자 케이는 깜짝 놀랐다.

"우와, 저도 히말라야 정말 가보고 싶어요."

그 말에 메이가 더 놀라 "네팔 안 가보셨어요?"라고 물었다.

"인도 여행 전문가니까 네팔도 당연히 가보셨을 줄 알았는데요."

"네팔에는 인도 체류 비자 연장 때문에 가서 카트만두에만 머물다 온 적이 있어요. 가능하면 다만 사흘이라도 히말라야 트래킹을 해보고 싶었는데 그때 하필 원고 마감에 쫓기고 있어서 마음에 여유가 없었어요. 히말라야 어디서 트래킹 하셨어요?"

"안나푸르나요. 저도 사흘짜리 짧은 코스로 다녀온 거라 딱히 제대로 가봤다고 말하긴 어렵네요. 적어도 일주일 정도 기간을 잡고 베이스캠프까지는 가봐야 히말라야에 다녀왔다고 말할 수 있지 않을까요?"

"그마저도 안 가본 저보다야 메이 씨가 낫죠. 저는 포카라도 못 가봤는데요."

"그렇게 따지면 그렇긴 하죠. 그때 그렇게 사흘이라도 히말라야 트래킹을 해보고 나니까 만약에 다시 그곳에 간다면 어떤 걸 준비하고 어떻게 등산해나갈지 하는 것들이 정리가 딱 되더라고요. 가기 전보다 자신감도 더 생겼고요. 그래서 언젠가는 꼭 한 번 다시 가보고 싶어요."

"산 좋아하시면 우띠에 한번 가보세요. 저도 여기 오기 전에 우띠에서 한 달 정도 있다가 왔는데, 공기도 좋고 풍경도 좋고

장기로 머물기도 좋은 곳이거든요."

"네……."

메이는 머뭇거리듯 대답했다. 좋은 여행지를 추천해주는 것은 고맙지만 아무래도 마이소르가 아닌 다른 지역에 가서 머무는 일은 없을 것만 같았다. 그녀가 별다른 반응을 보이지 않자 케이는 요가에 대해서 물었다.

"요가 수련은 어떠세요? 인도에서 수련하는 게 한국에서 하는 것과 많이 다른가요?"

"글쎄요. 저는 아쉬탕가 요가를 수련하니까 한국에서 수련하던 것과 특별히 다를 게 없기는 해요. 아쉬탕가 요가는 동작과 순서가 모두 정해져 있고, 수련자는 정해진 방식대로만 수련을 하거든요. 지도하는 선생님에 따라 부분적으로는 조금씩 달라질 수도 있지만 기본적인 테두리는 다 같은 셈이에요. 그래서 인도에 왔다고 해서 뭔가 다른 요가 행법들을 알아가는 건 하나도 없어요. 다만 이곳 남인도의 기후가 저에게는 잘 맞는 편이라서 이곳에 온 뒤로 몸이 좀 더 유연해지는 느낌은 있어요. 덕분에 똑같은 요가 수련이라도 예전보다 더 깊게 해나갈 수 있기는 해요."

"어차피 똑같은 수련법이라면 왜 굳이 이곳 마이소르까지 와서 매일 수련하고들 있는지 저는 잘 모르겠더라고요."

"아쉬탕가 수련을 하다 보면 그 질문을 정말 많이 받아요. 하지만 케이 님도 이미 다 가본 곳이라도 또 가보게 되는 곳들이 있지 않아요? 인도에서 말이에요. 반복적으로 같은 곳에 방문하고 있는데 그 안에는 어떤 차이들이 존재하게 마련이잖아요. 시간의 변화에 따른 차이가 있을 수도 있고, 아니면 모든 것은 그대로인데 케이 님의 생각이나 감정이 변했을 수도 있고요. 반대로 이전에 다니던 곳과는 차이가 나는 새로운 장소에 갔는데 이전에 가본 곳과 똑같이 반복되는 것들이 생길 수도 있죠. 그 반복 속에서 또다시 변화하는 차이를 발견하고 바라보는 것, 혹은 차이나는 것들 속에서 반복되는 것들을 발견해나가는 게 재밌어요, 저는."

"들뢰즈 좋아하시나봐요?"

"어? 이 책 아세요?"

"네, 뭐. 대학생 때 대충 본 거 같아요."

"우와, 저도 대학생 때 이 책 엄청 좋아하면서 읽었어요. 학부 1학년 때 교양으로 논리학 수업을 들었는데 들뢰즈를 연구하는 철학과 교수님이 강의하는 거였어요. 그래서 이따금씩 들뢰즈의 《차이와 반복》에 대해서 이야기하실 때가 있었어요. '차이란 반복하는 것들의 차이이고, 반복이란 차이 나는 것들의 반복이다'라는 말이 도무지 이해가 안 돼서 결국에는 그 책을 직접 사서 읽어보게 됐어요. 솔직히 그때 제가 철학을 전공한 것도 아니고, 철학서를 읽어본 적도 없고, 딱히 이성적인 판단으로 살아가는 사람도 아니라서 그랬는지 그 내용을 제대로 이해하기는 어려웠어요. 다만 그 책의 문장들이 마치 한 편의 음악처럼 끊임없이 이어지고, 문장 자체가, 그리고 그것을 읽는 순간 자체가 되게 즐겁게 다가왔어요. 그래서 이성보다는 감성에 의존해서 그 책을 읽어나갔던 것 같아요. 그러다 아쉬탕가 요가를 접하고 매일 새벽마다 똑같은 순서의 수련을 반복하다 보니 자연스럽게 그 책에서 설명하던 철학이 받아들여지더라고요. 나는 매일 똑같은 수련을 반복하고, 그렇게 반복하는 수련 속에 존재하는 서로 다른 차이에 대해서, 또한 매일 달라지는 수련 속에 결코 변하지 않고 반복되는 것들에 대해서 실제적으로 발견하고 체험하게 되는 거예요. 그때부터 삶과 철학과 요가가 각기 개별적으로 존재하는 것이 아니라 하나의 커다란 나무에서 뻗어나온 나뭇가지 같다는 생각을 하게 됐어요. 그 나뭇가지들은 모두 하나의 나무로 연결되어 있고, 더 나아가보면 그 나무는 결국 대지 안에, 지구 안에, 자연 안에 하나로 연결되어 있는 게 보이는 거죠. 그래서 이 세계에 존재하는 모든 것들을 개별적으로 분리해서 바라보는 게 아니라, 그 세계의 총체에 대해서, 그 이면의 연결성에 대해서 바라보는 힘이 생기더라고요. 이런 방식으로 삶과 인간과 세계와 자연의 연결성을 바라보게 되는 게 좋았어요."

"저는 살면서 그 책 좋아하는 사람 진짜 처음 봤어요."

"케이 님도 그 책 좋아서 읽어보신 거 아니에요?"

"설마요. 저는 그 책을 다 읽지도 않았고, 그냥 한번 훑어보고 아는 체만 하는 거죠, 뭐. 예전에 전공이 철학이었거든요. 저는 저희 아버지가 워낙에 엄하신 편이라 어릴 때는 딱히 무언가에 반항해보거나 체제에서 이탈해본 적이 없었어요. 그냥 집에서 먹여주면 먹여주는 대로, 재워주면 재워주는 대로, 하라면 하라는 대로 말 잘 듣고 공부 잘하는 학생이었어요. 그러다 보니 나에 대해서 알아가거나 돌아볼 기회가 없었죠. 고등학교 졸업하고 대학은 가야겠는데 뭘 전공해야 할지는 모르겠더라고요. 솔직히 말하면 그때는 아무것도 공부하고 싶은 게 없었어요. 내가 뭘 좋아하는지, 무엇을 하고 싶은지, 나는 어떤 사람인지 전혀 알지 못했으니까요. 그래서 어쩌다 보니까 학생수 적고 경쟁률 낮은 철학과에 지원하게 됐어요. 한데 저는 책 읽는 걸 별로 좋아하질 않아서 그런지 학과 공부에는 영 흥미가 없었어요. 결국 일찌감치 휴학하고 배낭여행을 떠났죠. 그때도 뭐 별다른 인생철학이 있어서 인도를 택한 것은 아니었고요, 학생이다 보니 자비가 넉넉하지 않아서 가장 싸게 오랫동안 머물 곳을 찾은 거예요. 그곳이 인도였고요. 그렇게 인도에 와서 장기로 여행하다 보니 지금 이 모양 이 꼴이 된 거죠."

"하하, 케이 님 꼴이 어디가 어때서요? 한국에서 가장 유명한 여행작가로 살아가고 계시잖아요."

"허, 그런가요? 제가 책을 잘 읽지는 않아도 만드는 재주는 좀 있나봐요. 육 개월 정도 인도에서 여행하다가 한국으로 돌아가서 남아 있던 휴학 기간 동안 알바를 하려고 찾아간 데가 어쩌다 보니 여행서를 전문으로 출간하는 출판사였어요. 작가나 편집자가 되겠다는 꿈이나 목적 같은 것은 없었고, 그냥 우연히 일자리를 찾던 중에 바로 써주겠다는 곳을 찾아가보니까 그 출판사였어요. 거기서 파트타임으로 허드렛일 하면서 편집도 좀 배우게 됐고요. 그렇게 번 돈으로 다시 인도에 와서 여행하고 있는데 때마침 돈이 다 떨어졌을 때 그곳 대표님 제안으로 인도 가이드북

저자로까지 나서게 된 거였어요. 가이드북이라 제 시선이나 생각들을 적어넣을 일이 없어서 오히려 편한 점도 있었는데, 이따금씩 여행지를 소개하며 한두 줄씩 적어넣던 문장들이 꽤 와 닿는다며 대표님이 좋아하더라고요. 그러다 보니 한 권, 두 권, 세 권…… 계속 써오게 됐고, 때로는 책을 쓰기 위해서 떠나는 여행지도 생겨났죠. 자연스럽게 학교는 그만두고, 그렇게 한 이십 년 넘게 살아온 건데, 돌아보니 순간이네요."

케이는 별다른 꿈도 목적도 없이 살아왔다고 했지만 메이는 물 흐르듯 자연스레 이어져온 케이의 삶이 좋아 보였다. 아무런 욕망도 집착도 없이, 그에 따른 절망도 분노도 없이 그저 여여하듯 살아가고 싶다고 얼마나 많이 꿈꿔왔던가. 그러나 여여하며 살고 싶다는 것마저도 욕심이고 집착인지 메이에게는 끝내 그것이 이루어지지 않았다.

케이와 함께 나란히 앉아 맥주를 홀짝이며 이야기를 나누는 동안 메이는 어쩐지 자신의 모든 욕망과 집착과 절망과 분노가 풀어지는 듯한 느낌을 받았다. 그사이 케이는 맥주잔을 비우고 새로 한 잔을 더 주문했다. 메이는 아직도 맥주가 남아 있어 조금 있다가 시키겠다고 말했다. 케이는 새로 나온 맥주를 살짝 들이마신 뒤 메이에게 물었다.

"인도에 와서, 뭐가 가장 좋았어요?"

그것은 메이가 케이에게 묻고 싶은 질문이었다. 줄곧 생각해오던 바로 그 질문을 던지는 케이의 모습에 메이는 왠지 모르게 이제껏 해본 적 없던 이야기를 꺼내도 되겠다는 생각이 들었다.

"이곳에 오니까, 뭐든지 그냥 바라보게 돼서, 그게 제일 좋아요."

"뭘 그렇게 보는데요?"

"지금 머무는 곳이 2층 주택의 옥탑방이거든요. 오래되어 낡고 지저분하지만 이 집에 있으면 옥상에 자주 나가보게 돼서 좋아요. 옥상의 난간에 기대어 서서 해가 지는 모습을 바라보고 있으면 참 좋더라고요. 그런데 제가 좋아하는 것은 사실 석양도 노을도 아니고, 그 사이를 파고드는 야자나무 잎이에요. 해가 지는 동안에는 그 야자수 잎들이 검은 그림자로만 보이고, 그게 마치 하나의 불꽃처럼 보이거든요. 휘황찬란하게 타올랐다가 사그라지는 진짜 불꽃이 아니라, 영원히 사라지지 않고 한 자리에 머무르는 가짜 불꽃이요. 해질 무렵 그 야자나무 불꽃을 보고 있으면 '가짜'가 더 '진짜'라는 것을 믿을 수 있어서, 그래서 그 모습을 매일 바라보게 돼요."

"누구나 다, 진짜보다는 가짜의 세계에 더 매혹되는 때가 있죠."

케이는 그렇게 말하고 맥주를 조금 더 들이켰다. 그리고 이어 말했다.

"저도 인도에서 살아본 숙소들 중에서 옥탑방들이 기억에 많이 남아요. 그곳에서 맞이하는 저녁의 낭만 같은 게 있거든요. 작은 섬에 고립되어 있는 느낌이 들면서, 생활의 크고 작은 일들은 더 이상 문제가 되지도 않는……. 뭐 그런 고립감의 흉내라고나 할까요."

메이는 천천히 고개를 왼쪽으로 돌려 케이의 맥주잔을 바라보았다. 맥주를 덮고 있던 새하얀 거품이 모두 사라지고, 그 안의 샛노란 액체가 영롱하게 빛났다.

52

요한과 헤어지기로 한 날 나는 바로 어머니와 오빠가 살고 있는 집으로 돌아갔어. 요한과 함께 살기 전 혼자서 쓰던 방은 월세였기에 이미 정리한 상태였고, 곧바로 새로운 방을 구할 여력은 없어 일단 어머니 집에서 지내볼 요량이었어. 어떻게 살아야겠다, 어떻게 살고 싶다, 하는 것들에 대해서는 전혀 생각하지 않았어. 계획한다고 해서 내 뜻대로 되는 것도 없고, 더 이상 무언가를 계획하고 싶은 마음조차 남아 있질 않았으니까. 나는 그냥 어머니 집에서 버티며 좀 쉬다가 다시 요가원 강사 자리를 알아보고 정규 강사로 취직이 되면 그 근처에 살 만한 방 하나 정도는 구할 수 있겠지 싶었어.

요한의 집에서 쓰던 내 물건들은 택배로 부치고 온 터라 나보다 하루 늦게 어머니 집으로 도착할 예정이었어. 나는 백팩 하나 메고 올 힘도 없어서 책이랑 랩톱 같은 것들마저 포장해 택배 상자에 넣어둔 채였어. 그래서 이틀 동안 내 랩톱 대신 우리 오빠의 방에 있는 데스크톱을 쓰기로 했어. 컴퓨터로 해야 할 일 같은 게 있지는 않았지만 어차피 내 물건들이 오기 전까지는 아무것도 할 일이 없으니 오빠의 컴퓨터에 저장된 영화나 드라마 같은 것들을 보면서 시간이나 때워볼 요량이었어. 그렇게 오빠의 컴퓨터 드라이브에서 비디오 파일들을 뒤져보다가 그만 포르노 동영상들을 보게 됐어.

포르노라면 중학생 때 호기심으로 딱 한 번 본 적이 있었어. 다들 야동 야동 하는데 도대체 일반 영화 속의 정사 장면과 뭐가 다른지 궁금했거든. 비디오 가게가 있을 당시에 친구들과 함께 에로 영화들을 빌려다 본 적이 있기는 했어. 하지만 나는 그런 영화들에서 별다른 재미를 느끼지 못해서 지속적으로 빌려보지는 않았어. 그런데 '포르노'라는 것은 에로 영화와는 완전히 다른 것이라고 해서 궁금한 마음에 오빠에게 보여달라고 했던 거야. 오빠는 자기 방에 있는 컴퓨터로 동영상을 재생해주고는 나 혼자 보라며 방 밖으로 나가 있었어.

동영상의 첫 장면에는 두 명의 여자와 두 명의 남자가 거실 소파에 벌거벗은 채로 앉아 있었고, 그들은 일본어로 대화했어. 일본 동영상이라는 사실을 알고 나는 다시 오빠를 불러서 자막이 나오질 않는다고 말했어. 그러자 오빠는 자막 같은 건 필요 없으니 그냥 봐도 될 거라고 했어. 1분도 지나질 않아 나는 왜 자막이 필요 없는지에 대해서 알게 됐어. 더 이상 아무 말 없이, 아무런 이유도 맥락도 없이 그들은 서로의 몸을 포개어 성기를 삽입하고 몸을 움직여 나갔어. 네 명의 남녀가 둘씩 짝을 지어 번갈아 사정을 하고 나자 여자와 여자끼리, 남자와 남자끼리 섹스를 하는 장면이 이어졌어.

나는 그 비디오를 끝까지 보지 않고 꺼버렸어. 딱히 역겹거나 불쾌한 느낌은 들지 않았어. 단지 아무런 재미를 느낄 수 없었어. 특정한 이야기 구조 없이 그저 장면들만 이어지는 영상이 어떻게 재미가 있겠어? 재미가 없으니 아무런 감정도 인상도 남지 않았지. 그래서 그 이후로는 한 번도 포르노 비디오를 본 적이 없었어. 일부러 피하거나 멀리한 게 아니라 재미가 없으니까 자연히 찾지 않게 되었을 뿐이야. 한데 이렇게 성인이 된 이후에 오빠의 컴퓨터에서 포르노 비디오 폴더를 발견하자 왠지 한 번 더 보고 싶다는 생각이 들었어. 사람들은 왜 이런 비디오를 그렇게 많이 볼까, 왜 우리 오빠도 이런 비디오를 항상 저장해두고 있을까 하는 것들이 궁금하기도 했어.

그 안에는 정사 장면이 주를 이루는 에로 영화도 있고, 일종의 스토리를 갖춘 포르노 비디오도 있었어. 그러다가 조금 이상한 폴더를 보게 됐어. 그 폴더 안에 있는 파일들은 제목부터 달랐어. '미연아 참말로 미안하다', '수지야 오빠를 용서해라' 같은 문장들이었어. 포르노 영상 제목으로는 어울리지 않아 보여 나는 이게 대체 뭘까 하며 그 파일들을 하나씩 클릭해보았어. 그것은 영화가 아니라, 누군가 몰래카메라를 설치해 촬영한 영상들이었어. 남자가 여자를 억지로 끌고 오거나 약을 먹여서 강제로 촬영한 것으로 보이지는 않고, 연인 관계의 남녀가 섹스하는 장면을 멀리서 몰래 찍은 듯했어. 그런데 여자도 남자가 촬영한다는 사실을 알고 있는 경우도 있었어. 어떤 영상에서는 남자가 휴대전화를 손에 쥐고 여자의 허벅다리를 벌린 채 그 안쪽을 자세하게 촬영해놓기도 했어. 그냥 재미를 위해 촬영한 것처럼 보였어. 이 영상이 다른 사람들에게 공유될 것이라고는 생각지 못하고 말이야.

숨이, 쉬어지질 않았어. 무섭고 두려워 손이 덜덜 떨렸어. 이제까지 뉴스에서 불법 촬영에 관한 내용들을 볼 때만 해도 나는 그게 다 범죄자들이나 하는 짓거리인 줄 알았어. 남자들이 클럽에서 만난 여자에게 약이나 술을 먹이고 정신을 잃게 만든 뒤 몰래 촬영한 것들이라고 말이야. 혹은 십대 청소년들이 폭력으로 여학생을 끌고 가 윤간하고 그것들을 촬영하는, 돈을 벌 목적으로 여자를 때리고 강간해서 그 영상들을 팔아넘기는 범죄 행위인 줄만 알았어. 그런데 저 동영상 속의 남녀는 분명 서로 사랑하는 사이인 거야. 사랑하는 사이에 서로 즐기기 위해 나체로 영상을 찍었던 거야. 그런데 누군가가 그걸 동의 없이 유포해버린 거야. 사랑하는 사람에게 그런 끔찍한 범죄를 저지른 거야.

요한도 관계를 할 때마다 동영상 촬영하기를 좋아했어. '이런 거 왜 찍어?'라고 물으면 내가 없을 때 자기 혼자서 보고 싶다고 대답했어. 그는 휴대전화를 침대 한쪽에 세워둔 채 동영상을 찍기도 했고, 때로는 관계 중에 한 손에 휴대전화를 쥐고 서로의 성기가 맞닿는 모습을 찍기도 했어. 나는 그게 불쾌하거나 불편하지는 않았어. 요한이 그 영상들을 어딘가에 유포할 거라는 생각을 그 당시에는 해본 적 없으니까. 오히려 나는 내가 없을 때 요한이 내 몸을 찍은 영상을 보며 즐거워하는 모습을 상상했어. 그러면 왠지 기분이 좋아서 그가 동영상을 찍자고 할 때마다 거절하지 않았어.

꼭 한 번, 그 비디오들 때문에 싸운 적이 있었어. 요한이 찍은 비디오를 내가 보고 싶다고 했는데 그는 자기만 볼 거라며 한사코 나에게 보여주지 않았거든. 내가 그런 게 어디 있느냐고, 같이 찍은 건데 왜 나는 못 보게 하느냐고 물으면 그는 그냥 어느 누구에게도 보여주고 싶지 않다고 말했어.

나는 우리가 관계를 할 때 어떤 모습인지 직접 볼 수 없으니까, 나도 그 모습을 한 번은 보고는 싶었어. 그래서 내가 계속 보여달라고, 나에게도 보내달라고 말하자 그는 나를 노려보며 욕을 하기 시작했어. 닥쳐 이 개년아, 내가 언제 너한테 보여주기로 약속한 적 있어? 싫다면 싫은 줄 알아야지 왜 계속 들러붙어서 지랄이야 씨발년아!

그가 나에게 욕을 해도 나는 같이 욕을 하거나 화를 낼 수 없었어. 처음 그가 욕하는 모습을 보았을 적에는 나도 물론 놀라긴 했지. 천사같이 하얗고 아름다운 얼굴로, 부드럽고 나긋나긋한 말투로 속삭이듯 사랑을 고백하던 요한과, 더럽고 추하고 악하기만 한 욕지거리를 쉴 새 없이 내뱉는 요한이 같은 사람이라는 게 믿어지질 않았어. 그때부터 조금씩 실제로 경험하게 되었어. 이 세계에 공존하는 선과 악을, 인간의 내면에서 살아가는 천사와 악마를 눈앞에서 생생하게 목도할 수 있었어.

그래도 나는 그를 이해하기 위해 노력할 수밖에 없었어. 그가 아무리 괜찮다고 말해도 그 육체의 통증을 홀로 견뎌내기는 버거울 거야. 하지만 나에게 아프다고 말할 수 없으니 그 모든 통증을 욕으로 바꾸어 내뱉는 거라고 나는 생각했어. 그는 장난을 칠 때도 나에게 자주 욕을 했어. 쌍년아, 씹따야, 개보지야 등, 살면서 듣게 될 모든 욕을 요한과 만나는 동안 다 들어온 것 같아. 그럴 때면 누군가에게 두들겨 맞아 그 자리가 부어오르고 피멍이 들고 핏물이 터져 고름이 지고 딱지가 내려앉는 것 같았어. 그러면 그는 그 자리를 또 때리고 할퀴고 뜯어내는 거야. 맞는 일에도 내성이 생기는 것처럼, 매일 그렇게 욕을 듣고 있다 보니 어지간한 욕은 더 이상 욕도 아닌 것처럼 다가왔어. 그래도 나는 같이 욕하지 않으려고 노력했어. 그와 같은 악마가 되기 싫었기 때문이 아니라, 내가 맞은 자리가 너무 아파서, 내가 그에게 욕을 하면 그도 이렇게 아플 것 같아서, 그게 싫어서 나는 그냥 맞고만 있어야겠다고 결심한 거야. 그 결심이 무너지기까지 그리 오랜 시간이 걸리지도 않기는 했지만 말이야.

나는 매일 너무 아팠어. 그에게 매일 욕을 들으며 사는 게, 그 폭력적인 말들과 매일 맞서야 하는 게 고통스러웠어. 맞지 않으려면, 상처받지 않으려면 나도 같이 그를 때려야만 했어. 그래서 나도 결국에는 그에게 똑같이 욕을 하며 화를 내기 시작했어. 그러면 마치 불난 집에 기름이라도 부은 것처럼 그는 더 심한 욕들을 쏟아냈어. 평생에 걸쳐 쌓아온 울분을 나에게 토해내기라도 하듯 나를 욕하고 또 욕했어. 나도 절대로 지고 싶지 않았어. 이제 그가 아프든지 말든지 상관하고 싶지도 않았어. 내가 너무 아파서, 내가 너무 고통스러워서 그의 아픔이나 고통이 더 이상 눈에 들어오질 않았어.

수도 없이 욕을 하고, 소리 지르고, 싸우다가 돌아서 나와 있기를 반복했어. 그리고 다시 화해해 그의 집으로 돌아갈 적이면 사는 게 정말 지긋지긋했어. 다시 이 지옥의 한가운데로 걸어들어가는구나, 끊임없이 싸우고, 화해하고, 싸우고, 또 화해하는 이 반복의 세계가 나는 고통스러웠어. 여기서 빠져나가고 싶은데, 그와 함께 빠져나오고 싶은데, 나에게는 그를 끌고 나올 힘까지는 없었던 거야. 그와 함께 진창의 늪 속으로 들어가 살아갈 마음이 있는 게 아니라면 나는 도망쳐야 했어. 나 혼자만이라도 그곳에서 빠져나와 멀리 달아나야 했어. 그래야만 조금이라도 숨 쉬며 살아갈 수 있을 것 같았어. 진흙 속에 파묻히지 않을 것 같았어. 그래서 나는 그렇게 그와 헤어져 영영 그 집에서 나와버리고만 거야.

사랑하는 연인 관계인 남녀가 찍은 성관계 동영상들을 보면서, 그것을 동영상 사이트에 올리고 돈을 버는 사람들을 보면서, 어딘가에는 요한과 내가 함께 찍은 그 영상들도 이렇게 돌아다니고 있지 않을까 싶어 두려웠어. 사랑이 뭘까? 그때는 왜 이런 생각을 하지 못했을까? 요한도 그럴 수 있다는 것을, 인간이란 맑고 환하게 빛나는 신의 아들이 아닌 더럽고 추악한 사람의 아들이라는 사실을 나는 왜 제대로 알지 못했을까?

53

저녁 무렵 케이에게 편지를 쓰고 있던 메이는 극심한 허기를 느끼기 시작했다. 낮 시간에 충분한 양의 음식을 먹지 않은 게 화근이었다. 저녁은 먹지 말아야 하는데,라고 생각하면서도 몰려드는 허기를 물리칠 수 없었다.

메이는 다시 편지 쓰기에 집중해보려 했지만 한 번 일어난 식욕은 쉬이 사라지지 않았다. 도저히 책상 앞에 앉아 있을 수 없어 메이는 그만 자리를 박차고 일어나 지갑을 들고 밖으로 나갔다. 저녁때마다 길가에 나와 음식을 파는 상인들에게서 고비 만추리안과 야채 차우멘 그리고 차파티*를 주문했다. 후식이 될 만한 것들도 필요할 듯해 음식이 준비되는 동안 편의점에 들러 머핀과 초콜릿을 좀 더 샀다. 이 정도면 충분하겠지, 충분할 거

* 밀가루 반죽을 둥글고 얇게 만들어 구운 인도식 빵.

야······. 메이는 노점 상인에게 계산을 치르고 주문한 음식을 받아 방으로 돌아왔다.

책과 랩톱, 화장품과 필기구가 난삽하게 올라와 있는 책상을 치우거나 정리할 정신도 없었다. 그녀는 밖에서 사온 음식들을 방바닥에 부려놓고 그대로 주저앉아 손으로 집어먹었다. 차우멘 그릇에 만추리안을 붓고 양념이 골고루 배게 섞은 뒤 입으로 넣었다. 차파티도 꺼내어 그 위에 차우멘과 만추리안을 올리고 꾹꾹 싸서 먹었다. 포장 그릇에 남아 있는 잘게 썬 야채와 양념까지 메이는 손가락으로 싹싹 긁어서 먹어치웠다. 순식간이었다. 그리고 허무했다. 아무리 많은 음식을 먹고 또 먹어도 그녀는 결코 포만감을 느끼지 못했다.

메이는 봉지에 들어 있는 머핀과 초콜릿을 꺼내어 먹기 시작했다. 입 안 가득 머핀과 초콜릿이 들어와 있지만 그 맛을 느낄 수가 없었다. 메이에게 그것은 한낱 사물과 같았다. 머핀과 초콜릿이라고 불리는 사물들이 입안에 들어와 목구멍으로 넘어가고 있을 뿐 어떠한 맛도 향도 느낄 수가 없었다.

머핀과 초콜릿을 모두 삼키고 나서 메이는 자리에서 일어나 방 밖으로 나갔다. 그리고 다시 편의점으로 가 머핀과 초콜릿, 아이스크림, 식빵, 감자칩 봉지를 집어 들었다. 한 번 살 때 충분히 사는 게 나을 것 같아 손에 잡히는 대로 바구니에 다 쓸어넣고 계산해달라고 말했다.

메이는 방으로 돌아와 다시 음식들을 먹기 시작했다. 우선 식빵 위에 초콜릿과 아이스크림을 올려 입안으로 밀어넣었다. 배

안에서 내장기관이 뒤엉키는 듯한 소리가 났다. 왼쪽 어깨 견갑골 부위와 무릎 아래 혈자리에서도 통증이 느껴졌다. 그래도 상관없었다. 메이는 더 먹어야만 했다. 먹어야만, 물 한 모금도 더 넘길 수 없을 정도로 꾸역꾸역 무언가를 먹어치워야만 자기 안의 망상과 절망과 분노와 우울이 밀려날 것 같았다. 오로지 음식만이, 음식이 주는 고통만이 모든 생각의 덩어리들을 밀어내줄 수 있었다. 메이는 머핀과 감자칩을 집어 입안으로 욱여넣었다. 그리고 수저로 아이스크림을 퍼서 식빵에 올려 먹었다. 끈적이는 듯한 달콤함이 온몸 가득 차오르는 순간 쉴 새 없이 움직이던 손이 멈췄다. 갑자기 눈물이 쏟아지고, 입안에 있는 음식들이 마치 쓰레기처럼 느껴졌다. 메이는 방바닥에 부려놓았던 비닐봉지를 집어 입안에 있던 음식을 그대로 뱉었다. 음식과 침을 모두 다 뱉었는데도 속이 개운하지 않았다. 모든 것이 더럽고 갑갑하게만 느껴졌다. 그녀는 화장실로 달려가 변기통 앞에 주저앉아 이번에는 목구멍 안으로 손가락을 밀어넣었다. 방금 먹었던 음식들이 입 밖으로 나와 변기통 속으로 쏠려 내려갔다. 그 안으로 들어가는 음식들을 바라보고 있자니 자신이 먹은 게 다 오물덩어리였다는 생각이 들었다. 목구멍 안 더 깊숙한 곳으로 손가락을 밀어넣어보았다. 끈적이고 기름진 음식들이 계속 쏟아져나왔다. 눈과 콧구멍에서도 뭔지 모를 액체들이 비어져나왔다. 그녀가 가진 모든 구멍에서, 심지어 모공에서까지 오물이 쏟아져나오는 듯했다. 진창이구나, 여기는……. 나는 진짜 더러운 인간이구나, 무력하고 쓸모없는 사람이구나.

메이는 그대로 화장실 바닥에 주저앉아 울음을 토해내기 시작했다. 한번 비어져나온 울음 또한 쉽게 멈추려 들지 않았다. 모든 것이 역류해 올라왔다. 몸에서 나오는 오물들이 바닥에 쌓이고 쌓여 종내에는 그녀의 몸까지도 오물 자체가 되어버린 것만 같았다. 이렇게 있고 싶지 않았다, 이렇게 존재하기 싫었다. 벗어날 수만 있다면 어떻게든 벗어나고 싶었다. 이 상태에서, 이 순간에서, 그리고 자기 자신에게서…… 메이는 도망치고 싶었다.

메이도 알고 있었다. 그녀는 이미 자신으로부터 도망쳐서, 자신이 속했던 삶으로부터 도망쳐서 이곳 마이소르까지 떠나왔다. 자신을 아는 사람이 하나도 없는 어딘가로 가면 그곳에서만큼은 자신이 아닌 다른 사람으로 살 수 있을 줄 알았다. 아니, 꼭 다른 사람이지는 않아도 됐다. 그냥 '나'만 아니면, 지금의 내 모습만 아니면 충분하다고 생각했다. 온갖 고통과 절망을 먹는 행위로 덮어씌우며 스스로를 괴롭히는 자기 자신만 아니면 무엇이 되든 어디에 있든 진짜 '나'보다는 나을 것만 같았다. 그랬다, 최소한 지금의 자신보다는 나을 것 같았다. 그러나 막상 인도에 와서 생활해나가며 메이는 진짜 현실을 깨달았다. 나는 어디로도 도망칠 수 없구나. 나는 결코 다른 사람으로 살 수 없구나. 어디로 가든 무엇을 하든 나의 자아는 나를 따라오는구나…… 벗어날 수 없구나……. 이 거친, 더러운 마음으로부터, 악마의 본성, 핑갈라*로부터…….

케이를 죽이고 싶었다. 죽여버리고 싶었다. 그를 죽여야만, 죽여버려야만 이 모든 분노와 절망과 갈등과 고통이 끝날 것이다.

죽이고 싶어, 죽여버리고 싶어……. 메이는 자기 안에 떠오르는 살의를 발견하고 그 충격으로 온몸을 떨었다. 이 살의는 어느 날 갑자기 생겨난 것이 아니라, 케이가 자신을 버리고 떠났기 때문에 일어나는 것이 아니라, 아주 오래전부터 자기 안에 존재하고 있었다는 사실까지 명확하게 드러나 보였다. 그러자 갑자기 케이뿐만 아니라 그동안 보아온 모든 사람들에 대한 증오심이 일었다. 우선 케이를 소개해준 선배 윤영이 가장 먼저 떠올랐다. 왜 그의 연락처를 나에게 준 거지? 왜 하필 케이였지? 왜 하필 나였지? 그리고 케이는 왜 나에게 보자고 했던 거지? 왜 나의 존재를 무시해버리지 않았지? 왜 나를 그냥 스쳐 지나가지 않았지? 그러나 기실 이 모든 문제에 대한 책임은 바로 신에게 있었다. 만나지 않게 할 수 있었잖아, 피해가도록 할 수 있었잖아, 얼마든지. 신이라면, 나를 진짜 사랑하는 신이라면 그렇게 해줄 수 있었잖아. 하지만 신은 끝내 메이와 케이를 만나게 만들었고 지금은 메이 홀로 남겨지게 만들었다. 이 지옥의 한가운데로 메이를 밀어넣은 것은 다름아닌 신이었다. 끝까지, 끝까지 자신을 돌보지 않고 사랑하지도 않는 신에게, 언제나 고통과 상처만을 안겨주는 신에게 걷잡을 수 없는 분노가 치밀었다. 메이는 모두 죽이고 싶었다. 누구든 죽이고 싶어. 그래야만 내가 살 수 있을 것 같아.

---

* 요가 이론에 의하면 인체에는 '나디'라고 불리는 72,000개의 에너지 통로가 있고 그중 핑갈라는 우측에 위치한 양의 에너지이자 태양의 기운을 상징한다. 따라서 핑갈라는 불과 같이 타오르고 역류하며 나쁜 에너지를 증식시키는 악마성에 비유되기도 한다.

그러지 않으면 내가 먼저 죽어버릴 것 같아⋯⋯.

메이는⋯⋯ 가장 먼저 신을 죽이고 싶었다. 누군가를 죽여야만 사라질 것 같은 자기 안의 욕구, 그 살의를 비워낼 수 없다면, 이것이 끝내 누군가를 죽여야만 해갈되는 욕망이라면 그 대상은 바로 신이 될 수밖에 없다는 사실까지도 그녀는 알게 되었다. 그 다음으로 떠오른 것은 핑갈라의 불꽃을 담은 그릇, 바로 메이 자신이었다. 나를 죽여야 해, 끊임없이 떠오르는 이 핑갈라를 무찌르고 영원한 피안의 세계로 넘어가야 해. 내 안의 악마를 없애기 위해, 나는 나를 죽여야만 하는 거야⋯⋯.

그것은 어떠한 결심도 결정도 아니었다. 그저 자연스러운 현상이었다. 죽여야 해, 죽어야 해⋯⋯. 신이 나를 사랑하지 않는다면, 누구도 나를 사랑하지 않는 거야, 심지어 나 자신조차도 나를 결코 사랑할 수 없는 거야. 메이는 신을 비롯해 어느 누구에게도 더 이상 사랑 같은 것을 갈구하고 싶지 않았다. 욕망을 성취함으로써 채우고 비워낼 수 없다면 이 모든 욕망의 근원을 송두리째 잘라내는 게 맞았다.

화장실 바닥에 주저앉아 있던 메이는 그대로 자리에서 일어나 방 밖으로 나갔다. 어느새 저물 무렵이 되어 공기가 싸늘했다. 겉옷을 가지고 나오지 않아 반팔 차림이었지만 다시 집으로 돌아가 옷을 챙겨올 정신도 없고 그럴 필요도 없었다. 그녀는 그대로 집 앞 대로변으로 나가 도로 위를 지나는 릭샤를 불러 세웠다. 그리고 다른 말은 없이 무조건 차문디 언덕으로 가달라고 말했다. 릭샤왈라는 그곳이 여기서 제법 멀다고, 왜 이 늦은 저녁

시간에 그곳에 가려는 것이냐고 물었지만 메이는 대답하지 않았다. 차문디 힐, 차문디 힐,이라고만 계속 되뇔 뿐이었다. 릭샤왈라는 고개를 까딱이며 릭샤를 몰기 시작했다. 메이가 앉은 자리로 바람이 몰려왔다. 머리카락이 흩날리고, 숨이 막혔다.

54

언젠가 요한이 '회전목마'라는 제목의 노래를 만든 적이 있었어. 그래, 어릴 적 어머니와 함께 간 놀이공원에서 타본 회전목마가 그에게 커다란 인상을 남긴 거야. 그가 나에게 말해주던 이야기들처럼 그 가사 또한 한 편의 어두운 동화 같아 보였어. 멈추지 않는 회전목마는 끊임없이 한 자리를 돌고 돌아 그는 그것이 멈추는 날만을 기다리고 있다는 거였지. 회전목마 바깥의 세계에 다다라야 그는 비로소 편하게 누워서 쉴 수 있을 테니까. 그랬어. 그는 늘 죽음을 준비하는 고령의 노인과 같은 모습이었어. 겉모습은 서른 살의 젊은 남자였지만 내면은 이미 시들어 죽음만을 기다리는 노인 같았어. 숨을 쉬는 게 힘드니까, 그런데 숨 쉬지 않으면 살 수가 없으니까, 숨 쉬지 않고도 존재할 수 있는 죽음 너머의 세계로 그는 다다르고 싶어 했어.

"죽음은 두렵지 않아. 나에게는 삶이 더 두려워. 살아가는 게,

숨을 쉬는 게 너무 힘들어. 하지만 인간이 얼마나 모순적인 존재인지 수술대 위에 누워 있을 때마다 뼈저리게 느끼곤 해. 나는 늘 삶보다 죽음이 나을 거라고 여기면서도 정작 수술대 위에 누워 수술실 안으로 들어갈 때면 진짜 죽음의 문턱을 넘는 심정이었어. 그리고 매번 나도 모르게 기도하고 있었어. 살려달라고, 이 수술이 무사히 끝나고 다시 세상으로 나아가 살아가게 해달라고 기도하고 또 기도했어. 그렇게 기도하고 있을 때면 내 곁에는 주님밖에 없다는 것을 실감하게 돼. 수술대 위, 죽음의 문턱에서는 사랑하는 엄마도 아빠도 내 곁에 없는 거야. 그래, 그 순간에는 오직 주님만이 나와 함께 계셨어. 내가 믿고, 의지하고, 붙들 수 있는 유일한 존재, 나의 하나님. 수술대 위에 오를 때마다 나는 하나님을 또렷하게 보고 듣고 느낄 수 있었어. 그래서 나는 오직 하나님만을 붙들었어. 진짜 죽음의 문 앞에 다다라 있는 순간, 정말 아무도, 엄마조차도 나와 함께 있지 못하는 그 순간에 말이야."

왜였을까? 그렇게 말하는 요한의 목소리를 들을 때마다 내 안에서 무서운 감정이 일었어. 분명히 그는 죽음의 상황에 직면해 있는데, 그것은 결코 부러워할 일이 아닌데, 그런데도 나는 오직 그의 곁에 있어주는 하나님의 존재에 분노가 치미는 거야. 요한의 삶은 항상 그런 식이었어. 아프다는 이유 하나로 모두가 그를 소중하게 돌보고 사랑하는 거야. 누구도 그를 괴롭히지 않고, 상처주지 않아. 심지어 하나님마저도 이 세상 어느 누구보다 요한을 더 많이 아끼고 사랑하는 거야. 하나님은 왜 그의 곁에만 머물러주는지, 나는 왜 그렇게 꽉 붙들거나 돌봐주지 않는지에 대해서 나는 화가 났어. 나는 그렇게 요한을 질투하고 하나님에게 화를 내는 나 자신이 너무 역겹게 느껴져 절대로 내 생각이나 감정을 그에게 이야기하지 않았어.

난장구드 사원에서 본 인도인들에게서 불편함을 느꼈던 것 또한 그 때문이었어. 온몸과 마음을 다해 신에게 매달리는 요한의 모습이 그 사람들 속에 있었어. 아무것도 가지지 못한 채로 태어났고, 앞으로도 가질 수 있는 게 없는, 모든 꿈과 희망과 미래를 거세당한 채로 태어난 그들 곁에 자리해주는 신. 그 존재를 믿고, 사랑하고, 간절히 붙들며 함께 살아가는 그들을, 그 믿음을, 그 사랑을 나는 시기하는 거야. 나에게는 그 간절한 신앙심을 주지 않고, 그 애틋한 아버지와 신의 사랑을 허락하지 않은 섭리에 나는 끊임없이 화를 내고 있는 거야.

신은 자신의 형태를 본떠 인간을 만들었다고 하지. 신은 그런 존재인 거야. 다른 모든 인간들처럼 신도 사람을 차별하는 거야. 신은 요한을 진심으로 아끼고 사랑하지만 나를 그렇게 아끼고 사랑하지는 않는 거야. 그리고 나는 그런 인간인 거야. 죽음의 상황 앞에 놓인 요한에게 연민이나 자비심을 느끼기는커녕, 그런 그에게 현현해준 신의 존재에 대한 감사와 사랑을 깨닫기는커녕, 그를 보며 질투하고, 그와 나를 비교하고, 신을 판단하고 경멸하는 그런 존재인 거야.

이 모든 것들이 실재가 아닌 나의 망상이라는 사실을 나도 알아. 신이 인간을 차별한다는 것은 내가 만들어낸 생각일 뿐 실제 사실은 아니겠지. 내가 왜 그걸 모르겠어? 나도 당연히 알아, 알고 있어. 하지만 나는 이 망상에서 벗어날 수 없는 존재라는 것까지도 알고 있는 거야. 그 사실이 나를 더 극한의 지옥으로 몰아가. 나 스스로 망상을 만들고, 그 망상으로 인해 괴로워하는 무지한 존재, 그게 바로 나야. 나 자신에 대해서 알아갈수록 나는 너무 고통스러워. 어리석고, 무지하고, 질투하고, 분노하며 스스로를 괴롭히는 나 자신이 쓰레기 같아. 그래서 나는 자꾸만 나 자신을 좋은 사람인 양 포장하는 거야. 사람들에게 친절하고 상냥하고 다정하게 굴면서, 진정 어린 희생과 자비를 실천하는 사람처럼 보이려는 거야. 아무에게도 말할 수 없고 보여줄 수 없는 내 존재의 실상이 혐오스러워 어떻게든 외면하고 싶었어. 그런데 외면하려고 하면 할수록 그 추악한 존재가 나를 더 끈질기게 따라와. 나에게서 떠나지 않고 내 안에 철석같이 들러붙어 나를 괴롭혀. 그것에 반응하고 싶지 않은데, 그것에 반응하고 괴로워하는 나로부터 벗어나고 싶은데, 그래서 이곳 인도까지 도망쳐온 건데, 아무리 멀리 도망치고 또 도망쳐도 그 '나'는 나를 따라다니는 거야. 그래, 그것은 사라지지 않을 거야, 영원히. 내가 어디로 가든 무엇을 하든 그것은 늘 나를 따라올 거야. 망상을 멈출 수 없으니까, 허상을 붙들지 않을 수 없으니까, 나 스스로의 힘으로 '나'를 넘어설 수 없으니까, 이겨낼 수 없으니까……

55

메이도 알고 있었다. 자기 자신을 얼마나 많이 속이고 진실을 외면하며 살아왔는지, 지금 이 순간이 되어서야 자세히 알 수가 있었다. 인도에 와서 케이를 만나고 그와 대화를 나누고 그 만남이 잦아질수록 메이는 가슴이 아파오는 것을 어찌해볼 도리가 없었다. 그때부터 메이는 길을 걷다가도 눈물을 쏟는 일이 많았다. 그럼에도 확인해볼 엄두가 나질 않았다. 모르는 채로, 모르는 체 하는 채로 나아갈 수 있는 데까지 나아가보고 싶었다.

아닐 거야, 아닐 거야,라고 메이는 생각했다. 결혼한 사람이 이렇게 혼자 여행을 다니고 있을 리 없어. 아내가 있다면, 가정이 있다면 그럴 수 없었을 거야. 헤어졌겠지, 혼자이겠지,라고 스스로 되뇌고 또 되뇌기를 반복했다. 그렇지 않다면 케이 또한 메이에게 호감을 가지며 다가오지는 않았을 거라고, 분명히 관계에 선을 그었거나 아니면 아예 결혼한 사실을 드러내고 바람이나 피우겠다는 식으로 접근했으리라고 메이는 생각했다. 메이는 이미 서른 살이 훌쩍 넘었고, 그런 식으로 행동하는 유부남들을 여러 번 보았다. 당황한 메이가 그쪽은 이미 결혼하지 않았느냐고 물으면 오히려 더 당당한 태도로 자신은 아이까지 있다고 말하는 남자들도 있었다. 하지만 메이는 안 그래도 힘든 삶에서 굳이 불륜으로까지 엮여 진을 빼고 싶은 마음이 추호도 없었다.

메이는 케이와 만날 때마다 맥주를 마셨다. 메이는 사실 낮에 만나서 함께 점심을 먹거나 호수에 가서 산책을 하고 싶었지만 케이 또한 요한과 마찬가지로 낮에 자고 밤에 활동하는 유형이었다. 메이가 점심을 먹는 정오 시간까지도 케이는 거의 일어나지 못했고, 늦은 오후에 깨어나 저녁 무렵에야 슬슬 밖으로 나와 술과 함께 끼니를 해결하는 식이었다. 그리고 메이는 그 시간에는 음식을 먹는 것을 피하는 경향이 있어 케이를 만나면 주로 맥주만 홀짝이게 되는 것이었다.

그렇게 케이와 자주 만나기 시작하며 메이는 종종 혼자서도 술을 마시게 됐다. 출출해지기 시작하는 저녁 시간이면 음식 대신 맥주를 사와서 한 병 두 병 마시기 시작한 게 점점 습관이 되었다. 케이가 다른 지인과 저녁식사 약속이 있어 메이와 만날 수 없던 그날에도 그녀는 늦은 저녁시간까지 혼자서 맥주를 마셨다. 음식을 먹으면 먹을수록 그 양이 늘어나는 것처럼 술도 마시면 마실수록 주량이 늘었다. 세 병째 맥주를 비우고 슬며시 취기가 오를 때 케이는 곧 자리가 파하니 메이의 숙소 근처로 가겠다고 문자했다.

그들은 메이의 숙소 근처에 있는 주류 판매점 앞에서 만났다. 메이가 살고 있는 곳 근처에는 자리를 잡고 앉아서 술을 마실만 한 펍이 없어 술을 사가지고 메이의 숙소에 가서 마시기로 했다. 둘 다 이미 배가 부른 상태라서 맥주가 아닌 위스키와 탄산수를 샀고, 금세 술에 취한 메이는 홀로 침대에 누워 케이에게 말했다. 좋아하고 싶다고, 좋아해도 되느냐고, 중얼거리듯 내뱉은 그 말에 케이는 아무 대답하지 않았다.

메이가 까무룩 잠들었다가 깨어 눈을 떴을 때, 케이는 그녀의 옆 자리에 그저 앉아만 있었다. 메이를 내려다보는 케이의 눈자위가 시뻘겋다. 메이가 그에게 왜 그러고 있느냐고 묻자 그는 불면증 때문에 잠을 잘 수가 없다고 대답했다. 평소에는 약을 먹고 잠드는데 오늘은 약을 가지고 나오지 않아서 내내 깨어 있었다고도 했다. 술을 마시고도 잠들지 못하고 피로하게 내려앉은 케이의 모습이 꼭 물에 빠진 생쥐 같아 보인다고 메이는 생각했다. 그녀는 문득 요한이 얼마나 강인한 사람이었는지에 대해서 돌아보았다. 요한은 비록 육체적인 질병을 가지고 태어났지만 수차례의 수술을 견디고도 끝까지 살아남은 사람이었다. 살기 위해서, 살아남기 위해서 요한이 단련할 수 있는 것은 육체가 아니라 정신이었다. 메이는 요한의 강인한 정신력이 늘 부러웠고, 그의 곁에 머물며 그 태도와 자세를 닮고 싶다고 생각한 적도 있었다. 그에 반해 멀쩡한 육체를 가지고 태어난 사람들의 정신은 얼마나 위태롭고 나약한가. 얼마나 많은 사람들이 정신적인 질병으로 인해 제대로 먹지 못하고 잠들지 못하고 살아가지 못하는지……. 바로 지금 여기 케이와 자기 자신만 보아도 충분히 알 수 있었다.

메이는 케이와 함께 내면의 질병들을 극복해나가고 싶었다. 함께 밥을 먹고, 함께 잠을 자고, 함께 이야기하고…… 그와 함께 이 세계에 존재할 수 있다면…… 그렇다면 우리도 내면의 이 어두운 진창으로부터 조금씩 벗어날 수 있지 않을까? 그와 함께, 이곳에서 빠져나갈 수 있지 않을까?

다음날 새벽에 메이가 잠에서 깨어났을 때까지도 케이는 잠들지 않은 채 메이 곁에 앉아만 있었다. 메이는 케이가 자신의 한쪽 손을 잡고 있는 것을 보았다. 케이는 아무 말 없이 잠에서 깨어난 메이의 모습을 바라보다가 그만 가보겠다고 말하며 자리에서 일어났다. 방문을 열고 밖으로 나가는 케이의 뒷모습을 메이 또한 아무 말 없이 지켜보았다. 그가 떠나고 난 뒤까지도 메이는 자리에서 일어나지 못하고 침대에 오도카니 앉아만 있었다. 마음이 기울고, 기울어지는 마음을 바라보는 것밖에는 아무것도 할 수 있는 게 없었다.

56

딱 한 번, 아버지에게 나를 데리러 와달라고 부탁한 적이 있어. 중학생 때 독서실에서 밤늦게까지 공부를 하고 집으로 돌아가려고 했을 때였어. 마을버스는 이미 끊긴 시간이라 나는 시내버스를 탔지. 한데 어쩐 일인지 버스가 우리 동네와 반대 방향으로 가는 거야. 버스에는 승객도 거의 없고 기사 아저씨는 왠지 모르게 무섭게만 느껴졌어. 그러나 아무리 기다려도 어디서 내려야 할지 알 수가 없어 결국에는 기사 아저씨에게 다가가 물었어, 이 버스가 어디로 가는 것이냐고. 아저씨는 강남역으로 간다고 대답한 뒤 나에게도 어디까지 가느냐고 물었어. 내가 버스를 탔던 곳에서 세 정거장 떨어진 아파트 단지로 가려 했다고 대답하자 아저씨는 그럼 그냥 이 버스를 타고 강남역까지 같이 가자고 말했어. 여기서 내린 뒤 길을 건너 반대편에서 버스를 타도 되지만 어차피 회차 지점이 가까우니 그냥 이 버스를 타고 강남역으로 갔다가 차고지가 있는 우리 동네로 돌아가는 게 낫다는 거였어. 애초에 내가 버스를 탔던 곳에서 조금 떨어진 거리의 정류장에 차고지로 돌아가는 버스가 다닌다며, 같은 방향의 도로에서 정류장이 연이어 있으니 버스 앞에 걸어둔 종착지 팻말을 잘 확인해야 한다는 거야. 나는 줄곧 마을버스만 타고 다녀서 그 사실을 몰랐던 거고.

나는 아저씨의 말대로 이 버스를 그대로 타고 가겠다고 대답하고 자리에 앉아 조금이라도 빨리 버스가 되돌아가기만을 기다렸어. 강남역에 들어서자 거리의 휘황찬란한 불빛들이 내 마음을 더욱 어지럽게 만들었어. 아저씨가 이 버스는 곧 되돌아갈 거라고 말했음에도 불구하고 내 마음은 왜 그렇게 두렵고 불안했는지 모르겠어. 십 분이면 갈 수 있는 거리였는데, 두 시간여 동안 헤맨 뒤에야 버스가 우리 동네로 돌아갔어. 돌아가는 길에는 차가 거의 없고 버스 안에도 승객이 없어서, 기사 아저씨는 빠르게 버스를 몰며 많은 정류장들을 그냥 지나쳐버렸어. 그 바람에 나는 내가 내려야 할 정류장을 또 지나치고 말았어. 나는 왠지 모르게 그 사실을 기사 아저씨에게 다시 말하기도 두려운 상태였어. 그래서 나는 그 버스가 종점에 다다를 때까지 내리지 못하고 가만히 앉아만 있었어. 마침내 버스가 종점의 차고지에 도착했을 때 나는 그곳에서 내려 공중전화를 찾아 집으로 전화를 걸었어. 아버지가 전화를 받았고, 나는 거의 울기 직전이었어. 나는 떨리는 목소리로 아버지에게 나를 데리러 와달라고 했어. 그러자 아버지가 나에게 어디에 있느냐고 물었어. 나는 내가 탔던 버스의 종착지라고 대답했어. 그곳은 우리 집에서 차로 십오 분 정도 걸리는 거리였어. 밤은 깊었고, 기사 아저씨들이 모두 나와서 담배를 태우고 있어 나는 모든 것이 낯설고 무서웠어. 아버지가 빨리 와주었으면, 제발 나를 데리러 와주었으면 하고 간절히 바랐지.

아버지는 권태와 냉정이 뒤섞인 목소리로 나에게 택시를 타고 오라고 말했어. 내가 택시비를 낼 돈이 없다고 말하자 택시가 도착할 때쯤 엄마에게 택시비를 가지고 아파트 입구에 나가서 기다리게 하겠다며 택시를 타고 오라고만 했어. 자정이 가까워오는 한밤중에, 중학생 여자애 혼자 택시비도 없이 어디서 어떻게 택시를 타라는 건지 나는 아직까지도 이해가 안 돼. 하지만 단호하고 엄격했던 아버지의 말을 거스를 수가 없어 나는 그대로 전화를 끊고 택시를 잡기 위해 거리로 나갔어. 서럽고 두려운 마음에 눈물이 뚝뚝 떨어져내렸어. 나는 그렇게 울면서 한 걸음 한 걸음 밤길 속을 나아갔어. 그렇게 걷다 보니 더 이상 누구도 마주하고 싶지 않고, 어떤 차도 다시 타고 싶지 않았어. 그래서 나는 그렇게 걷고 또 걸어서 마침내 우리 집이 있는 아파트 단지에 도착했어. 자정을 이미 훌쩍 넘긴 시간이었지. 택시비를 가지고 나와 아파트 입구에서 기다리겠다던 엄마는 보이지도 않았어. 아마 잠깐 나와 보고는 금세 돌아갔겠지. 집으로 들어가니 가족들은 모두 잠들어 있었고, 다음날 아침에는 누구도 나에게 어젯밤 어떻게 돌아왔느냐고 묻지 않았어.

그날 이후로 나는 어느 누구에게도 나를 데리러 와달라고 말해본 적이 없어. 그때 아버지에게 거절당한 게 커다란 상처로 남아서, 그때부터 나는 누군가 나에게 무언가를 부탁하면 그게 뭐든 거절할 수 없게 돼버렸어. 그날 내가 느낀 감정을 어느 누구에게도 똑같이 느끼게 하고 싶지 않았어. 인간이 인간에게 그렇게 해서는 안 된다는 생각밖에는 들지 않았으니까.

교회에서 예배 도중 뛰쳐나오던 날, 나는 비로소 나에 대해서 알게 되었어. 돌이켜보니 어린 시절에 나는 아버지에게 거절당해서 상처를 받은 게 아니라 화가 났던 거야. 그런데 내가 아버지에게 화를 내거나 떼를 쓰면 더 혼이 날까봐 두려워 그 분노를 감추고 억눌러온 거야. 나 스스로도 그 감정들을 견딜 수가 없어서, 그래서 그 모든 것들을 외면한 채로 조용히 살아온 거야. 나는 그저 착하고 마음 여린 아이 행세를 하며 사람들에게 관심 받고 위로받기 원했던 거야. 나는 사람들을 도와주고 그들에게 친절을 베풀기 좋아하지만, 그것은 단지 모두에게 사랑받고 싶어서 했던 거짓된 행동일 뿐인 거야. 내 안에는 전혀 착하지 않고 예쁘지 않은 나만 들어 있는데 사람들이 나의 진짜 모습을 보고 등 돌릴까봐, 누구도 내 곁에 남지 않을까봐 두려워 나를 속이고 포장해온 거야. 나 자신을 속이고 있는 줄도 모르는 채로, 무지한 채로 말이야.

요가를 하면 할수록, 기도를 하면 할수록, 명상을 하면 할수록 그런 추악한 나 자신과 내 안의 무지가 선명하게 드러나 보여. 그래서 이 포장지를 벗기고 진짜 나를 마주하는 게, 진짜 나를 알아가는 게 두렵고 싫어. 내 안에 잠들어 있던 미친년 하나가 벌떡 일어나 나를 모두 집어삼키는 것만 같아. 사람들에게 상처주고 싶고, 사람들을 짓밟고 싶고, 그들을 죽여버리고 싶은 내가 내 안에 있어. 그래, 바로 오빠부터, 나는 어떤 식으로든 죽이고 싶어.

내 안에 이렇게 강렬한 살의가 있다는 사실을 나는 이제야 확실히 알게 되었어. 어린 시절에 본 사악한 얼굴의 아미언니, 우울한 모습의 고모, 나를 사랑하지 않는 아버지와 요한, 그 모두에게서 발견한 추악한 모습이 바로 내 안에 있는 거야. 나는 그 모두를, 그리고 신을…… 죽이고 싶은 거야.

오빠가 서울로 돌아간 뒤부터 내 안에서 그 미친년이 튀어나와 나를 모두 뒤덮고 있어. 나를 집착과 욕망에 미친 사람으로 몰아가는 오빠의 모습에서 나는 진짜 내 모습을 보았어. 괴롭히고 싶고, 망가뜨리고 싶고, 죽이고 싶어. 오빠의 진짜 모습을 만천하에 알린 뒤 이 진흙탕 속으로 끌어들여 빠져나가지 못하게 만들고 싶어. 고통에 허덕이며 죽어가도록 온 사지를 찢어놓고 식칼로 그 눈알과 혓바닥을 도려내고 귀와 코와 성기와 가슴 그리고 손가락과 발가락의 관절까지도 모두 다 잘라내고 싶어.

살인은 누구나 할 수 있다는 사실을 처음으로 깨달았어. 누구나 사람을 죽일 수 있고 누구나 살인자가 될 수 있어. 그리고 내가 바로 그 악마와 같은 살인자라는 것을 나는 이제야 깨달았어. 그러니까 나는 사악하고 냉정했던 요한을 욕할 것도 증오할 것도 없어. 최소한 그에게는 천사와 악마의 모습이 모두 들어 있었지. 그래서 때로는 천사의 얼굴로, 때로는 악마의 얼굴로 내 앞에 나타나곤 했던 거야. 그런 요한을 보면서 나는 누구에게나 천사와 악마가 잠재해 있을 거라고 생각해왔어. 그래서 인간은 때로는 선하고 때로는 악한 거겠지, 하면서 말이야. 그런데 그게 아니었어. 다른 사람들은 어떨지 모르지만 나만큼은 결코 그게 아니야. 나에게는 천사가 없어. 연민도 자비도 없어. 그래서 신도 나 자신도 나를 사랑하지 않는 거야. 나에게는 온통 사악한 인간만 있어. 나는 그것을 감추기 위해 천사인 척 가면을 쓰고 살아왔을 뿐 진짜 천사였던 적은 한 번도 없는 거야. 그동안 나는 천사의 탈을 쓴 채로 다른 사람들을 속이고 나 스스로를 가두며 살아왔다는 것을 이제야 알겠어, 이제야…….

57

퇴근 시간이 겹친 마이소르 버스 스탠드 앞 사거리는 그야말로 난리 벅적이었다. 평소에도 많은 사람들로 붐비는 곳이지만 이 시간에는 사람들뿐만 아니라 수많은 버스들까지 버스 스탠드로 몰려와 있었다. 이 거리로 쏟아져나온 사람들을 지켜보고 있으니 인간의 생명이란 한갓 풀 한 포기보다도 가치가 없어 보였다. 인간을, 생명을 그토록 하찮게 만든 이는 다른 누구도 아닌 바로 그들 자신이라고 메이는 생각했다. 그들 스스로가 그들을 쓰레기로 만들었다. 신에게 복종하고 체제에 순응하고 계급에 엎드린 사람들. 아무것도 모르고 그저 시키는 대로 살아갈 뿐이라며 악업을 끊임없이 반복하는 사람들. 그러면서 모든 것에 만족하고 행복한 체 하는 거짓된 사람들. 자신이 거짓된 존재라는 사실조차도 알지 못하는, 살아 있지만 살아 있지 않은 사람들. 아무것도 아닌 쓰레기보다 못한 사람들……

도로는 사람들로 가득 차 있었다. 교통신호를 제대로 지키지 않고 무질서하게 다니는 차와 버스들 틈을 메이가 탄 릭샤의 운전사는 잘 뚫고 나아갔다. 그러나 서너 대의 오토바이와 메이가 탄 릭샤가 서로 부딪칠 뻔하자 메이의 심장이 크게 뛰었다. 메이는 두려웠다. 여기서 죽으면 누가 나를 알아봐줄까? 인도 마이소르 시내에서 한국인 여행자 한 명이 사망했다고 뉴스에서 언급이라도 해줄까? 지금 내 지갑 속에는 여권도 신분증도 없는데, 내가 죽으면 이 많은 인도인들 중에 내 신원을 확인해줄 사람이 있기나 할까? 누군가 대한민국 대사관에 연락이라도 해줄까? 이곳은 인도의 수도에서도 멀리 떨어진 지방 소도시일 뿐인데……. 내가 죽고 뉴스에 사망자로 알려지면 케이가 나를 알아볼까? 내가 죽은 것에 그가 충격을 받기는 할까? 케이가 놀라면 좋겠어. 아주 조금이라도 그의 삶에, 그의 기억에, 그의 심장에 흔적을 남기고 싶어. 그가 나로 인해 무언가를 느낄 수 있으면 좋겠어. 나에게 무감각해지지 않으면 좋겠어. 긍정이든 부정이든 그에게 각인되고 싶어. 나를 기억해주면 좋겠어. 나를 잊지 않으면 좋겠어.

어떻게 이곳까지 왔는지 메이는 기억할 수 없었다. 운전사가 릭샤를 세우고 메이에게 이곳이라고 말했다. 메이는 아무 생각도 없이 값을 치르고 릭샤에서 내렸다. 그리고 주변을 돌아보았다. 예전에 와본 차문디 언덕이 아니었다. 여기가 어디지? 메이는 돌아보았다. 끝이 보이지 않을 만큼 높게 이어진 천일계단이 눈앞에 보였다. 아, 여기가 아닌데, 나는 저 계단의 꼭대기, 차문디 언덕의 정상으로 가달라고 했는데 왜 이곳에 온 거지? 메이는 릭샤왈라를 다시 찾았지만 그는 이미 떠나고 없었다. 어쩔 수 없었다. 저 꼭대기, 차문디 언덕의 정상으로 가기 위해 계단을 따라 올라가야만 했다.

저물 무렵이었다. 노을이 서서히 내려앉고 있었다. 계단길이 시작되는 부근에 자리한 장사치들은 하나 둘 노점을 접고 돌아갈 채비를 하고 있었다. 누구도 메이를 신경 쓰지 않았다. 어둠이 깔린 산속은 위험해 보였지만 메이는 그 위험을 느낄 수도 없었다.

메이는 계단을 오르기 시작했다. 웃옷도 없이 나온 터라 맨살에 닿는 공기가 차가웠다. 메이는 샌들을 벗어 양손에 하나씩 든 채 맨발로 계단을 올랐다. 발바닥에 닿는 돌의 감촉이 차다 못해 시렸다. 그 시림이 발바닥을 통해 회음부로, 심장으로, 머리 꼭대기로 전해져왔다. 아, 아아……. 신음이 나왔다. 심장이 찢어져 그녀 몸의 구멍을 타고 쏟아져내리는 듯했다. 머릿속 골수가 산산이 부서져 심장의 피와 함께 온갖 내장기관들 속으로 빠져드는 느낌이었다. 온몸에서 오물이 뒤엉키고, 쏟아지고, 비어져 나왔다……. 메이는 더 이상 걸을 수가 없어 양 손바닥을 바닥에 짚고 개처럼 엉금엉금 기어 계단을 올랐다. 거대한 난디상을 지나 정상 부근에 다다를 즈음, 바로 그곳, 메이가 늘 보아오던 커다란 바위틈이 드러나 보였다. 그 바위 틈새로 나아가면 편평한 돌무더기가 나오고 그 아래가 바로 절벽이었다.

노을이 붉게 번지며 온 하늘을 내리덮었다. 메이는 샌들을 돌계단 위에 놓아두고 매번 물끄러미 바라보기만 했던 바위 틈새로 나아갔다. 크고 편평한 바위가 늘어서 있었다. 무서워…… 모든 것이 무서워. 이 길도, 저 하늘도, 나 자신까지도…… 너무 무서워 견딜 수가 없어. 다리가 후들거려 메이는 더 이상 나아갈 수 없었다. 맨살에 닿는 바위의 감촉은 너무나 차가운데 하늘을 붉게 물들이는 태양은 너무도 뜨거워 차마 바라볼 수조차 없었다. 두려워, 저 불길이, 저 불길이 시작된 곳이…… 너무나 두려워. 근원을 잘라야 해. 사라져야 해. 불길 속으로, 저 너머로 나는 나아가야 해. 울고 있는, 울고 있는 요한의 얼굴이 보여. 그의 목소리가 들려.

'당신이 나 대신 죽고 싶다고 자주 말했지. 그렇게 해서 단 하루만이라도 내가 남들과 같이 건강한 몸으로 살아갈 수 있으면 좋겠다고. 그리스도와 같이, 윤희 씨가 죽어서 나에게 새 생명을 줄 수만 있다면 얼마든지 그렇게 하고 싶다고. 죄 없는 신의 아들이 아닌, 죄 많은 사람의 아들로 태어난 당신의 존재가 원망스럽다고. 윤희 씨, 나는 늘 죽음과 가까이 있었어. 어릴 적 어린이 병동에서 지낼 때 같은 병실에 있던 아이들이 하나씩 사라져갈 때마다 아무도 말해주지 않지만 나는 이미 알고 있었어, 누군가 사라졌다는 것을……. 하나의 생명이 이 땅에서 사라진다는 게 어떤 일인지 명확하게 알 수 있었어. 그래서 윤희 씨가 나에게 그렇게 말할 때마다 나는 정말로 죽고 싶었어. 내가 죽으면 당신도 알게 될 테니까, 사랑하는 존재가 이 땅에서 사라지는 게 어떤 일인지 당신도 알게 될 테니까 말이야. 그러니까 윤희 씨, 내

가 당신보다 먼저 죽을 거야. 나의 죽음으로 당신은 엄청난 고통
을 겪게 될 거고, 그러면 당신의 생명이 사라질 때 그토록 고통
스러워하는 존재가 있다는 사실도 알게 될 거야. 그것은 다름 아
닌 당신의 하나님이라는 사실까지도 모두 알게 될 거야. 그러니
까 윤희 씨, 나의 죽음이 당신에게 가르쳐줄 거야. 하나님의 사랑
을, 그리스도의 의미를……. 그것이 당신을 살게 할 거야.'

　오빠는 이곳에도 발을 디뎌봤을까? 오빠가 쓴 여행 책에서 이
곳, 차문디 언덕을 소개해놓은 것을 보았어. 천일 개의 계단과 계
단 중턱의 난디 상, 차문디 언덕 정상의 차문데쉬와리 사원 풍경
까지 상세히 소개해놓았잖아. 그럼 오빠도 이 바위를 한 번쯤은
보았을까? 이 틈새로 걸어나와 발을 디뎌보았을까? 내가 왜 이
곳에 찾아와 맨발로 이 길을 걸었는지 오빠가 알까? 이 길을 걸
으면 오빠와 함께 있는 것만 같았어. 오빠가 걸었던 그 길을 맨
발로 걷다 보면 오빠와 내 몸이 하나로 섞이는 것만 같았어. 모
든 것이 뒤섞이고, 모든 것이 뭉그러지는 것 같았어. 오빠와 하나
가 되고 싶어. 누군가와 섞이고 싶어. 그러면 내가 모두 사라지
고, 다른 존재가 될 수 있을 것 같아. 뭐든 가질 수 있을 것 같아.
어디로든 나아갈 수 있을 것 같아……. 저 하늘이, 저 태양이, 저
구름이, 저 땅이…… 나와 하나가 되는 거야. 여기 이곳, 차문디
언덕에서 오빠에게, 요한에게, 그리고 저기 저 언덕 너머에서 나
를 내려다보고 있는 신에게…… 오르는 거야…….

58

모든 게, 모든 게 오빠 때문이었잖아. 처음부터 아무 말 하지 않은 것도, 말없이 내 손을 잡은 것도, 그리고 그렇게 떠나버린 것도 모두 오빠였잖아. 나도 잊고 싶었어, 잊으려고 했어. 하지만 사람의 마음이 그렇게 마음대로 움직이지 않는다는 사실을 오빠도 알고 있잖아. 흐르는 강물을 되돌릴 수 없듯 마음의 물길 또한 억지로 돌릴 수 없으니 그저 이 강물이 모두 흘러갈 때까지 기다려줄 수 있었잖아. 아무것도 하지 않고, 그저 바라보기만 해도 됐잖아. 그것만이, 내가 원했던 거잖아. 정말 나에게 진심이었다면, 진심으로 나에게 미안하다면, 그렇게 해줄 수 있잖아.

난장구드 여행에서 돌아올 때 효정 씨가 오빠에 대한 이야기를 했어. 바라나시에서 오빠를 본 적이 있다고, 오빠가 운영하는 인도 여행 사이트에서 활동하며 소통해오던 사이라고, 그래서 오빠의 책도 다 읽어봤고 한국에서 열리는 인도 여행자 모임에도 나가며 서로 알고 지내는 사이라고 말했어. 이번에 마이소르로 오기 전 여행하고 온 바라나시에서도 오빠를 우연히 봤다는 이야기를 했어. 그렇다면 오빠가 나와 헤어지고 한국으로 돌아가고 난 이후에 다시 인도에 와서 만났던 것이 분명하기에 나는 그 이야기에 신경이 곤두섰어. 효정 씨는 그곳에 있는 한인 식당에 밥을 먹으려고 들어갔을 때 가족들과 함께 있던 오빠와 마주쳤다고 말했어. 그곳에는 오빠의 어머니와 장모님도 계셨다고, 어른들 모시고 온 여행이라 평소와는 다르게 미리 일정을 짜두고 매 시간 그 일정에 맞춰 다니느라 무척 피곤해하더라는 이야기였어.

나는 그 앞에서 내 이야기를 하지는 않았어. 내가 이곳 마이소르에서 오빠를 만나고 겪은 일들에 대해서, 아니, 오빠에 대해서라면 어떠한 이야기도 하지 않았어. 나는 다만 오빠의 그 여행 사이트와 여행 책들을 알고 있고, 그것들을 통해 인도에 오기 전 많은 정보를 얻었다고 했지. 그러자 효정 씨는 오빠가 일 년 중 절반은 인도에서 여행한다고 말했어. 최근에는 터키와 그리스 등 인도가 아닌 다른 나라에서 주로 여행하고 있어서 한국에 있는 시간은 일 년에 서너 개월도 되지 않을 거라고 했어. 그렇다면 여행 경비와 생활비는 어떻게 버느냐고 내가 묻자 그 여행 사이트를 통해서 들어오는 광고비로 충당이 되는 모양이라고 대답하더라. 그리고 한국에 있을 때는 책을 출간하고 강연도 다니며 나름대로 돈벌이를 하는 것 같다고. 그리고 오빠의 아내에 대한 이야기를 했어. 십 년 전에도 오빠와 바라나시에서 만난 적이 있고, 그때만 해도 오빠는 아내와 함께 여행을 다니곤 했다고. 하지만 지금은 아내가 아파서 오빠 혼자만 여행을 다니고 있는 것 같다고 했어. 나는 너무 놀라서, 그 아내가 어디가 어떻게 아픈 거냐고 물었지만 효정 씨도 자세히는 모른다고 했지.

왜 오빠가 그토록 애절하게 돌아가야만 한다고 말했는지 조금은 알 것도 같았어. 오빠는 돌아가야 할 곳이 있고, 돌아가지 않을 수 없는 사람이라고 말했던 것 말이야. 그때부터 오빠의 존재가 아닌, 오빠라는 사람이 속한 세계가 나에게 다가오는 듯했어. 오빠라는 한 사람이 아니라 그 모든 사람들과 연결된 존재로서의 오빠가 느껴지는 거였지. 오빠가 그 모두와의 연결 고리를 끊을 수 없다는 사실을 나도 이제 알아. 그래, 오빠의 선택이 옳았어. 오빠는 돌아가야 했고, 돌아갔고, 그렇게 돌아간 곳의 세계에서 살아야 하는 사람이야. 나는 그것을 부정하고 싶은 게 아니야. 비난하고 싶은 것도 아니야. 다만 아무리 일순간이라 할지라도, 하물며 착각이었다 할지라도 오빠의 행동에 대해서는 책임을 져야 하잖아. 오빠가 돌아가는 것이 오빠의 책무인 것처럼, 나와의 관계에 대한 책임도 있는 거잖아. 오빠가 정말 진심이었다면 그것이 무슨 홍해처럼 갈라지지는 않을 거잖아. 우리는 신이 아니잖아. 그러니까 그토록 쉽게 끊어질 수만은 없는 거잖아. 그런데 마치 나만 이렇게 집착하는 것처럼, 나만 혼자 미쳐 있는 것처럼 몰아가서는 안 되는 거잖아. 오빠는 정말로 그래? 오빠의 감정을, 사람과 사람 사이에 흐르는 마음을 오빠가 원하는 대로 조절할 수 있어? 그게 그렇게 쉬운 일이야? 모두가 다 할 수 있는 건데 나만, 오직 나만 그걸 못해서 이렇게 고통스러워하는 거라고 말하지 마. 모두가 다 미쳐 있는 것 같아. 자신의 감정을 무시하고, 진실을 외면하고, 스스로를 기만한 채 멀쩡한 사람인 양 살아가는 현실을 나는 도무지 정상이라고 믿을 수 없어. 그래, 내가 미친 거라면, 나는 미친 게 맞아. 내 안에 진짜 미친년이 하나 들어 있어. 나도 모르는 사이에 그 미친년이 벌떡 일어나 이곳에 서 있는 거야. 그게 내 진실이고, 그게 나 자신이야. 그러니 이렇게 미쳐 있는 내가, 미쳐버린 내가 정상일 수밖에 없는 건데, 사람들은 그것을 결코 인정하지 않는 거야.

59

케이가 떠나고 난 뒤에도 메이는 예전과 같이 지내려 노력했다. 매일 새벽 5시에 일어나 요가를 수련하고, 아침밥을 먹고, 《요가수트라》를 읽어나갔다. 그러나 어느 순간부터 그녀는 책을 읽지 못했다. 누구보다도 책읽기를 좋아하던 그녀였지만 요한이 썼던 가사처럼 난독증이라도 생긴 건지 책장을 펼치면 아무리 노력해도 그 글자들이 눈에 들어오지 않았다. 수도 없이 책장을 펼치고 또 펼쳐보았지만 책 속의 글자들은 모래알처럼 산산이 부서지고 흩어져 종이 밖으로 빠져나가는 것만 같았다.

아무것도 하지 않는 시간에는 무엇을 해야 할지 몰라 메이는 그저 먹고 또 먹었다. 배가 고프지도 목이 마르지도 않지만 무언가를 끊임없어 몸속에 채워넣어야만 케이에 대한 생각을 몰아낼 수 있었다.

케이가 한국으로 돌아가고 난 뒤 메이도 그에게 더 이상 연락하지 않으리라 다짐했었다. 하지만 메이는 케이에 대한 생각을 멈출 수가 없고, 떠오르는 생각과 감정을 조절할 수 없어 괴로웠다. 그와 동시에 메이는 자기 자신에 대한 모멸감을 견딜 수가 없었다. 케이하고는 보름도 되지 않는 짧은 기간만 알고 지냈을 뿐, 정식으로 교제를 한 것도 아니고 서로에 대해 충분히 알고 있는 것도 아니었다. 그런데 왜, 왜 그를 잊을 수가 없고 그에 대한 생각을 멈출 수가 없는지 메이는 이해하기 어려웠다. 메이는 그런 그를 잊을 수 없는 자기 자신을 받아들일 수 없어 더 화가 났다.

케이가 메이의 숙소에 다시 찾아왔던 날, 메이는 그가 얼마나 한심한 사람인지 돌아보았다. 그는 해가 중천인데도 잠에서 깨어나지 않다가 늦은 오후에야 겨우 일어나 아무것도 하지 않고 누워만 있었다. 그것은 메이가 닮고 싶은 모습이 아니고 살고 싶은 삶도 아니었다. 그때 메이는 예감했다. 만일 이 사람과 만나게 된다면 얼마 지나지 않아 서로에게 실망하고 돌아서게 되리라는 것을. 서로 말이 잘 통하고 함께 있을 때 편안하다고 해서 연애의 과정이 행복하리라는 보장은 없는 거라고, 막상 만나다 보면 서로 잘 맞지 않고 소통할 수 없는 부분들을 발견하게 될 것이고 그러다 보면 그에게 쏠리던 마음도 자연히 돌아설 거라고 생각한 적이 있었다.

배부름의 정도를 지나 더 이상 아무것도 입 속으로 밀어넣을 수 없는 순간이 닥치면 메이는 침대에 드러누웠다. 그렇게 누워서 동영상 앱에 접속해 먹방이나 다이어트 관련 영상을 보고 또

봤다. 동영상을 보고 있으면 아무런 생각이 나질 않아서 좋았다. 몸이 움직이지 않고 생각도 움직이지 않는 그 순간 속에 오래도록 머물러 있고 싶었다.

그런 식으로 시간을 보내다 보니 밤에도 계속 잠을 자지 않고 비디오만 보게 됐다. 새벽까지 깨어 있다가 아침이 되어서야 잠들고, 요가를 수련하지 못하는 날이 늘어갔다. 자연스레 요가원도 더 이상 가지 않게 됐다. 메이는 그저 마음 편히 먹고 자고 비디오를 보는 생활만 이어가고 싶었다. 이래서야 인도에 오기 전 한국에서의 생활과 다를 바 없다는 생각이 들었지만, 그렇다고 해서 지금 이 습관을 바꿀 수 있는 것도 아니었다. 메이는 그저 누워 있고 싶었다. 끊임없이 먹고 끊임없이 누워서 끊임없이 무너져내리고 싶다고, 이 진흙탕 속으로 스며들어 영원히 파묻혀 있으면 좋겠다고, 두 번 다시 꽃으로 피어나기 위한 노력 따위 하고 싶지 않다고 생각했다.

메이가 휴대전화를 손에서 놓지 않고 쉴 새 없이 비디오만 보던 중 휴대전화의 전원이 갑자기 나가버렸다. 배터리가 다 됐나 싶어 충전을 하고 다시 켜보려 했지만 말을 듣지 않았다. 예상하지 못했던 문제가 생기니 또다시 케이 생각이 났다. 연애 감정과는 상관없이 고장 난 휴대전화를 어디서 수리할 수 있을지 물어볼만한 사람이 케이밖에 없었다. 하지만 케이는 한국으로 돌아간 이후 메이의 문자에 더 이상 답장하지 않았다. 감정의 여지를 남겨두고 싶지 않았다는 사실을 메이로서도 잘 알고 있기에 그런 그를 원망할 수조차 없었다.

메이는 케이의 책을 찾아 첫 장의 작가소개에 나와 있는 이메일 주소로 편지를 써서 보냈다. 다른 인사도 안부도 모두 거두절미하고 그저 갑자기 휴대전화 전원이 들어오지 않는데 이런 건 어디서 수리할 수 있는지 아느냐는 질문만 적었다. 이런 종류의 질문은 케이가 운영하는 온라인 사이트에 남겨놓아도 되지만, 답변을 해주는 이는 어차피 케이일 것이다. 그러므로 메이로서는 누구나 볼 수 있는 그 사이트에 자신의 아이디로 글을 남기는 것보다 케이에게 직접 이메일을 보내는 것이 나을 성 싶었다.

메이가 이메일을 보낸 지 1분도 지나지 않아 케이는 그것을 확인하고 곧장 답장을 보내왔다. 답장을 확인해보니 메이가 메일을 보냈던 이메일 주소와는 다른 계정을 통해서 보낸 것이었다. 책에 나와 있는 것은 공적인 일로만 쓰고, 사적인 메일은 이 주소를 쓰는 모양이었다.

메이야,

그렇지 않아도 걱정이 돼서 한 번은 연락하고 싶었는데 못하고 있다가, 이렇게 이메일이라도 보니까 안심이 된다.

그동안 어떻게 지냈어?

손목 다친 건 좀 나았어?

지난달에 네 생일도 있고 성탄절도 있었잖아…….

어떻게 보냈어?

혼자 있지 말고 요가원 친구들이라도 만나서 맛있는 거 먹고 재밌게 보냈으면 좋겠다고 생각하고 있었어.

나는 그때 한국에 잘 들어왔어.

지난 이십 년 동안 여행만 하면서 살다 보니 눈을 제대로 본 적
이 없어서 이번 겨울은 꼭 한국에서 지내보고 싶었어. 그런데 막
상 오니까 춥기만 하고 그냥 그렇네……

너는 거기서 따뜻하게 잘 지내고 있으면 좋겠다.

휴대폰은 네가 쓰는 기종 대리점이 샹카라차리아 아쉬람이랑
그 뒤쪽 공원 사이에 있거든. 거기 가져가면 웬만한 건 그 사람들
이 고쳐줄 텐데 만약 안 되면 그쪽에서 다른 수리 센터로 보내줄
수 있을 거야. 우선 거기 가보고 그래도 안 되면 다시 연락 줘.

타지에서 아프면 외로우니까 아프지 말고,

건강하길,

K.

메이는 케이의 답장을 오래도록 바라보았다. 랩톱 화면이 뚫
어지기라도 할 것처럼 보고 또 보았다. 눈물이 나왔다. 자신이 어
떻게 지내고 있는지, 자신의 생일과 성탄절에 무엇을 했는지 물
어봐준 사람은 이 지구상에 오로지 케이 한 명뿐이었다. 자신에
게 관심을 가지고 있는 사람, 그리고 그것을 표현해주는 사람. 케
이하고는 연애의 과정이 있었던 것도 아니지만, 그래서 더 안타

갑고 속상했다. 제대로 시작이라도 해봤더라면, 요한과 같이 오랜 시간에 걸쳐 함께 지내며 그 관계의 끝을 보았더라면, 그랬더라면 차라리 잊기가 더 쉬웠을 거라고 메이는 생각했다. 도무지 사라지지 않는 그에 대한 생각에 얽매여 고통스러워할 일조차 없었을 것이다. 그런데 시작도 해보지 못해서, 시작 전의 설렘과 호감만 남겨두고 떠나버려서 더 커다란 미련과 집착이 자라나 그녀를 괴롭혔다.

다시, 시작해보고 싶었다. 다시 만날 수 없다면, 연락할 수 없다면, 편지라도 주고받으며 그와 이야기 나누고 싶었다. 그러지 않으면 도무지 이 늪에서 벗어날 수 없을 것 같았다. 점점 더 깊이 빠져드는 생각의 뿌리와 더 넓게 퍼져나가는 망상의 가지를 잘라낼 수 없으니 차라리 더 깊고 넓게 뻗어갈 수 있도록 모두 풀어놓고 싶었다. 그러다 보면 언젠가는 말라비틀어지겠지, 시들어가겠지, 소멸하겠지,라고 생각했다.

메이는 휴대전화 수리에 대한 생각은 잊고 케이에게 편지부터 쓰기 시작했다. 인도에 오기 전의 일부터 인도에 와서 겪은 일, 케이를 만나며 느꼈던 감정의 실체, 케이 앞에서 미처 다 말하지 못했던 이야기, 그리고 자신의 이야기를, 메이는 하나씩 써나갔다.

60

오빠와 처음 만났던 날을 여전히 기억하고 있어. 오빠와 쇼핑
몰 앞에서 만나 주점까지 걸어가던 잠깐의 순간 동안 내가 얼마
나 행복했는지, 얼마나 감격했는지 오빠에게 말하지 않았지. 누
군가와 함께 걷는 게, 걸을 수 있다는 게 얼마나 커다란 행복이고
축복인지 나는 그때 처음으로 깨달았어. 다른 건 다 차치하고라
도, 그저 이렇게 나란히 서서 함께 걸을 수 있는 사람이라면, 그
것만으로도 이미 모든 걸 다 갖춘 존재라는 생각이 뼈저리게 들
었어. 내가 누군가와 함께 얼마나 많이 이렇게 걷고 싶었는지 또
한 그때 알게 됐어. 서로를 향해 걷는 게 아니라, 둘이 함께 보조
를 맞춰 같은 곳으로 나아가는 걸음을 나는 걷고 싶었던 거야. 그
것만으로도 우리는 이 세계를, 우주를, 자연을 품고 있는 게 아닐
까? 요한하고는 걸을 수 없었던, 그러나 가장 걷고 싶었던 그 걸
음을 나도 이제 누군가와 함께 할 수 있다는 믿음이 차오르는 순

간이었어. 이 세계와 자연과 우주로 뻗어나가는 걸음을…… 나는 계속 걷고 싶었어. 하나의 발걸음이 또 하나의 발걸음으로 이어지며 아름다운 포물선을 그리고, 끊임없이 앞으로 나아가는 걸음. 움직임을 멈추고 싶지 않았어. 계속해서 그렇게 하늘로 날아오르듯이 나아가고 싶었어.

그날, 차문디 언덕을 오르는 내내 우리 고모 생각이 났어. 나는 항상 궁금했지. 도대체 고모는 왜 자살했을까? 왜 아무런 유서도 남기지 않았을까? 고모가 유서를 남기지 않았으므로 아무도 그 이유에 대해서 알 수가 없었어. 다들 유학 보낸 아이가 잘못돼서 절망한 탓이라고 추측만 할 뿐이었어. 하지만 나는 단지 그 이유 때문이라고는 믿을 수 없었어. 계획이란 언제든 잘못될 수 있고 실패할 수 있잖아. 어린 시절에 아버지를 여의고 수많은 어려움을 겪으면서도 자신만의 가정을 이루고 사업을 일구며 살아온 고모가 단지 그 일 하나로 절망한 탓에 죽었다는 게 납득이 되질 않았어. 나는 아무리 고민하고 또 고민해봐도 답을 알 수 없었어. 그런데 그날, 차문디 언덕을 오르던 순간에야 나는 비로소 알게 되었어. 고모는 이 삶에 절망했기 때문에 죽은 게 아니라, 절망을 이야기할 수 없기 때문에 죽은 거야. 그 상처를, 고통을, 그리고 자기 자신을…… 고모는 이야기 할 수 없었던 거야. 이 세상 어느 누구도 우리 고모의 이야기에 귀 기울여주지 않았던 거야. 그러니 고모에게는 아무도 알아주지 않는 자신의 이야기를 구태여 글로 남길 필요가 없었겠지. 만약에 고모가 그때 자신의 이야기를 글로 써내려갈 정신이 있었더라면 그런 식으로 죽음을 택하지는 않았을 거야.

나는 마침내 차문디 언덕의 정상에 올라 타오르는 태양을 마주
보았어. 눈이 부신 줄도 모르고 하염없이 바라보고만 있었지. 눈
이 타들어가고, 내 몸도 마음도 다함께 타들어가는 것 같았어. 다
타버렸으면, 그렇게 다 타버리고 한 줌의 재가 되어 저 허공으로
날아들 수 있다면, 스며들 수 있다면……. 나도 우리 고모와 같이
모든 악업을 끊고 저곳으로 나아갈 수 있기를, 더 이상 고통받지
않기를, 모든 것으로부터 해방될 수 있기를 간절히 바라고 또 바
랐어.

그 순간, 신의 얼굴을 보았어. 그토록 갈망하고 원망하던 신의
모습이 그제야 비로소 내 앞에 드러나 보였어. 차문디 언덕에서
생에 처음으로 마주한 신은, 울고 있었어. 나 때문에, 죽음을 눈
앞에 둔 나 때문에 신도 함께 눈물 흘리며 고통스러워하고 있었
어. 그래, 요한의 말이 맞았어. 이 세상에서 나를 위해 울어주는
단 하나의 존재, 그것은 바로 나의 신이었고, 나는 그 신을 그제
야 올바로 바라볼 수 있었어. 생사의 고비를 넘나드는 순간, 지상
의 끝에 다다르는 그 절박한 순간에야 비로소 신은 우리 앞에 빛
으로 나타나고, 우리는 그 빛으로 다시 태어나 이 지상의 생애를
끊임없이 반복해나가는 거야. 그래서 나는 신이 잔인하다는 생각
을 하지만, 그로인해 결국 차문디 언덕의 계단을 되짚어 내려와
야만 했어.

휴대전화는 끝까지 수리하지 않았어. 희한하게도 휴대전화가

없어지고 나니 오빠와 나누고 싶었던, 그러나 나누지 못했던 수많은 이야기들이 떠오르기 시작했어. 그래서 나는 그 이야기를 그저 쓰고 또 썼어. 정확한 순서도 맥락도 없이, 매일 요가를 하고 밥을 먹고 잠을 자는 일상과 같이 나는 매일 편지를 쓰는 거야. 오빠는 나에게 더 이상 답장하지 않았지. 아무리 길고 긴 편지를 써서 보내도 초지일관 아무런 응답이 없었어. 그럼에도 나는 오빠에게 편지 쓰는 일을 멈출 수 없었어. 왜 꼭 오빠여야 했을까? 아무런 반응도 대답도 없는 오빠에게 나는 왜 계속 내 이야기를 하고 있는지, 나도 그 이유를 알 수가 없어.

오빠에게 이렇게 편지를 쓰는 일이 일상이 되어버리고 나서야 나는 그 오랜 시간 동안 요한과 만나오며 그에게는 단 한 번도 편지하지 않았다는 사실을 깨달았어. 오빠하고는 그저 여행지에서 스치듯 만났을 뿐이고, 깊게 사랑한 사이도 아닌데, 반면에 요한은 내 목숨이 아깝지 않을 정도로 사랑한 사람인데, 그런데 나는 단 한 번도 그에게 편지한 적이 없었어. 왜 그랬을까? 그리고 오빠에게는 왜 계속 편지하게 되는 걸까? 수도 없이 고민하며 답을 찾아보려 노력했어. 아직도 나는 정답 같은 것은 모르지만, 다만 그때의 나는 요한의 이야기를 그저 들어주고 싶었어. 그러면 그의 삶이, 그의 사랑이, 그의 하나님이 내 것이 될 것만 같았으니까. 나는 그렇게 그의 이야기를 듣고, 그의 삶을 바라보았어. 그동안에 나는 내 이야기를, 나 자신을 깊이 감추기만 했어. 한량없이 비루하고, 쉴 새 없이 분노하고, 극심히도 무지한 나의 이야기를 존재의 저 밑바닥 진흙 속에 묻어두고 있었어. 요가는⋯⋯ 그렇게 감춰둔 나의 이야기를 들추어냈어. 보고 싶지 않고, 듣고 싶지 않았던 내 안의 이야기를 말이야. 그래서 나는 요가를 그렇게 고통스럽게만 수련해온 걸지도 모르겠어.

내가 이제야 비로소 알아낸 한 가지 답이 있다면, 사실 나는 아주 오래 전부터 나를 이야기하고 싶었다는 거야. 나의 삶을, 나의 사랑을, 나의 절망을, 나는 이야기하고 싶어.

오빠는 누구였을까? 왜 내 앞에 나타났다가 사라졌을까? 나에게 아무 말도 하지 않는 오빠의 존재가 흐릿하게 보여. 이제는 오빠가 이 세상에 진짜로 존재하는 사람인지조차 모호하게 다가와. 오빠는 나에게서 너무 빨리 멀어졌고, 그래서 나는 오빠가 내 곁에 있는 동안 다 하지 못했던 이야기를 이곳에 남아 계속 쓰고 있어. 그렇게 오빠에게 보내는 이 편지에 내 이야기를 쓰면 그 속에 머물러 있던 기억들이 다 같이 빠져나와. 불확실한 나의 기억이 한 편의 이야기가 되고, 누군가 그것을 읽어준다고 상상하면 내 존재가 무한히 가벼워져. 공기와 같이, 바람과 같이, 프라나와 같이, 눈에 보이지 않지만 분명히 존재하는 것들과 같이 나도 존재하는 거야.

언젠가는 나의 이야기도 끝이 나겠지. 내 이야기가 모두 끝나고 내 안에 아무런 기억도 상처도 남지 않을 때까지 나는 계속 나의 이야기를 써나갈 거야. 써나갈 수밖에 없을 거야. 그러니 당신도 편지하기를, 이야기하기를 나는 간절히 바라. ■

싯다르타는 자신의 삶, 자신의 노력, 자신의 고뇌를 가슴속에
새겨 들어주는 사람이 있다는 것이 얼마나 행복한 일인지 느
꼈다.

_ 헤르만 헤세, 《싯다르타》 중에서

아쉬탕가 요가를 수련하기 위해 인도 마이소르로 가는 길은
쉽지 않았습니다. 소설에 쓴 것과 같이 벵갈루루 공항까지 가는
데 하루가 꼬박 걸렸고, 버스와 릭샤를 갈아타며 오랜 시간 헤맨
뒤에야 마이소르에 도착했습니다.

고쿨람에 자리한 자그마한 요가샬라는 아쉬탕가 요가를 배우
기 위해 전 세계에서 찾아온 수련생들로 넘쳐났습니다. 그래서
저는 매일 아침 타오르는 햇빛 아래 현기증을 견디며 두 시간여
를 기다려야만 수련실로 들어갈 수 있었습니다. 무덥고 습한 그

곳에 요가 매트를 펼치고 서면 수련을 시작하기도 전부터 녹초가 되어버렸습니다. 한데 그 힘겨운 수련이 끝날 때까지 스승은 저에게 아무것도 가르쳐주지 않았습니다. 스승은 매일 제가 수련하는 모습을 지켜보기만 할 뿐 요가에 대해서라면 어떤 것도 가르쳐주지 않았습니다. 그런 상태로 두 달여간의 요가 수련이 이어졌고, 마이소르에서 떠날 때가 가까워질 즈음 저는 그가 요가를 가르치는 사람이 아니라는 사실을 깨달았습니다. 그는 가르치는 사람이 아니라 보여주는 사람이었습니다. 요가를 통해서 이어져온 자신의 삶과 카르마를 담담하게 보여주는 자. 그러한 스승의 모습을 바라보며 저 또한 요가 그 자체보다는 소설과 함께 이어져온 제 삶과 카르마에 비로소 눈을 뜰 수 있었습니다.

그렇게 인도 마이소르에 처음 갔던 오 년 전부터 이 소설을 쓰기 시작했습니다. 취재에 도움을 주신 여행작가 환타 님, 작곡가 JINOO 님, 요가 강사 뿐다리카 님에게 이 자리를 빌려 감사를 전합니다.

긴 시간 이어져온 글쓰기는 지난해 헝가리 부다페스트의 더숲 레지던스에서 마무리 지을 수 있었습니다. 팬데믹으로 인해 국경이 차단되고 이동제한령이 내려진 헝가리에서 저는 다시 자리에 앉아 요가를 하고 소설을 썼습니다. 글쓰기 따위, 수도 없이 그만두고 싶었으나 요가를 수련할 때마다 제가 발견하는 것은 결국 작가로서의 자의식이었습니다. 그에 대한 어떠한 이유도 목적도 알지 못하지만, 요가를 하면 할수록 저는 그저 글을 써나갈 수밖에 없었습니다.

매일 요가를 하고 있지만 요가가 무엇인지 모르겠고
매일 소설을 쓰고 있지만 소설이 무엇인지 모르겠고
매일 살아가고 있지만 삶이 무엇인지 모르겠습니다.

그래서 매일 요가를 하고
그래서 매일 소설을 쓰고
그래서 매일 살아가고 있습니다.

2021년 가을
김혜나

차문디 언덕에서 우리는

1판 1쇄 발행 2021년 8월 20일

지은이 · 김혜나
펴낸이 · 주연선

총괄이사 · 이진희
책임편집 · 박연빈
편집 · 백다흠 김서해
저작권 · 이혜명
표지 및 본문 디자인 · 이다은
마케팅 · 장병수 김진겸 강원모 정혜윤 유정연
관리 · 김두만 유효정 박초희

(주)은행나무
04035 서울특별시 마포구 양화로11길 54
전화 · 02)3143-0651~3 | 팩스 · 02)3143-0654
신고번호 · 제 1997-000168호(1997. 12. 12)
www.ehbook.co.kr
ehbook@ehbook.co.kr

잘못된 책은 바꿔드립니다.

ISBN 979-11-6737-051-8 (03810)

* 이 도서는 2021년도 한국문화예술위원회 아르코문학창작기금지원사업에
  선정되어 발간되었습니다.